现代奇幻原典书系

U1076431

The Sundering Flood

奔腾的洪流

[英] 威廉·莫里斯——著
高宇轩 杨春瑾 钱玉文——译

華中科技大學出版社
http://www.hustp.com
中国·武汉

图书在版编目（CIP）数据

奔腾的洪流 /（英）威廉·莫里斯著；高宇轩，杨春瑾，钱玉文译. -- 武汉：华中科技大学出版社，2019.10
（现代奇幻原典书系）
ISBN 978-7-5680-5616-8

Ⅰ. ①奔… Ⅱ. ①威… ②高… ③杨… ④钱… Ⅲ. ①长篇小说－英国－现代
Ⅳ. ① I561.45

中国版本图书馆 CIP 数据核字 (2019) 第 175276 号

奔腾的洪流
Benteng de Hongliu

（英）威廉·莫里斯　著
高宇轩　杨春瑾　钱玉文　译

策划编辑：刘晚成
责任编辑：林凤瑶
特约编辑：刘小乔　徐艳华
责任校对：曾　婷
责任监印：朱　玢
装帧设计：璞茜设计 2815932450@qq.com
出版发行：华中科技大学出版社（中国·武汉）　电话：（027）81321913
武汉市东湖新技术开发区华工科技园　邮编：430223
印　　刷：武汉精一佳印刷有限公司
开　　本：880mm × 1230mm　1/32
印　　张：10.625
字　　数：226 千字
版　　次：2019 年 10 月第 1 版第 1 次印刷
定　　价：49.80 元

華中出版
本书若有印装质量问题，请向出版社营销中心调换
全国免费服务热线：400-6679-118　竭诚为您服务
版权所有　侵权必究

目 录

Chapter 01

岔裂之水及依水而居的乡民

据传，曾有一条汹涌浩荡的河流，奔腾向南流入大海。该河的河口地带有一座富庶的城市，因入海口得天独厚的港湾而兴盛。如今，港口船桅矗立，放眼望去俨然一片巨大的冷杉树林，树身打磨得光滑平顺。

然而该河的上游地带却是另一番景象。洪水一泻千里，最巨型的海轮和快速帆船在此破浪砥砺；这些船时常停在一些风景宜人的临村高地，靠岸的时候，帆桁险些要戳到农家的窗户上了，而船首的斜桅则一路往前推行，穿过无人问津的废堆、乱哄哄的猪圈和急躁乱跳的鸡群。礼拜日的乡村教堂里正做着大弥撒，不安分的小伙和姑娘们透过走廊边的圣像窗户，可以隐约望见高高的船桅；于是他们的心便飞离了慷慨布道的牧师，顾不得他布道的言辞和手势，满脑子幻想起那些遥远的国度和奇怪的人群。一些人被出行的渴望折磨得心痛难耐，他们渴望能够到处走走，去瞧瞧新鲜事物。破浪的甲板和鼓满风的风帆却一次次地将他们送到足不出户的人家门口。而对另一些人来说，似乎只要一离开教堂，他们就能偶遇印度的圣托马斯[①]迈下舷梯，与他们共度奇妙的圣诞节，享用隆冬霜降时节留守居民的圣诞晚宴。当潮水退却，水流再也无力承载起航海的龙骨船上行（此时前行一百英里[②]都很困难），这条大河依然气势磅礴、宽广开阔。下游的水流不疾不徐，每当西南风吹起，驳船和轻量级的龙骨船便可以在河上扬帆启航，无须抢风也能航行。若是遇上恶劣的天气，风向对出行不利，不愿在河岸间奔走的帆船则需借助牛马牵行，帮商人们运送货物以换取微薄的收入。

此外，还有不少支流也汇入了这条奔腾的洪流，其中一些并不逊于阿宾顿小镇[③]之畔的泰晤士河；而我，本故事的收集者，就住在阿宾顿的黑卡农之屋里。神佑圣威廉和圣理查德，还有神圣的奥斯汀，我们黑暗之中的明灯！是的，还有一些支流更为宽广，因此这片土地渔业兴旺、水运昌盛。

这条河名为“岔裂之水”，位于河口处的城市叫“岔水之城”。鉴于之前提及该河为内陆城市的货运商业所做的贡献，城市里和这片土地上的人们（尤其是城里的人们）并不知晓这

① 圣托马斯：又称门徒多马，据《新约》记载，他是基督耶稣十二门徒之一。相传此人一生出离罗马，远赴位于今日印度西南之境的客拉拉邦等地布道。（译注）
② 1英里约为1.609千米。
③ 阿宾顿：亦称泰晤士河畔的阿宾顿，是位于英国泰晤士河畔的一个古老市集小镇兼民政教区。历史上隶属于伯克郡，1974年后隶属于牛津郡。（译注）

条河名字的由来，这一点也就不足为奇了。其实他们经常打趣或是嘲笑这个名字，因为他们深爱着这条河流并且以它为傲。因此他们说它并不是分裂者，而是凝聚者；正是它连接起了土地，沟通了海滨；正是它让蛮荒之地成为宜居之地，让荒芜之境繁花盛开；没有哪一条供车畜通行的陆路大道，能像这条河运航道一般多福多乐。即便如此，在我看来，人们也不会无缘无故地给任何城镇、山脉或者河流命名。人们出于感动为他们的家园命名，个中原因，若不是为了铭记曾经的壮举，或由于某些传闻，就是出于一些其他正当的理由，“岔裂之水”这个名字可能跟这些原因都沾一点儿边。若我知道这名字当中的原委，肯定现在就会告诉你们。

想来你们一定知道，这条奔腾的洪流流经之地都是一派欣欣向荣的景象：它贯穿城市附近的原野，流经大片肥沃的草原和宽广的山谷，一直蔓延至北方深处。不过，若有人顺着水流追根溯源，最终会在深山中抵达河流的源头。虽然该处水域远不及下游壮阔，但水势依旧汹涌，距离主要的海域近两百英里。河流自山中而出，分为三大干流，还有许多股小溪流，看起来十分凶险可惧：因为这几大干流充溢着山里所有的峡谷，没有人或山羊的立足之地，除非在离水面一百多英尺的地方，而那里也险象环生。正如那推动冬季水车的水流在甲虫和悍鼠常出没的草地附近川流不息，这条河也同样在亚当后裔和他们所驯养的牲畜之间奔腾不息，但谁也没有胆量敢在河流之上修建一座桥梁。

如前所述，无人能够行进在河谷地带；然而如果你不畏艰险、不辞辛苦地翻越高山，走出了那片深山，你会再次面临这条洪流。它奔涌着将一片沙石地劈开，地上无树无木、寸草不生。这时的洪流水域宽、水位浅，但水流湍急得无法用言语形容；河的两岸则遍布着洪流自高处冲刷下来的各种滚石堆。稍后你便会知道，由此处前往高山上的源泉，水流可能会因为水位的深浅而时窄时宽，然而水势并未减弱，因为汇入其中的还有来自沙石堆里的涓涓细流。如果你沿着群山往北走，此地两岸的河湾和山脉也有补水来源，如前所述，该地是它主要的源泉。

当你跋涉过大约六十英里的乱石堆后，地势开始好转，绿草又出现了，但是依然见不到树木。这些草蹿成了一片荒原，自河岸延伸至东西两侧，并且蔓延到山顶，黝黑的岩石在那儿高高耸立。至于洪流本身呢，此时它已凝聚成为一股环流，深邃且无比汹涌；河的两岸是高约二十英尺的高陡岸坡，黑色岩石径直插入河水之中；很长一段路都是如此景致，而河岸随着河谷向北奔腾而去，变得越来越高。

不过，随着河岸的升高，地面也变得越来越好了：绿草如茵，在各处的角落和缝隙里生长着小桦树丛和小灌木丛。但是，最丰美的牧草则蓬勃生长在岔裂之水的岸边；那是块几英亩的小地，真的非常小，它正好从河谷往河水里突出，在接近河湾的小山丘上转向南面，或是在洪流的东面（河水正好在此自正北面流向南面）。而随着它蜿蜒扭转——在河湾边上本就有一些斜坡向西南方向扭转。这些地方有一些堤坝，围起来防御鹿儿，里面种植着黑麦，还有一小部分是大麦，用来酿造啤酒和麦芽酒，否则在这地势高且多大风的峡谷里，居民将无法享受到美酒。值得一提的是，岔裂之水东岸的土地比西岸的更为优沃。

至于这片土地上的居民，虽然现在也不多，但在这个故事发生的时代居民应该更少。他们之中没有什么伟人，没有国王，没有伯爵，也没有总督，而且曾因河谷里强盗猖獗，他们的生活一度异常艰难。不过，在河流的两岸都有居民，无论是东岸还是西岸，他们都未曾与河谷之外的世界完全隔断，因为，虽然到达此地颇为费劲，但不用冒多大风险便能爬上河湾，再由东岸或是西岸绕过山颈。出西岸大约四十英里，或出东岸大约五十英里，你就可以来到一个人口相当稠密的山谷，那儿有两三个市集小镇。这些小镇是河谷居民常去的地方，他们会到这儿卖羊毛（因为他们自己无须织物）或是做些别的买卖，这样他们就可以买一些诸如餐具和盆盆罐罐之类的精细物品了，不过主要是买木板和木料。

然而有一点你必须知晓，那就是，不管下游的居民认为“岔裂之水”这个名字多么的名不副实，在上游的河谷地带以及下游远至山南地段，人们都认为没有比这更贴切的名字了。除了飞禽，任何想要越过此河的人畜无一能幸免于难。不，若有人朝着上游的方向走，去往该河发源于大山深处的泉水之境，他也很难从河的一侧跨到另一侧去，因为那儿根本无路可走，眼前只有一堵陡峭的岩石墙，悬崖峭壁、险象环生，白尾鹫、鹗和矛隼在上面筑满了安稳又坚实的巢。因此，东河谷的居民跟西河谷的居民之间所有的沟通，都只能通过向着这股哗哗奔腾的河水大喊大叫来完成，连他们自己都觉得是在用一种可怕而且未知的语言在进行交谈。

事实上，在一些节日，尤其是在仲夏节之夜，那些居民会鼓起勇气，盛装打扮，齐齐聚在洪流最狭窄的地段（除此之外将来还会有更多的地方）；而后，河两岸的居民会滚动大火轮，或者玩些别的仲夏节游戏，他们弹奏弦乐，吹奏号角，唱起古老的歌谣，纷纷举杯敬酒，送完祝福后互相作别，回到各自家中。但是在东岸，从未有人能够触碰到西岸任何人的手。不过，之前提到的市集小镇里也有些奇怪的言论说，他们最终会相遇，在距岔裂之水的河谷地带很远很远的地方。

Chapter 02

威特莫尔与少年奥斯伯恩

现在让我们向着故事的核心再迈进一步。在岔裂之水的东岸，曾有一座庄园叫威特莫尔，它坐落在河谷中，和其他庄园相比显得尤为孤单，因为河谷里只有一座小木屋与它相依为伴，面向山谷顶上的群山。威特莫尔的地理位置并不坏，庄园所有的屋舍都矗立在一座低矮绵延的小山之下，山丘更宽广的一面转向西南，因此那里的玉米长得年胜一年。威特莫尔庄园所在的山丘处在河谷的平原之上，距水边一英里远。牧场绕着庄园，那里有丰美的牧草，适合牛马进食，羊群则都在西边的河湾至东边的草地吃草。草地接近坡顶的地方有一片灌木丛，可用作日常生活中生火的柴，越过那儿，还有大片适合放羊的土地。

然而，尽管这座庄园的土地在村庄中称得上肥沃，威特莫尔却受不祥的名声所累。乡民们若有选择余地，必然会欣然迁往别处，所以庄主很难雇到人为他工作。许多乡民深信这座山坡在古时曾是矮人和地精的居所，而这些矮小的生物对把玉米种在自己的祖居屋顶上，还把他们排挤出此地的亚当后裔[1]心怀嫉恨，因此招来厄运，在此地萦绕不去。不论是出于何种原因，这里大部分情况下都人丁不旺——至少有人注意到，庄园的传承曾发生过断代，失去了整个父辈，只有祖辈和孙辈隔代相传，令人怀疑幸运是否真的有眷顾此地。不过即便如此，此刻故事也已经开始了。

当时威特莫尔的前主人英年早逝，他的妻子也在一两个月后随着他撒手人寰。因此在这幢屋子里仅剩下：前主人的父母，男人度过了五十个春秋，女人也有四十五岁了，他们都精神矍铄，身体健壮；一个七十岁的老妇人，她是庄园主人的亲戚，养育了已故的年轻庄主；还有个小家伙叫奥斯伯恩，他今年十二岁了，是一个强壮勇敢、身材高大、性格阳光又容貌英俊的孩子。这四个人是威特莫尔的住户，有时这里也会雇一个佣工，对方通常是迫于生计才会来此逗留六个月左右。这里必须介绍得再细致一些：不管是在河流这一侧的上游还是下游方向，除却之前提到的那间建在上游四英里处的山上的小房子，威特莫尔方圆十英里之内再没有第二座房屋。那小房子叫刺屋，颇为引人注目。再者，至于那个被称为“克洛文集市”的地方，它夹在两侧的乡民中间，建在威特莫尔之下七英里之处。所以在上帝眼中，威特莫尔也是一处与世隔绝、鲜有人迹的地

① 亚当后裔：指人类。《圣经》的《创世纪》中记载，亚当是上帝所创造的第一个人类，世上所有人类都是亚当与夏娃的后代。（译注）

方。因此庄园里的所有男人必须尽可能久地辛勤劳作，日行不辍。即使是奥斯伯恩这样的小家伙也得完成他分内的活计。到了我们的故事即将展开的时候，他的工作主要围绕着房子，或者是其他山丘上的事物，抑或山丘周围的一切。他负责把鸟雀从玉米地里吓走，给一亩地除草，照料那些放养在花园中的老马，有时也要喂鹅。的的确确，两个老人极其喜爱这个男孩，但是顾忌到他的大胆和不安分，他们不愿让他走出他们的视野。河谷里也确实存在许多危险，特别是在崎岖又荒凉的尽头。尽管总有被人类的沃土所抛弃的绝望者迷失在此地，但很大程度上，危险并非来自全副武装的劫掠者。虽然总有小道消息说有不法分子潜藏在此地，但是这里却基本没有丢过一只绵羊，一头牛，或是一匹马。对于一个年幼的孩子来说，他要面对的，更多的是被其他人视为常态的危险，像是水深浪急的岔裂之水，以及在山坡与山麓中狩猎的狼群。此外，甚至还有来自那些罕见的生物，诸如矮人和地精的威胁：如同传说中所讲的那样，他们喜欢把像奥斯伯恩这样可爱的人类小孩诱引到他们的王国中去。

千真万确，把这个小家伙圈在视线范围内，主要是出于爱而非恐惧，尽管他非常明白自己的心中充满着冲破束缚的渴望，不过你大概也能明了世事并非永远平静无波。有一天这个小家伙失踪了很久，他的祖父前去寻找后，最终在从草地到水边的半路上，一个湍急的涡流上方发现了他。这个小家伙当时正从岸边陡峭的岩石上攀爬下来——岩石临水的部分被水流冲蚀成了一根根石柱，如同一架被不知名的力量凿出许多坑洞的管风琴——然后他就卡在了岩石间的一个角落里，上下不能，直到庄主（他的祖父）垂下一根绳子，把他拉到草地上。

或许他还是有一点被危险吓住了，被让长辈担惊受怕而挨的一顿打震慑到。尽管他在见到祖母的泪水，见到她为他哀愁，抑或是在见到老妇人因他的莽撞而减寿而悲叹时，会有些许触动，但是这些绝不能阻止他再次跑出庄园以身犯险。还有一回，他又消失了整整一夜，当他第二天轻松愉快地回到家里时，只是异常饥饿。庄主责问他去了哪，并扬言要用鞭子抽打他的面颊，男孩回答他不在乎挨打，这是他人生中最高兴的一次，因为他沿着河谷向上走了很远的路，大约在暮色降临之际（当时是五月中旬）他遇见了另一个快乐的小家伙，比他要大上一点，向他展示了很多新鲜的把戏，最后还带他到自己的家里玩耍。“他家不像我们一样是用石头和草皮造的，”他说，“而是在岩洞里面。在他家我们消磨掉了整个晚上的时光，那里只有我们两个，再没有什么别的人。之后他又给我表演了更多新奇的把戏，令人目眩神迷，不过有些真的把我吓了一跳。”

于是他的祖父问他那些把戏是什么样的。奥斯伯恩说：“他拿起一块石头敲了敲，嘴里念叨了一些什么，就把石头变成了一只老鼠，老鼠毫不惧怕地和我们玩了一会。不过很快它就变大了许多，直至超过了一只野兔的大小。那时这个游戏还很不错，直到它突然用两条后腿站立了起来，然后它就在我眼皮底下变成了一个小孩，噢，不过个头看上去比我小多了。接着它便逃开我们，蹿进了茫茫黑夜中，发出墙缝后老鼠一般的尖叫声，只是比老鼠声还要响亮不少。嗯，之后我的玩伴就举起了一把大刀，对我说：‘现在，勤劳的小伙子，我要给你看一个真正有趣的游戏。’他办到了。他把那把刀的刀刃卡在了自己的脖颈上，还把自己的头砍了下来。但是他既没有出血，也没有摔倒在地，反而捡起了自己的脑袋把它装回了原位，像我们的大红公鸡一样站着喔喔地啼了两声。然后他说：‘小朋友，小公鸡，现在我要在你的身上试试同样的把戏。’他拿着刀向我走来，我有点害怕，就抓住他的手，把刀夺走了。接着我和他摔跤角力，我把他摁倒在地。然而我必须立刻放他站起来，因为就在我按着他的同时，他的力量变得更加强大了。随即他把我推离他的身边，放声大笑，说：‘果真有一个英雄来到了我的家里！好吧，我会把你的头颅留在你的脖颈上，因为恐怕我没法把它装回原位。要是头真的掉了，对你来说未免太遗憾了。毕竟将来你可是当真会成为英雄的！’再后来，他也没再和我玩别的什么了，只是坐下来，并请我仔细聆听。接着他拿出一支小笛子放到嘴边，吹奏出甜美又欢快的乐音。吹罢，他放下笛子，开始向我讲述那些关于茂密生长的参天大树的故事，包括他的族人过去是如何在其中居住，铁匠如何用精湛的手艺将黄金、白银和生铁制造成最瑰丽之物的。这一切都深深吸引着我。他又说：‘我告诉你，有一天你会得到一把宝剑，那是我祖父的造物。因为我的祖父和父亲都很长寿，所以那是一把相当古老的剑。’当他说话的时候，我觉得他不再像一个孩童，而是一个小小的老人，白发苍苍，满是皱纹，不过没有胡须，他的头发像玻璃一样闪动着光芒。再后来——我睡着了，醒时已是清晨，我环顾四周，也没找到有什么人和我在一起。所以我就起床回家，完好无损，我的亲人，只要你不打我，我就什么事也没有。”

现在你可能会猜想，在知道了他遇到的是一个矮人后裔之后，两个老人是否会被这个小家伙的故事吓到。他的祖母把他举起来抱在怀里，无比疼爱地亲吻他。而那个名叫布丽姬的老妇人也同样照做了一遍，之后说道：“看看，亲人们，要不是因为我防患于未然，这个被保佑的孩子也许就无法回到我们身边了。告诉我们，亲爱的，你戴在脖子上，用衬衫盖着的是什么？”奥斯伯恩笑着说：“是你在我脖子上挂的一小块羊皮纸，上面画着许多符号，装在一个丝绸小包里。别怕，我会一直戴着它的，因为这是你做的。”

“啊，亲爱的！你可真是个善良的小家伙！”那个老妇喊道，“我要和你们说，亲人们，我是从我们的牧师那里得来的那张羊皮纸，它法力非凡，能驱走所有邪恶之物。因为那上面画着一个神圣的十字架，在其上又写有三位圣王[1]的名字，还有一些我读不懂的句子，是用书面拉丁语所记。”这两个女人再次好好地关切了这个小家伙一番，与此同时一家之长则站在一边，不断地嘟哝着抱怨。这一次奥斯伯恩免挨祖父的打，但

① 三位圣王：《圣经》新约中《马太福音》所载，带黄金、乳香、没药三样礼物前来朝拜刚出生的耶稣的几位东方贤士。新约中未提及他们的具体数目和名字，人们按其带来的礼物推断共有三位贤士。最初教会认为他们是波斯祭司，后有人认为他们是波斯小王，现在西方基督教会通常认为他们三个是梅尔基奥尔（Melchior，一位波斯学者或国王）、加斯帕（Caspar，一位印度学者或国王）、巴尔撒泽（Balthazar，一位巴比伦学者或是阿拉伯国王）。后来基督教把每年的一月六日当作“三王来朝节”，也称“显圣节”或“主显节”，以纪念贤士来朝，耶稣受洗和耶稣尊严的显现。（译注）

是祖父要狠揍他一顿的威胁让他不得不慎重考虑下次是否还要去走那条路。两个女人也恳求他，希望他从今往后能顺从他祖父的意思。

但有件事奥斯伯恩从未向自己的亲人们提起，那就是矮人将他用来玩砍头游戏的那把刀连同漂亮的刀鞘一并赠予了奥斯伯恩，还说这把刀可能会带来好运。因此奥斯伯恩将这把刀藏在衣服里，和那张画有神圣的十字架、记着智慧语句的羊皮纸放在一起。

Chapter 03

野狼攻击羊群

在说下面的事儿之前，我要强调一下，年轻人的冒险和使坏是很重要的。如前文所述，那时他刚过十二岁，正值深秋时节，夜渐渐变长了。那时有一个佣人和他们住在一起，他的工作是把羊群赶到野外：有时去东面的草地，有时去远处的河边，以免它们跟黄牛抢草吃。既出于自愿，也是应庄主要求，奥斯伯恩和这个名为约翰的佣人一起去了野外，帮他看守羊群，以免羊儿走得太远。一天傍晚，碰巧奥斯伯恩没和他一道去，约翰从草地回来得比平常晚了些。他看上去受到了惊吓，脸色惨白。他讲述了事情的经过：当天色渐晚时，三只巨大的野狼扑向了羊群，并大肆屠杀。显而易见，他从未这么近地遭遇过狼群，他只能远远地站着，直到它们吃饱了晚餐。然后他绕过那杀戮之地，把尽可能多的羊赶到一起。庄主痛斥了他的懦弱无能，并在那天晚上克扣了他不少食物，因为算上被狼群屠杀了的和受惊逃跑的，一共少了十七只羊。约翰争辩说他也无能为力，除了一支牧羊杖，他手无寸铁，而且狼群一开始就咬死了他的狗。但当他说这些时，坐在旁边的奥斯伯恩想，他看着高大又朴实，怎么会这么没有担当。

次日，庄主和约翰又去了草地，想找找那些走失的羊有没有幸存下来的。他们都带上了盾和短矛，如果狼群在光天化日之下袭击他们，他们就跟狼群决一死战。与此同时，奥斯伯恩应庄主的要求，赶着羊群下到水源那边；小伙子倒也乐意，因为这神奇的河水似乎总是吸引着他。那天晴空万里，他漫步在羊群之中，跟它们和睦相处的同时，随手拔出他的刀把玩着，就像往常独处时一样。这确实是个好武器，刀柄雕刻精美，刀刃处有镶金的古文，刀鞘是银质的。此时他站在河边，目光越过河水看着对岸。这条河的大部分河道都跟雷丁[①]镇边的泰晤士河差不多宽，只有几处窄一些。但这天，在视野范围内，河岸上一片风平浪静，除了一些飞禽，还有他去办差事时一头哞哞叫着过来随他一起走的公牛。至于他到底办了什么事就不清楚了，因为当时也没人跟着他。他在天黑前赶着羊群安全回来了，照他祖父要求的那样，没去离庄园太远的地方。

片刻后庄主和约翰进来了，都不怎么高兴。他们除了带回五六具羊尸的皮囊和骨头外，连羊的影子都没见着，倒是看见狼群了。他们来到昨晚约翰待的地方，手中拿着矛和盾，似乎

① 雷丁：英国英格兰东南区域伯克郡的自治市镇，8世纪于泰晤士河及其支流肯尼迪河汇流之处建城，以东59公里达英国首都伦敦。（译注）

不应该感到害怕的，但他们还是转身拔腿就跑了。现在他们坐了下来，瞪着彼此，时不时互相嘲讽一番。但他们达成了一致，认为这些狼体型巨大，又异常凶狠，任何人见了都会害怕。不过最后，约翰这样说道："好吧，主人，就像人们说的那样，河谷里没有一家能躲过霉运，我觉得围困我们的不是普通的狼，而是地精或是矮人，或是夜晚出没的亡命之徒披着狼型外皮变来的。"

这些话令庄主特别生气，他平常就最听不得别人讲威特莫尔的坏话，盛怒之下他早已忘了恐惧，说道："听听他说的蠢话！你从没想过要挡在你主人的身前，这几年也变得不中用了。而现在你又要编些故事，掩盖你的懦弱无能。"约翰赔着笑说："冷静点，主人，事实是您先跑的，您也是先跑进门的。"

"你说谎，"庄主说，"我告诉你，无论谁当时害怕了，现在你该感到害怕。"说着就起身朝约翰的脸上重重一击，把他打倒在地。约翰跳起来打算还击他的主人，但这时庄主夫人和布丽姬进来了，端着热腾腾的晚饭，而且似乎有一种力量阻止着他的胳膊，他坐了下来，怒不可遏，一言不发。然后庄主夫人说道："这是怎么了？你去决斗了吗？约翰，你的脸怎么一块红一块紫的？"

年轻人此时大笑，诗歌涌到嘴边，他唱：

白茫茫的草地
寻羊人出发了
长矛和盾

田野里遇到仇敌
但战士的刀鞘内
也绝非善类
主人和男人
一见就跑。
但此刻在这个厅内
两人中的一个
恐惧逐渐褪去
并且摩拳擦掌
而另一个坐在那儿
恐惧又开始萌发
来自人和白茫茫的草地。
继而食物上了桌
金发的人儿进来
美味的食物，灰色的眼睛
让无能的看门人
和被他打了的男人用餐吧
角落的小伙子
站在墙边的角落
你英俊得像金色树
亲爱的奶娘
生怕那
给畏惧和无畏之人的肉变凉。

大家都大笑起来，但两个男人都有些不情愿地撇了撇嘴。庄主说：“话虽如此，亲人，恐怕一顿鞭子可以当你诗的酬劳。”但奥斯伯恩大笑，他精致可人的小嘴又开口吟唱道：

哦，庄园的主人
从不对佣人动手
直到遇到灰狼
在风儿疲惫的地方。

唱罢，便埋头于食物中，大快朵颐，在那些女人们看来，她们的小亲人有着一颗战士的心。他的亲人们由衷地喜爱他，她们亲切地对他微笑，他看着她们，说：

三位母亲养育了我
一位已经走了
但两位还在这儿
忠诚，美丽。

至于庄主，几片好肉下肚后整个人已怒气全无，他心中暗想，他的孙子本该帮着他说话的。

Chapter 04

暴躁的约翰与庄主决裂

次日约翰来面见庄主，对他说：“主人，我怀疑有那么一天我不得不为你昨天饭后给我上的热布丁付出代价，接着我就得迈动我的双脚，离开这条直道。所以呢，我觉得自己最好今天就走。”

“好吧，”庄主说，“如果你意已决的话，那就走吧，魔鬼会跟随着你。但是就像我给你的一拳，如果你肯乖乖挨上一脚的话，我还要再踢你呢。虽然你不再勤恳地工作，双手也不如从前灵巧，不过在这太过荒凉孤寂的冬天里，也会受人惦念的。”

约翰说：“没错，庄主，但是对此我还有其他的话讲。威特莫尔对我并不友好，虽然我说这些不是为了挑战你的威严。我不爱此地的群狼，它们如此巨大可怖，甚至足以吓退两个孔武有力、手握武器的男人；我也不爱此地的矮人，那些生物会砍下自己的头颅再复位，像客人一般招待小孩，不伤害他们。在我看来，这意味着终有一日，他们会成为这儿的座上宾，不过谁知道这一天会在多久以后到来呢？反正我也不在乎多这样一个人同桌吃饭。接下来就说到你的孙子了，他是个很英俊的男孩，还是一个出色的诗人，纵然那诗只是突然之间灵感迸发，涌上他心头的。但在我看来，他过于自夸了，而且我已觉察到，过不了多久，家里就会有两个主人分庭抗礼，而对我来说一个就已经够多了。最后，至于庄园里的女人，我再清楚不过，日复一日，我永远别想从她们那里得到只言片语的夸赞。所以，这番话当作我的临别赠言吧，一旦拿到薪水，我立马转身就走，走下河谷去找个更快乐的庄园住下来。”

庄主尖刻地看着他，而后背过身去，从胸前取下一只口袋，取出一些白银，数出几小片，摆在约翰（自此之后，他就有了个外号叫“暴躁的约翰”）的面前，说：“这是上好的白银，用以支付你的工钱。现在我一个字也不会和你多说，不论好坏。拿上这些，你最好自己看着点，小心这些几个月前刚融炼出来的白银马上就被你挥霍一空。然后给我迈起你的双脚，赶紧滚出这条大道。”约翰拾起了他的银子，装进袋里，然后说：“庄主啊，既然现在我已经切实地拿到了我的工资，我觉得是时候回报你昨晚打在我脸上的一拳了。”

约翰是一个身材高大、体格强壮的男人，正当三十。而庄主已经上了年纪，早已不再强壮有力，因此这场架的结果看上去似乎毫无悬念。然而事实并非如此，当约翰冲向庄主的时候，突然感觉到自己的双脚被人拉了一把，让他摔了个嘴啃泥。当他重新爬起，却看到他的一边是手握棍棒的庄主，另一侧则站着已经拔刀出鞘的奥斯伯恩。男孩大笑着说："为了离开一事，你已经磨蹭得够久了，也长篇大论得够多了，你还是一刻也别再多留为妙。或者你想要先睡一觉再走？还是算了吧，虽然你滔滔不绝了很久，但是现在毕竟还没到晚上呢。"

于是暴躁的约翰站起身来，抖落身上沾染的尘土，把已经收拾好的包袱扛在肩上，走出大门，沿河谷而下，去向一定会欢迎他的亲戚那里。他一路都是徒步而行，因为他已经羞愧至极，没有脸面再开口借匹马来代步。

于是一整天就在层出不穷的事情中消磨过去了，绵羊被放在靠近田地的地方吃草。庄主说不管有没有狼，次日他都要把羊赶到草地上去。但是他嘴里反复不停地念叨这句话，似乎还未下定决心。到了晚上，庄主拔出一柄古老的宝剑，坐下来在磨刀石上打磨它。之后他们都安心地睡下了。

次日凌晨日出之前，庄主发觉屋里有一些窸窸窣窣的声音，于是他坐起身来仔细倾听。接着他就听出有一只手在拨弄他挂在折叠床另一边门板上的三面盾牌，当听到这个人向门边走去时，他微笑着重新躺了回去，但是与此同时他又听见羊群叫成一片。这下庄主立刻站起身来，穿好衣裳，拿起长矛与盾牌，把剑佩好，冲到庭院里，瞄准了草地的方向，缓缓逼近。尽管群星仍在天幕上闪耀，黎明却已然降临，这是一个清新的早晨。透过灰蒙蒙的光线，庄主只能看见畜群全部向着草地走去，一个亚当的后裔跟在后面，他小小的身影上的猩红衣裳隐约可见。

庄主不由莞尔，对自己说，果不其然，远处的那个捣乱者想必需要穿上节日的衣裳去完成他的勇敢无畏之行了！现在我还是不要跟在后面为好，以免影响他，不妨让他独自前往，幸运自会伴随他。

因此他在院墙的炉火边休憩了一会，与此同时绵羊的数量少了起来，但在他的面前变得更加清晰了，他孙子身上的红衣也渐趋鲜亮。随后他加快了脚步绕山丘而行，接着他向北走去，步伐变得越发从容不迫。他告诉自己：孩子自己能做得很好；至于女人们，她们应该会小声尖叫，而当她们发现我和武器都不在家中的时候，估计会以为我陪着孩子一起去了草地。随后他小心地走在偏僻的道路上，一直沿着河岸前行。

Chapter 05

奥斯伯恩屠狼

至于奥斯伯恩，他怎么回来的就不提了，只知道傍晚时他赶着全部的羊归来，甚至找到了羊群中丢失的两只。他身背盾和矛，腰里别着矮人送的屠刀。他身上的大布袋从肩上一直垂到靴子边，对于这样一个乡下小孩来说布袋足够大了；这个白色亚麻布袋几乎被血渍浸染，里面还装着重物。把羊都赶到羊圈后，他提着布袋进了前厅，像往常一样给炉子的炉火添了点柴，然后把袋子从肩头放下。为了让布袋不被人发觉，他还坐在了它的前面。这时外面已是黄昏，炉火稍微点亮了昏暗的大厅，一些小火苗一次次蹿起，形成几许交织在一起的火焰。厅里空无一人，女人们去牵一头母牛了，庄主还没从田里回来。

他安静地坐在那儿，内心出奇的平静。此后传来庄主独自回来的消息；庄主听到“咩咩”的羊叫声，心中暗喜，走向羊圈，借着渐渐亮起的月光，他可以清楚地看到羊群，发现比昨天多了两只，心情更加愉快。他加快脚步去往大厅，女人们刚刚把母牛带进牛栏，也紧随其后。三人一同走进大厅。

“有什么人在大厅吗？”庄主喊道。“是的，虽然我微不足道。”奥斯伯恩坐着回答。他们转过来，看到他正把布袋往身上紧了紧，注意到他好像背着什么，但也看不清楚。庄主说：“今天都发生了点什么，我的亲人。你总是这么鲁莽散漫，照理我该打你一顿板子。”奥斯伯恩说：“我一直在牧羊，找到两只丢失的羊，把它们一个不少地赶了回来，这还不足以让我免于挨打吗？”“也许吧，”庄主说，“但你是不是还遇到了些其他事？”小伙子答道：“捕到好东西能让我逃过挨板子吗？”

“当然，如果真是好东西。”庄主说。“是一群狼，我追到了远方沼泽的角落里。”奥斯伯恩说。“一群狼！”布丽姬说，“你还真是身手敏捷，我的孩子，既没设圈套又没用石弓就能捕到它们！这些狼移动迅速，就像三月的蝴蝶。”

“是的。”他说，“对于一个敏捷的人来说，就算没有弓，一两块石头也许就足够了，但我也没用石头击杀它们。你该问问我是用什么武器击穿它们的。”接着他站起来，把肩上的布袋抖落。于是布丽姬燃起蜡烛，这时他们都看到了他那血红和金色交织的节日服饰。布丽姬说道：“我倒要问问，谁穿着节日的衣服去外面捕猎狼呢？”

“我要告诉您，”小伙子说，“我用来捕猎的武器就是防御的盾，进攻的矛，以及用来砍断它们头的刀；并且我还可以告诉您，当男人上战场时，他们会穿着上好的节日服装。”

他伫立在装饰考究的小厅中，眼睛闪闪发光，头发乌亮，一首诗涌上心头：

在风儿疲惫的草地上
灰色的动物们啊，它们掠过
低声咆哮着渴望，散发着光芒
让羊儿们恐惧
低低地看了一眼明晃的太阳
战斗打响
它们看着乡村小伙
站在他们中间
一支矛刺穿腹部，一支矛直插嘴里
从北到南挥舞着盾牌
一支矛刺穿喉咙，一支矛插进如太阳般的眼里
罕见的致命一击，结束战斗。

“好诗，我的亲人！”庄主说，“现在能让我们看看这些狼吗？”小伙子先向两个女长辈弯下了腰，布袋就在他的身下。她们亲吻着他，好像怎么吻都不够。他最终只能扭动身子摆脱她们，然后弯腰从布袋里拖出一只，扔在木板上；他看了看被砍下的硕大的灰色狼头，狼的下巴被撕裂，獠牙还泛着寒光，女人们都吓得往后退缩。奥斯伯恩说：“这是第一个战利品，还有第二个。”说着他又从布袋中拖出一只狼头，扔在木板上；片刻后又是第三个。

“现在，”他说，“袋子空了，最敬爱的您，我的祖父，我可以将功补过，不用挨打了吗？我恳求您，可以分些肉给我吗？我非常饥饿。”他们现在满脑子就想着赞美和亲吻他，并在十一月为他设立一个新的节日，欢乐的气氛一点也不逊色于圣诞节。

Chapter 06

前往克洛文集市

光阴荏苒，冬季甫降，现下，像奥斯伯恩这样的小家伙终于可以做他想做之事，去他想去之处了。但是如果不强制他做事的话，或者，当他一时燃起想要随心所欲去四处漫行游玩的强烈渴望时，他就对干活热情十足。确实如此，因为他没有年龄相仿的玩伴，对他来说，相比长辈与女性亲属们，还是广阔的田野与荒地给予了他更多的陪伴。

凛冬到来，白雪降落于大地，寒霜也一并来到。不过在这片土地上，霜冻并不会太过严酷。若是岔裂之水冻住的话，一定会有许多人为此兴奋激动，然而这条河从未冰封过。在圣诞季节的早晨，奥斯伯恩和祖父母在天光亮起很早之前便已启程，他们要去往克洛文集市，到万圣教堂听圣诞弥撒。万圣教堂建于河流的东侧，是属于集市的教堂。不过在大河的西侧另有一座教堂，和这座别无二致，也在为西边的乡民进行同样的祈祷。

这是奥斯伯恩第一次准备动身前往集市，两个女主人一向习惯待在家里不出门——但是这一次不行，庄主夫人必须陪伴着她的丈夫，这样她才能向邻居们炫耀她家的小勇士，也是她的心肝宝贝。想要前往集市，得顺流而下七英里。他们踏上一条弯曲的道路以穿越白雪覆盖的田野，行至半路与河岸相逢，之后便沿着河湾一路前行。彼时日光明朗，奥斯伯恩远眺水面，看到大概位于半英里之外（因为这天的能见度颇高）有两座小山丘自原野中拔地而起，环山与两山之间皆被覆着杂木小树林。他询问自己的祖父那是什么，因为迄今为止他从未到达过下游这么远的地方——在他清扫完狼群之前，他被禁止前往下游，在那之后，他又忙于照料马匹与畜栏，赶绵羊去草地上吃草，日复一日，分身乏术。

祖父回答他："那里名叫中林，我们曾听说在杂木林和山丘的另一边，向西能望见一座建筑林立的庄园，这片地方合在一起叫中林山丘。"奥斯伯恩说："希望我们能在那里待上一会；当我看着那座庄园的时候，我总觉得它很亲切友好，而且我冥冥中感觉到，总有一天，那里的住户会和我未来的人生有所牵扯。"庄主回答说："我们听说那里人口稀少，除了一个寡妇带着她的一个孩子，再加一个小女仆住着，就没什么人了。至于你所说的那一天，必然要等到很久很久以后才会到来。因为，任何一个人想要绕过岔裂之水，都需要极其漫长的时间，除非凛冽的寒冬降临，大地尽被冰封，河流凝结不动。而上帝和万圣们不会允许这样的事发生。"

小家伙沉默了一会，说道："庄主，我们要是一开始就从自家门口直下河岸，之后都顺着河流的一侧走到集市就好了，这样，我们就可以满心舒畅地眺望河流，畅想着另一边会有什么，而我们是否又有必要去那里见识一番。沿着岸走明明更好，我们为什么不这么走呢？”庄主说道：“在这个苦寒的早上，我们选了最短的路走，如此而已。”

他这话其实是谎言。因为他们走这条弯曲的道路是为了绕过一处河畔地带，在河谷居民心中，那里非常危险。但是也正因如此，他不能如实告诉他的男孩，因为这个小家伙现在很有主见，他要是听到任何涉及危险的事，一定会兴奋不已，跃跃欲试地准备前去挑战，而事实也的确如此。关于这个现在已经被甩在身后的地方，还是留到以后再和他解释吧。

他们到达集市的时间非常巧，正值朝阳升起，不过此地已然熙熙攘攘。他们的到来赢得了西侧居民的欢呼——两边的民众都想上前迎接新来的人。但是他们遇见的第一个人是暴躁的约翰。温柔和善的庄主夫人友好地向他打招呼，并为能有认识的人听她讲小勇士和野狼的故事而欣然快慰。老实说，要算愿意听她讲故事的人，必须把他们所见的这第一个人排除在外。现在其他人来了，众多健谈的普通男女把这对夫妇团团围住，听庄主夫人讲述捕狼的全部经过，因为她讲的故事实在是流畅又动听。

暴躁的约翰不得不忍受她的娓娓道来，等到故事结束时，他说：“好吧，夫人，所以这就是我为什么总认为这个孩子太出风头，而且事态已经远超过我所警告你们的程度，你们已经为自己创造了一个新主人。”随即他转身就走。但是那些已经听完故事的人对男孩的事迹大加赞赏，他们认为一个孩子能直面并杀死三个足以吓跑两个壮汉的怪物，实在是不可思议的壮举。一个男人作了下面这首诗，现在这首诗在整个东部集市唱响，随后又和着故事一并传唱到河流的另一边：

是逃跑，还是奋战
自由的选择是对人性的考验
试着投身战斗的约翰
听见木板嘎吱作响
他准备冲回炉边
将它进行验证
在精疲力竭的奔逃路上
他脆弱的人性尽显
而奥斯伯恩，他懂得
逃跑的下场如何
唯有选择新的比拼
那就是与野兽战斗
年幼孩童奋勇作战，高大壮汉只知逃跑
二人同处厅内时，所有乡民都放声大笑。

当暴躁的约翰听到这首诗的时候，他咬牙切齿地在心里诅咒着，表面上却一言不发。

现在不论是在哪一边，教堂都摇起铃提醒信徒们进行弥撒，所有的乡民都去参与仪式了。奥斯伯恩坐在庄稼汉中间上好的座位上，从头到尾都在认真地注视、倾听。当弥撒结束，灶火燃起，水流两侧均搭起了帐篷，不久他们便去享用晚餐。随后，他们歌唱了一会，又到了饮酒作乐的时间。乡民们成双成对，男女相携，但是并非全部，因为这里的男人多于女人。除了暴躁的约翰，所有的男人都和奥斯伯恩处得很好，他们找到了一个美丽端庄的十七岁少女与他做伴。而奥斯伯恩之前的视线一直在所有外表美丽的女人身上逡巡（因为除了他的两位女性亲属，他还没有见过几个女人），当他见到这可爱的少女解下头巾，摘下手套的时候，无比地惊喜。

然而，她却因他的大胆，感到有些羞涩。由于奥斯伯恩也不过是个孩子，所以直到灌下了一两杯酒之后他才鼓起勇气，把手盖到了女孩的脖子上，亲吻了她的面颊和嘴唇，令她的脸呈现出玫瑰般的红色。帐篷里所有的人都为他们欢呼喝彩。而后他们就沉醉在甜言蜜语中，彼此说了许多话，到宴会落幕之时，他还牵起了女孩的手。宴饮结束，乡民们在河湾上站成长长的一队，手牵着手，两耳爱杯[①]沿着队伍传递，人们为彼此祈福，愿能身体健康，然后他们扬声同啸，末了离开集市各自分别。此时此刻，在这除了身后闪耀的火光别无光芒的黑暗里，那名少女亲吻了奥斯伯恩。由于他是个相较于他的年纪而言格外高大的男孩，因此即使高挑如她，也无须过分地弯下腰。

之后所有人都散回各自家中。威特莫尔的冬季也悄无声息地溜走了。

---

① 爱杯：有两个杯柄以便轮饮的大银酒杯。（译注）

Chapter 07

一个外来者和赠予奥斯伯恩的礼物

春天再次降临，奥斯伯恩必须要把羊赶上草地，尽管他对河边是那么魂牵梦绕，殷切地盼望着穿过大河，打探些消息。他还只是个孩子，却也想通过自己的努力去找寻那天傍晚在河边他牵过手的美丽少女，但是目前青草正在生长，生活所迫，他只能看守着羊群。

在三月未尽，四月未到的一天，他赶着羊出了草地的上端。他随着羊群漫游上坡，一路上路面坚硬，伴有很多岩石，但非常干净；青草香甜，生长在石头周围的空隙与遮蔽处，总是供不应求——这使得羊儿们为了吃到它们变得行动敏捷，它们在前面领着奥斯伯恩，直到它们来到一个小巧的草绿色山谷，一线涓溪流过其中。羊儿们没有被牵住或绑在一起，它们在山谷散开来，还有些停留在草地顶端。它们也不听他的召唤，他的狗还小，不够聪明，不能去帮他。所以他开始考虑他最好还是先集中尽可能多的羊，把它们赶回家、赶进羊栏，然后再回来寻找剩下的羊，兴许他的祖父还会帮他。他对着羊儿和狗又是跑又是喊，终于周围的羊都聚集到他身边后，他感到炎热又饥饿。他打算先去到河边喝点水，小憩片刻。他也这么做了，趴在河边喝了一大口水。就在此时他感觉有脚步声从山坡下到草地上。

不管怎样，他喝够了水，仍跪着，观察上面。当看到一个高挑的男人向他走来时，他急忙降低高度，趴在地上。这时这个男人离小溪不过十码远。虽说奥斯伯恩没有被这个既不是他的祖父也确实不是他在河谷集会见过的男人给吓着了，但也着实让他吃了一惊。只见他身披细环打造的锁子甲，下着精美刺绣的深红色大衣；左臂套着一只大金环，头戴一顶明亮的钢盔，一柄剑绕在他身上，手里还拿着弓，身后背着箭筒。他看起来很年轻，是个正直的男人：明亮的脸庞和灰色的眼睛；金色的头发有如丝绸般精致，顺着肩头垂下。

于是奥斯伯恩尽可能地表现友好，为这个外来人送上一天的问候，又用更加明亮的嗓音打了声招呼。他们就站在溪水两侧注视了彼此片刻。然后这个外来者愉快地笑了起来，说道：“我该叫你什么名字呢？”

“我是奥斯伯恩，从威特莫尔来。”奥斯伯恩说。“啊，”外来人说，“难道你就是那个去年秋天杀了一整群灰色野狼的人？在那天之前被派出的两个全副武装的人也没能杀了它们。”奥斯伯恩脸色微红地说：“其实，我能怎么做呢？一群狼觊觎我的羊群，我就阻止了它们。难道它们是您的，大人？”外来人又笑着说："并不是，我的小伙子。"他接着说，"我并没有比你更喜欢它们；它们不是我的，但你为什么要到这儿来？"

"您看，"奥斯伯恩说，"我正牧羊呢，一些羊从我的身边跑了，我怎么也没法让它们回来。所以我正想先带着剩下的回家。"

"原来如此，"外来人说，"这好办。你就在这儿歇着，等我再一次归来时，为你带回其余的羊。"

"既然您心意已决，"奥斯伯恩说，"我只能说非常感谢您做这些。"

这个男人大步跨过溪水，向着草地的方向去了。奥斯伯恩坐在石头上等着他，没有丝毫怀疑。大约过了一个钟头，奥斯伯恩看到羊群开始出现在草地顶端，然后大批地向山谷走来，外来者就在后面赶着它们。羊儿们来到溪边，站在那儿不乱跑了，就像在围栏里一样。

外来人穿过羊群来到奥斯伯恩身边，用他亲切又洪亮的声音问道："什么，你还在这儿呢？我以为你肯定跑回家了。"

"我为什么要跑呢？"奥斯伯恩说。"因为害怕我。"他说。奥斯伯恩说道："我一开始是有些害怕，您穿着灰色铠甲和明亮的头盔。但后来我观察到您并不是恶人，就不害怕了。而且我还在期望可以再一次见到您。我觉得您是个正直又光明正大的人，我是不会忘记您的。"

男人说："以前我也听人这么说过。""是女人们吗？"奥斯伯恩问道。"你还真是思维敏捷，"男人说，"是的，是女人，但那是很久以前的事了。""但您看起来年纪并不大呀，"

奥斯伯恩说，“我见过老人，您看起来可一点不像他们。”

“这些都不重要，”外来人说，“但是你告诉我，你多大了？”奥斯伯恩说：“四月三号那天我就十三岁了。”

荒地上的外来人说：“好，你这么年轻就可以这么强壮，这还真是像我，所以我认为我们应该从今往后都成为朋友，当你长大成人，我就不会看着比你老了；不但如此，我们应该成为兄弟。或许我们在不久之后会再相聚。还有，我给你一个忠告：如果可以，去岔裂之水那边，我认为，那是你的宿命。现在是时候告别了，我今天来这里见你，因此，请接受我给你的这个礼物。你会用弓吗？”奥斯伯恩说：“有一副在家，我的祖父花了些时间做给我的，并教会我射箭，但我还不是很熟练。”

男人去取了他的弓，就是之前他拿在手里的那副，说道：“这副弓应该会让你熟练起来；无论谁从我这儿拿到这个礼物，配合我的箭使用，都将会箭无虚发，这是给你的三支箭；如果你留点心，就会发现它们不容易丢，因为它们总会回来。但如果哪天你丢了两支，就带着剩下的那支到一片荒地去——找个没有草也没有耕地的地方，然后面向东北方，将箭射向天空，说这句诗：

一箭射北方
第三个来，向前来
一箭射东方
第三个来，无论如何

一箭射向天

立刻回来，向我靠近

一个一个，又一个回来

仪式完成。

“之后你就会发现箭就躺在你的脚边。现在拿上弓和箭，把我们身边的羊都赶到草地顶端，能看到威特莫尔的地方吧。”

奥斯伯恩接过弓和箭，激动得不能自已，两人一起赶着羊群，穿过荒地。当他们并肩而行时，男人说了许多话，末了他说：“现在我知道你的名字了，就像那些知道我名字和我是谁的人一样；但我还不能告诉你我的名字，这样你就不能说出去，但现在和往后我们再见面时你可以叫我钢头。你应该知道，当下一次我们再见面时，我将会穿着比现在更好的服装盛装出席。穿着那件衣服，我认为你一定会认出我，但就算你认出我，也不能在其他人面前表现出来；至于弓箭，你也不能告诉别人你是从谁那得到的。看！威特莫尔就在前面；祝你好运，勇敢的孩子，不要忘了我的忠告。”

于是他转身，又一次甩开步子，消失在荒草地中。奥斯伯恩为他的离开怅然若失，因为他认为这是他所见过最优秀、最正直的男人。

Chapter 08

庄主雇了新佣工

在奥斯伯恩回到威特莫尔之后，他发现了一桩新鲜事，庄主新雇了一个佣工，并带来给他过目，奥斯伯恩对此表示欢迎。这名佣工个子很高，脾气和话语声都相当轻柔，他发色浅黄，双眼蔚蓝，看上去是一个质朴的汉子。那天早上他来到庄园时，恰巧庄主不在家里，不过他得到了女人们的热烈欢迎。她们表现得非常亲切、充满温情，还让他坐下来吃了点东西填肚子。他说自己名叫史蒂芬，出生于农村，但早年在东集坪度过，那是个乡民们喜欢去闲逛转悠的市集小镇。他在那里长大成人，也在那里步入婚姻的殿堂，但是当他的妻子因难产而离开人世，孩子也未能成活时，东集坪便成了他的伤心之地，于是他便重新回到河谷。

庄主回到家之后，史蒂芬便向他介绍了自己，并且说他觉得自己卖力干活的本事不下于任何人，他也不在乎薪资的丰厚与否，但求食物上不要有限制，因为他的胃口很大。庄主喜欢他的样子，爽快地和他达成了协议。史蒂芬得到了第二顿晚餐作为庆贺，并吃得很满足。因而他被叫作“饕餮史蒂芬”。

现下庄主看见了奥斯伯恩带回来的新武器，就问他是从哪里得来的。男孩告诉他自己深入荒地，在那里发现了它。庄主凝视着他，一言不发。事实上，他怀疑大概原先那把弓有些磨旧了，因此小家伙又去和矮人后裔或者是其他什么怪人做了新的交易。但他随即想起了奥斯伯恩的好运气，之后又想到，现在新雇了一张吃饭的嘴，要是他的小家伙能打点鹿肉或是飞禽回来的话那也不坏。史蒂芬伸手把弓拿起并拉满了弦，说道：“这是一把很称手的武器，制造它的人一定手艺精湛，我很想见见他们。至于现在，要是这把弓能在晚上带回猎物的话，庄主就会觉得我的胃口不再是那么沉重的负担了。我的忠告是，庄主，把你的男孩训练成猎手的话，对我们都有好处，这样的话，从如此的一把劲弓上射出的箭就只会命中他有意瞄准的目标。”然后他微笑着向奥斯伯恩点头示意，小家伙觉得，这个新佣工应该会对他很友善。

晚餐端了进来，饕餮史蒂芬狼吞虎咽，表现得好像自太阳升起之后就粒米未进一般。

到了第二天，当史蒂芬准备把羊群赶到草地去时，他对奥斯伯恩说：“和我一起去吧，小主人，帮我指一下路。把你的弓箭也带在身上，让我看看你能不能给我们射中一些能吃的猎物，不管是披羽毛的还是穿皮毛的，山上都有很多。”于是他们就一起去了，放牧的同时奥斯伯恩射下了整整一串的黑琴鸡[1]与杓鹬[2]。而且，因为他百发百中，箭矢必然会留在猎物的身上，所以箭确实非常容易找回。

庄主对他的战利品感到非常欣慰，而史蒂芬则看着储藏室直舔嘴唇。第二天，奥斯伯恩让史蒂芬单独去山上，自己则骑上一匹马逆着河水向上，朝着山脉走了十英里，在那里他一箭就射杀了一头十叉角的雄鹿，于是庄主不再后悔和饕餮史蒂芬所签的协议。于是日子就这样持续下去，每两三天奥斯伯恩都会动身去远方打点猎物回来，虽然个别时候他也会空手而归，但是其他日子里，无论想做何事，想去何地，他都能达成所愿。现在他开始听从钢头的告诫，屡屡前往岔裂之水河畔，但到目前为止，他仅去过上游，还未曾踏足下游。

① 黑琴鸡：一种松鸡科鸟，雄鸟全身羽毛基本为黑色；雌鸟通体黄褐色带斑纹。(译注)
② 杓鹬：一种鹬科鸟，喙较长，向下弯曲。（译注）

Chapter 09

克洛文山湾

时值四月中旬，庄主整装骑马到了一个名为布尔米兹的庄园附近，河谷居民习惯每年春天来这儿，然后相约由此骑行前往东集坪镇，贩卖秋天收剪的羊毛，或做些别的买卖。庄主只身上路，计划在布尔米兹待一晚，在东集坪待两晚，再回布尔米兹待一晚，第五天回家。他走了后，史蒂芬来找奥斯伯恩，对他说："少爷，我这就去山上放羊，你今天不必跟我去，也不用出去打猎，因为家里有很多肉；你今天有空，如果我是你的话，我会直接去河边，说不定会遇上些好玩或稀奇的事儿。不过听我一句劝，如果真遇上这样的事，你不必告诉任何人，包括我在内。对了，穿上你那件深红色的节日盛装会很不错。"

奥斯伯恩谢过他，带着弓箭出了门，到了河边后，他沿着河缘向南缓缓而行；河水牵引着他的视线，他顺势凝望，只见其下是碧绿的深渊和汹涌翻滚的滚滚浪潮，线条清晰，仿佛被钢铁劈开的一样，漩涡不断地打卷儿、上涌，瞬息万变，他都快看不清远处河滩上那熟悉的草地了。

他沿着最初涉水的河边走了两英里多的路，面前是一片绵长笔直的水域，他朝下望去，仿佛能望到河水的尽头；但其实水流急转向东，河面陡然变窄。这狭窄的河面因西河岸巍然耸立着一块突兀的岩礁而成，此刻的奥斯伯恩就站在这突岩上，突岩的大部分侧面正对着整个奔腾不息的洪流。河流在冲击悬崖之前就转了向，朝着狭窄的河口奔腾而去，刚要冲刷到突岩下面的河水时又形成一个巨大无比的漩涡，然后往东向着大海汹涌而去。然而，在悬崖边上，那个漩涡转向的河湾处，是一个约一人高的岩洞，宽约四英尺，其下，一块约一码宽的壁架从陡峭的岩石中耸立出来，悬挂在吓人的洪流之上。壁架距离水面不过十英尺高，而长在上面的杂草竟高约四十英尺。因突岩从河水中耸立而出，岩石露出水面的部分比绿草掩映的底部高出约二十英尺。其后那段狭窄的河面宽约三十英尺，河东岸虽然没突耸出来，但由于有洪流奔腾而过，也还是倾向水中，不过没有突岩高耸得厉害。看起来似乎是有人刻意在这奔腾的洪流上设立了一座山，洪水冲走了山斜坡的那一面，在东边土地最松软的地段开辟出一条河道。在河谷住民看来确实如此，所以河岸两边的人都将其称为克洛文山湾。

奥斯伯恩正对着悬崖上的岩洞站着，目瞪口呆地看着底下的洪流汹涌奔腾，那气势之大，似乎足以将世界这艘巨轮砸出个洞来，将之吞没在它的深渊里。他对着岩洞惊叹不已，搞不清楚它到底是碰巧本来就在那儿，还是有谁特意开掘出来的栖息之所。

他站在那儿正望着岩洞出神，里面突然闪出个人影，站到水面的壁架上，少年一眼就看出那是个和他年龄相仿的小姑娘，她那一头金色泛红的秀发如瀑布般披散开来，身上穿着一件深蓝色布料的短外套。如前文所说，奥斯伯恩听从了史蒂芬的劝说，此时正穿着那件深红色的外衣。这时，那个姑娘抬起头，看到这少年就站在河东岸，吃惊地往后一退。随后她又走上前来，用手挡住阳光往这边看，因为太阳从南边照射过来，水面此时反射着明晃晃的光。他们相隔约三十英尺的水域，但是河水汩汩而涌、滔滔不绝地往前奔腾，于是那姑娘一边拍手一边用尖锐清晰的嗓子喊道："噢，你这美丽的生灵，你是什么？"奥斯伯恩笑了起来，大声地答道："我是个男人，不过因为年幼，他们都叫我男孩，小孩，或小伙子。那你是什么？"

"不，不，"她说道，"我必须得离你近点儿，在这儿对话，河面隔太远了。你径直走到你那边的岩顶上去吧，我也会往我这边的岩顶上走。"随后她就转身，拄着破旧的黑色手杖沿着悬崖的侧面开始往上爬。奥斯伯恩是个男孩，个性中不乏果敢，某种程度上来说甚至还有些不屈不挠，可望着那姑娘攀爬如此危险又陡峭的道路，他还是经不住浑身发抖、心跳加速，他紧紧地盯着她，注视着她安全地踏上那片草地；然后他才转身，敏捷地爬上东面的山丘，就在那个姑娘跑到她那边的突岩之际，他也来到了那块峻峭的岩石边缘。

他一言不发地盯着她看，她呢，上气不接下气，一时也说不出话来。后来她终于开口了："我们尽可能像今天此刻这样离得近点儿，一定能有很多天，或许一辈子都能离这么近。那么现在，我们来聊天吧。”她双腿并拢，双手放在胸前，站在那儿，看样子是要等他先开始。而他呢，言辞迟钝，最后还是她开口了：“我好奇为何你不再讲话了，你的笑声就像那可爱的鸟声一般，你的声音很动听，洪亮而清晰。”

他笑了笑，说：“好吧，那我说。告诉我你是什么。你是仙子吗？你的身形太完美，不可能是矮人家族的。”她双手一拍笑了起来，然后说道：“我并不是嘲笑你提的问题，而是因为还能听到你的声音而开心地笑。不，不，我不是仙子，我是人类的孩子。那么你呢，难道你不是人类的孩子？”

“我和你一样。”他答道，“我是个庄主的孩子，但是我父母都已去世，我跟祖父母一起生活，家在河上游的威特莫尔。”

她说道：“他们待你好吗？”少年直起身来道：“我待他们很好。”“你真好！”她说，“这也是为什么我觉得你是人类之子，因为我见过各种各样的人，有些年长，有些跟你一样年轻，但不到一半的人有你这么好。”他微笑了一下，说：“好吧，我还以为你是仙子呢，因为你又和善又娇小。我不久前见过一个美丽的姑娘，但我觉得她比你年长，要高很多。请告诉我，你多大了？”她答道：“到五月中旬我就十三岁了。”

“瞧！现在，”他说道，“我们几乎同龄。我四月初刚满十三岁。不过你还没告诉我你住哪儿，怎么去你那。”她说：“我住在附近的中林山丘。我是一个庄主的女儿，跟你一样，我也父母双亡，我从未见过我父亲，我现在跟两个姑姑住在一起，她们都比我的母亲年长。”

“她们待你好吗？”少年问道，笑着打趣地回问了她刚问的问题。“有时候好，”她也笑了起来，说道：“不过有时候不好，可能因为我并不是总待她们很好，不像你对你的亲人那样好。”他没作回答，她也沉默了一会儿，然后他说道：“姑娘，你在想什么？”“我在想，”她说，“我遇到你是多么奇妙的机缘，因为你让我如此开心。”他说道：“我们或许还可以再见，如果创造点机会的话。”“噢，是的，”她说道，然后又是一阵沉默。他说：“我不知道为什么你会在那个岩洞里。告诉我，这样攀上爬下不会非常危险吗？你那样做不会害怕吗？还有，我得告诉你，这也是我觉得你是仙子的另一个原因，因为你是从岩洞里出来的。”

她说：“我可以告诉你关于岩洞的一切，不过说到在岩洞里爬进爬出的危险性，假如我迷路了的话，你会很遗憾吗？”“会的，”他说，“无比遗憾。”“好的，”她说，“那就没什么好怕的了，因为我对此早已习以为常，身在其中一点儿也不危险。不过我很高兴你会为我担心。”“我都担心坏了。”奥斯伯恩说。

“说到岩洞，”姑娘说：“我是两年前发现它的，当时我还年幼，姑妈们待我也不太好。如果我去到那里，她们是不会去找我的。因为人们说那里是矮人的居住地，他们害怕进去。此外，如果我的女亲戚们真的下到岩洞里来找我的话，鉴于她们俩个子都很高，一个会身子僵硬，像个木头人，另一个则身材异常臃肿，那画面我想想都会觉得好笑。”

随后她就在悬崖边上坐下，两条小腿耷拉在河水之上，一边欢笑一边随着笑声前仰后合，奥斯伯恩也笑了起来。然后他问道："但是，难道你不怕小矮人吗？"她说："亲爱的小男孩，我在听说小矮人的传闻之前就去过那里很多次了，相安无事；在听到传闻以后，我又去了那儿，也相安无事。对了，我告诉你，我还得到礼物了呢，至少在我看来，那些都是礼物。起初我得硬着头皮去放羊，把羊群带到最肥美的牧场，那些羊四处闲逛，弄得我精疲力尽，回家的时候好些羊都失散了，尽管这并非我的过错，我却会因此遭受惩罚，甚至受到鞭打。有一次我奋力钻进岩洞，坐在那里哭了起来，细数自己遭受的苦难，等我出了岩洞，我看见有一样东西躺在我脚边的壁架上，我捡了起来，看到是一支有七个孔的笛子，当我吹奏笛子时，它流淌出甜美而欢快的旋律，所以我觉得这是一个莫大的奖赏，于是我把它带回家了，它治愈了我所有的忧伤。第二天我又像往常一样赶着羊去牧场，羊群又四处走散了，我紧跟着它们，却一只也没找回来；我疲惫不堪，心里非常害怕回到庄园又会发生什么。于是我又坐在石头上，哭了一阵之后，我想我可以用笛声安抚一下自己。但是，天哪，奇迹发生了，我还没有吹奏几个音符，羊群就全跑回到我身边，咩咩地叫着，吃着牧草。我坐在那里吹笛子，羊儿会围着我兜兜转转，那天我愉快地把整个羊群都带回了家。从那以后一直都是这样，一年以前真是苦不堪言。美丽的男孩，你觉得我现在在做什么呢？"奥斯伯恩笑言："在跟朋友谈天说地啊。""不，"她说，"我正在牧羊呢。"

她拿起胸前的笛子吹奏起来，悠扬醉人的旋律从笛子里流淌出来，笛声如此美妙，少年情不自禁地随之晃动双腿，仿佛是在丈量乐声，这时他听到一阵咩咩的羊叫声，羊群从四处向那个姑娘奔来。她起身跑到羊群中去，唯恐羊群推搡着跌落到水里。她对着羊群跳起舞来，提着她那蓝色的短裙子，裸露的双腿在裙裾间时隐时现，满头秀发随之飞舞，羊群也在她的周围欢腾雀跃，好像得到了她的指令一般。男孩看着此景，忘情地欢笑，他觉得这是他见过的最好玩的游戏。姑娘跳累了后，又走到突岩的顶端，像之前那样坐着，让羊群自由流连。

Chapter 10

奥斯伯恩和艾希德建立往来

在她休憩之时，她又开始讲道：“亲爱的男孩，这是我收到的第一个礼物，我只能猜想，是有什么人耳闻了我的悲泣，想抹平我的悲伤，才将这美好的礼物赠予我。所以我必须得再尝试一回。有一天，我下到洞穴里面，哀叹自己身无长物，没东西打扮自己，我眼巴巴地看着其他少女穿金戴银，自己却不能如她们一般。说完这些之后，我走下岩石，这次我小心翼翼地行走，如履薄冰，生怕把什么贵重的东西踢到水里。看啊，有件宝物当时就静静地躺在那里。”她从自己胸前取出一条缀满宝石的黄金项链，黄金与翡翠、蓝宝石、红宝石交相辉映。见项链在阳光下流光溢彩，奥斯伯恩觉得这的确是一件美丽的物品，却不知它罕有到连王后的珍宝收藏都难以与之媲美。“你也许能理解，无论是这条项链，还是那支笛子，我都不敢让我的姑姑们发现，否则她们必然会从我这里夺走它们，并对着它们厌恶地大喊。毕竟她们经常会痛斥那些居住在河角地带的邪恶生物，以及他们给人类孩童带来的疾病。所以我只在无人经过时玩一会笛子，坐在太阳下用项链打扮打扮自己。你好好看着，男孩，我多么高兴能打扮给你看啊。”于是她把脖子上的衣服向下拉了拉，毛衣之下是她雪白细腻的肌肤，接着她戴上了项链。奥斯伯恩觉得项链戴在那的确很合适，让她看上去华贵精致。

然后她说：“还有另一件礼物，也是我从洞穴居民那里得来的，如果世上真的有这样的生物住在山洞里的话。有一天我病了，虚弱与病痛让我连头都抬不起来。于是我偷偷走来这里，克服艰难险阻下到山洞中，开始悲叹我受疾病所苦，而在勉强做完这些以后，我就感到昏昏欲睡，便直接在洞穴的地面上睡了过去，之后我就再也不难受了。过了约莫三个小时之后，我醒转过来，身上再也没有什么地方不舒服了，我重新变得强健，活泼地回到草地上，清除掉我攀爬的痕迹。之后我反复地来此祈求，即便如此，这些好人从来没有令我失望过。你曾和类似的生物打过交道吗？”

奥斯伯恩回答了她，告诉她自己曾见过矮人的事，还向她展示了自己得来的刀，刀刃在阳光下寒光闪闪。然后，他本想和她讲讲钢头，但是又记起钢头说过不准自己向任何人提起他，便对此保持了沉默。但是他说：“在我看来，女孩，能交到这样的朋友，说明你可能并非一无是处。和我说说吧，除了放牧你还会些什么？”她开口道：“我会纺纱，能织布，可以烤面包，做黄油，甚至推石磨磨面。不过最后一项比较困难，没有命令我是不会主动去干的，事实上室内的工作也都是如此，我上心的只有放牧一项而已。不过现在轮到你告诉我了，你会做什么？”他说：“也许我不能像你一样那么出色地把羊群赶在一起，但是去年秋天，我学会了怎样去杀死那些撕碎绵羊的恶狼。”

她站起身来，似乎是想更仔细地观察他。她的双手紧紧地交握在一起，热烈地凝视着他。他看出她非常惊奇，于是轻声地说：“这事不像有些人想的那样伟大。最重要的只不过是一颗沉着的心和一双敏锐的眼睛罢了。我就是凭此杀死了三头狼。”

“噢，”她说道，“现在我知道了，你就是我听说过的那个英俊的英雄男孩，你的所作所为的确令人钦佩。而现在，你这样的英雄人物竟然如此善良，愿意花整整一天和一个穷苦又没用的女孩说话。”

他回答：“我这么做，只是因为我乐意。能见到你，和你交谈，也让我非常愉快，因为你美丽又可爱。”

随后她发问：“不过，英雄，你还会做其他事吗？”奥斯伯恩回道：“最近我被看作是一个熟练的弓箭手，只要是我瞄准的东西，就能百发百中，所以我不可能缺肉吃。”“是啊，”她说，“那真是太厉害了。除此之外，你还可以远远地就射中恶狼，以免它们近身咬中你。现在越来越难以让你讲述你的英雄事迹了，我必须追问你每一个细节。告诉我些别的吧。”他说：“家里人还认为我是个诗人，因为我可以琢磨出诗句来。”她用力鼓掌，喊道：“之前那些就已经足够好了，你还会杀狼呢。

要是你现在能在我眼前吟首诗的话，我会多高兴啊。你会吗？”

“我看悬。”他说完大笑了起来，“但是让我试一下吧。”于是他就坐了下来开始寻思着用韵，与此同时艾希德一直站着向河的这岸眺望。最终他站起来，唱道：

现在芳草自由生长
百合盛开在原野上
四月的绿潮
完美地呈现在眼前
被远远甩在身后的
是已落幕的冬天
那司掌风暴的君王
已虚弱缥缈，苍白无力
而你，怒放的菩提树，是供养虫豸的温床
冲出黑暗的房舍，如同春华从风暴中获生
噢，紧闭心扉的树啊
你体内迸发光芒
如同百合排列的地方
透出春潮的闪光
因而你心中的力量
通过开启的红唇释放
向恶狼肆虐的树丛
吐出词句与爱语
同时战场上叱咤风云的战士祝福大地

为了爱和祈求，欢笑与温柔的渴望
也许我会忘却
春天湿润的草色
还有那颤抖的茎干
或是河水的潺潺
包括刺出地表的蕨类
以及泡有红花的茶杯
从春日的心中
绽放出来的所有风景
但我也远远不会忘怀，你的言词造就的房舍
你的思索形成的门扉，你隐藏的话语化作的屋顶
当你离开此地
消失在灰茫的冬季里
穿过烟雾构成的门廊
以及人声的喧嚣
我将全神注视
西芙女神[1]的金发
和女武神希尔德[2]光辉的双足
从而闪电般地夺取胜利

---

① 西芙女神：北欧神话中的土地与收获女神，是战争与农业之神托尔（也是雷神）的妻子。其金色的长发有金子般的光泽，非常出名，后被火神与恶作剧之神洛基剪去。经受托尔的惩罚后，洛基发誓为西芙寻找能工巧匠打造一副能生长的金子长发。（译注）

② 女武神希尔德：北欧神话中的女武神，又称瓦尔基里。她们是接引战死者到英灵殿去的女战士，多是国王之女或主神奥丁之女，骑着白色的骏马，从白马的鬃毛间洒下霜和雪。希尔德是其中一个女武神的名字。（译注）

而自门槛至炉边，仿佛南方传唱的歌谣那般
是来是去，都任凭你吩咐。”

然后他的歌声戛然而止，他们静立着凝视彼此，泪水从少女的脸颊上滚落下来。她首先出了声：“你作的诗句是多么地可爱。而我更是亲眼所见，你坐在这里构思出这首诗，因此通篇的内容都围绕着我和你，关于你有多么爱我，我又是多么爱你。我还明明白白地知道，终有一天你会成长为一个出色又伟大的男人。但是我在你的歌中发现了一些奇怪到近于盲目的东西，你在诗中所言，仿佛我已是一个长大的女人，你也是一个成熟的男人，而事实正相反，我们现在不过都是孩童。再者，留心看吧，那分隔我们的，伟大的洪流，它永远存在，自始而终。”

他不假思索地回应：“我无法控制，那些词句自然而然地涌上了我的舌尖，我觉得说出来比不说要好。你大可看着，我很快就能完成一些孩童所不能完成的事情。”“我认为你应该能办到。”她说，“然而，距离我们在乡民眼中能被称为男人与女人还有很长的时间。但是现在，英俊的男孩，我必须回家了，而你一定得放我走，否则我就有麻烦了。”“是的，”奥斯伯恩说，“只要你想要，我会送你一个礼物。但是除了这把矮人锻造的刀，我不知道还有什么可以送出手的礼物。”女孩大笑着说：“这礼物送给一个男人会很不错，但是送给我不合适，你还是自己留着吧，和善可爱的男孩。至于我，我也很乐意送你点留念的东西，然而要是送笛子，恐怕我不能将它扔过宽阔的江面。我希望我能把我宝石点缀的金项链送到你手上，却又担忧它被岔裂之水吞噬。我该怎么办呢？”

“你什么也不用做，亲爱的少女。”男孩说道，“要是我把笛子从你那取走，就太不明智了，它可是曾经把你从责骂与毒打中拯救出来的功臣。至于项链，它只和女人相衬，就像刀配男人一样。好好地保存它们，直到你变成一个出色的女士的那一天。”

“好吧，”她说，“现在，让我走吧。我这么问是因为觉得在你同意之前似乎还是不要擅自离开的好。”

“行，”他说，“但是首先，我该什么时候再来看你，你又会什么时候再来见我呢？明天怎么样？”“噢，不行，”她说，“不能是明天，我要是太频繁地跑来这里，会引起他们注意的。首先下一次要等到三天以后，再下次还要隔得更久一些。”“再下次的事到时候再看着办吧，反正三天后我会再来这里。现在你走吧，我也会回家去。可惜要不是岔裂之水把我们分离，我现在就该吻你了。”“你真是温柔又可爱，”少女说，“再会吧，既然你对我唱了那样的诗歌，不要在三天里就把我忘怀。”“我不会那么快就忘了你的，”他说，“再见！”

她转过身，手里紧紧地抓着笛子，笛子管腔发出的美妙的乐音，伴着之后羊群的咩咩叫声与奔向她的蹄声，一并传到奥斯伯恩的耳中，很好地抚慰了他一天的辛劳。现在他觉得自己有些领悟了钢头给他的忠告。因此他生起了一个念头，也许和家里的其他人相比，饕餮史蒂芬和他有着更特殊的纽带。因而他心情愉快地回到了威特莫尔。

Chapter 11

奥斯伯恩在洪流之上射送礼物

三天后，奥斯伯恩如约前往克洛文山湾，出门时史蒂芬对他微笑着点头示好。奥斯伯恩又穿上了那件深红色的外衣，他手里握着弓，随身带着钢头送给他的三支箭，又从庄主的箭袋里拿了两支箭。此外，他还再三思索着该给那个姑娘送什么样的礼物。在他的袋子里装着一枚漂亮的金币，那是他很小的时候母亲送给他的，他想着若是能越过奔腾的洪流把它送过去，这该是件不错的礼物。

当突岩映入眼帘，他向对岸望去，看到山顶有个人影，心知那个姑娘先他一步，已经到了。他阔步疾行，找了个地势好的地儿后立即向她道了日安，她也亲切地与他打招呼。随后他留意到，为了这次见面她还特意打扮了一番，她那又小又平、尚在发育的胸前佩戴着那串小矮人家族赠送的项链，项链闪闪发光、熠熠生辉；此外，她还用春天的鲜花做了两个花环，一个戴在头上，另一个系在腰间。她默不作声站在那儿，仿佛在等他夸赞自己新编的饰物。于是他说道：“你比我第一次见你时更漂亮了，这是你们庄园的新潮流吗？”

“不。”她回答，“我做这些是因为今天要见你。上次我们偶遇，我都没有这意识。那你最近有没有什么壮举呢？”

他笑了笑说道：“没有，没有，等我再长大些吧。不过，我这儿有一样新玩意，今早带过来，心想着可以把它送给你，如果你能答应我，永远不与它分离，我会带着最美好的祝愿，把它送给你。”

“我全心全意地向你承诺，”她说道，“但请你告诉我那礼物是什么。给我看一看。”

他拿出礼物，用拇指和食指捏着，对她说：“这是一枚金币，非常好看，我觉得它来自一个遥远的国度。我母亲在我年幼时送给了我，并叮嘱我不要与它分离，除非我需要把它送给一个我想祝他好运的人，因为她觉得那样的话，好运也会随着金币而去。而你，如此美丽，如此可爱，是我至今遇到的唯一的同龄人，我希望你拥有世间所能拥有的所有好运；所以我要把它送给你，我会用布把它包裹起来，系在箭头上，这没关系的，然后把它射过去送给你。”说完话他随即跪在地上，弯着腰开始用布块包裹金币。

那个姑娘呢，则是既满怀期待又激动不已地等待着礼物的到来。这时她又说道：“噢，你对我太好了，我没想到你会将你母亲送你的礼物赠予我。还有，你为什么要将好运射走呢？我可能注定不是幸运的人，肯定没有你那么幸运。如果你把你的幸运符给了我，而坎坷注定是我的命运，它则极有可能既不能增加我的好运，反而只会减少你的好运。”

这时的少年虽已决意要将这枚金币赠予那美丽的姑娘，但她的话在他听来也很有道理，于是他说：“那我们该怎么办？”她答道：“你容我想想。”

于是两人沉默良久，最后少女抬起头来，说：“那是一个圆形的物件吗？”“是的。”他回答。“那上面有些什么？”她问道。奥斯伯恩回答：“金币的一面有两个士兵，另一面有十字架和一些字母。”

她想了想，然后问：“如果对半分开，金币会被毁成怎样？掰开两半，上面会各有一个战士和半个十字架吗？”他回答：“那取决于得到它的人怎样分割。”她说：“怎么会？我知道，你希望我可以分享你的礼物，或许还希望我能分享你的好运，如果你把金币分成两半，一半自己留着，一半用箭射过来给我，如何？”听完她的话，他跳了起来，高兴得开始手舞足蹈，大声喊道：“哇，你太聪明了！现在我可算明白了，我母亲的本意是要我这样子做，才可以分享金币和好运。”

于是他从包裹里拿出金币，取出自己的刀，找了一块大石头，把金币放在刀刃上，开始娴熟地敲打起来，就他的年龄而言，他算是个不错的铁匠。然后他起身说：“喏，弄好了，硬币上的两个士兵都毫发无损，因为他们之间有一些空隙。现在，该轮到弓箭上场了。”那姑娘眉头紧锁，急切地看着他，只见奥斯伯恩迅速地拿起箭杆，搭在弓弦上。

这时他说道：“请小心，站好别动，这半枚金币一会儿就是你的了。看好了，我现在射箭，把它射到你右手边后面，那两块大石头中间、绿草丛生的裂缝里去。”随后他拉开弓，却见那个姑娘拼命地提起自己的裙摆，生怕挡住了他的箭。然后他一松手，箭脱弦而出，但是姑娘还在那站着不动，呆立了好一会，他笑着说：“去吧，姑娘，去找箭杆和金币。”她转过身向裂缝跑去，拿起箭杆，双手颤抖着解开裹布，取出金币看了看，大声说道：“噢，好美的士兵！仿佛是你在金币上啊，我亲爱的男孩。”

这时，她又走上前来，说道：“说来也有点儿怪，无论是上次，还是这次，见面时我们都没有互留姓名呢。我先说吧，我叫艾希德，来自哈特肖山，你呢？”

“艾希德小姑娘，”他回答道：“我叫奥斯伯恩，伍尔夫格雷姆之子，正如我跟你说的，我来自威特莫尔。不过，我们一直没有互留姓名，这一点儿也不奇怪啊，而且我也希望互留了姓名之后不会招来什么厄运。因为我总觉得，当有很多人的时候，人们才会告诉别人自己的名字，好让他们加以区分。而就我们而言，此处只有你和我两个人，因此，无论是我叫你姑娘，还是你叫我小伙，都已足矣。尽管如此，我还是乐意叫你艾希德。”

“我也喜欢叫你奥斯伯恩，”她答道，“如果哪天我们两个离开这乡下，有可能会遇到很多不同名字的人呢，所以我们还是知道彼此的名字更好些——但是，噢！”她突然变得异常激动，接着说道，“你知道你刚送我的礼物有多好吗？把这个金币分成两半，你我就可以永远守护这个信物了，你知道吗？

如果我们哪天容颜改变，在外面遇到了，凭着这半枚金币，就可以认出彼此。”

奥斯伯恩答道：“我倒不觉得我的容颜会有太多改变，至少变老前不会——我觉得你也不会变很多。”她欢快地笑着：“噢，奥斯伯恩小人儿，当你长大成人，长成一个顶天立地的男子汉，当人们都称你为奥斯伯恩·伍尔夫格雷姆伯爵时，难道你的容颜仍不会改变吗？那时你的脸上将满是胡子，双眼犀利锋锐，在战场上嘶吼过的嗓子也会变得无比粗犷。而我呢，我的容颜在诸圣日[①]之时定将改变，你看看我，现在还是只丑小鸭，瘦得皮包骨头、腿细脚长的，但我终会成长成一个窈窕淑女。到那时，我真的很高兴你能看到我。不知为何，在我看来，你会很招女人喜欢，你也会深爱着她们。”

“对我来说，”奥斯伯恩说道，“要做的事情多着呢，屠狼除恶、觐见诸王、获赐礼物，所以几乎没什么时间允许我去谈情说爱——但是，艾希德，我将永远爱你。”他一说完这话脸立马就红了，他毕竟是个年轻的毛头小子。而艾希德也说道：“你无微不至地呵护我，我也将永远爱你。但是请告诉我，奥斯伯恩，你今天想让我为你表演什么？”他答道：“请吹奏你乐声甜美的笛子，再次召唤羊群出来吧，这非常好玩。”她愉快地点头，取出笛子吹奏起来，羊群像那天一样成群地涌来。她一边跳舞一边吹奏了好一会儿笛子，奥斯伯恩则在一旁边拍

---

① 诸圣日：每年 11 月 1 日以崇敬诸圣为名的基督教节日。（译注）

掌欢笑，边为她鼓劲，他满心欢喜地看着她跳舞，能够看着她实在是无比奇妙又令人快乐的事情。

最后她跳累了，整个人躺倒在悬崖边的草地上，说自己跳不动了。奥斯伯恩对她表达了谢意。

等她缓过劲来，她问他接下来需要她做些什么可以让他快乐的事。他请求她讲讲她与两个姑妈的生活，每天都做些什么。于是她像上次那样坐下来，双腿耷拉在汹涌的洪流之上，用甜美的声音给他讲述自己的生活、喜悦和烦恼。有一些经历听起来很心酸，她的两个姑妈年龄虽然不大，毕竟最年长的也才三十岁，但对她却有些苛刻和无情，后面大家会明白的。

但说了一会她顿了一下，对他说道："奥斯伯恩，亲爱的，这些事情对你来说一点也不动听，而你却如此好心地听我唠叨。我还有更好玩的故事，就是那些我听说的关于打胜仗、美人、城堡和龙的传闻。有些是从我姑妈那儿听来的，有些是从那些危急时刻来我们家避难的人那儿听来的，因为我们家是贫民院；而绝大多数，尤其是那些最动听的故事，是从一个住在离我们家不远处的小屋子里的老妇人那里听来的。她很喜欢我，教会了我很多东西，如果你愿意听我讲，我会一一为你道来。"

"我非常乐意听，"他说道，"谢谢你跟我分享。如果可以，我还想送给你其他的礼物。"她说道："听了我的故事后，作为回谢，你要一遍又一遍地跟我念我们上次见面时你作的诗篇，直到我记熟为止。而且如果你愿意，你还要再给我作一些诗篇。""就这么一言为定了，"少年说道，"那么现在你开始讲吧。"

于是小姑娘开始给他讲仙子的故事，等她讲完，他央求她再讲一个；可后面这个故事太长了，讲到天黑还没完，艾希德没法收尾就必须得离开了。他们讨论下次该何时见面为好，奥斯伯恩觉得除了明天，哪一天都太遥远了。而艾希德觉得明天见面太不安全了，唯恐吵醒她的姑妈们，她们少不了会问她去了哪儿，于是他们把下次见面的时间又定在了三天之后，艾希德说要不是因为不得不冒点儿险见面，好把没讲完的故事讲完，那就得等一个星期后才能见面了。随后，两人各自心满意足地回家了。

Chapter 12

来客“路衣者”

从今往后，他们的日子都是这样度过的：两人时不时地在岔裂之水的两岸聚首，只是奥斯伯恩再也没有穿过他那身染得很鲜亮的衣服，基本只穿赤褐色的衣裳。只是，在艾希德的生日那天，虽然没有得到相关的约定，他还是尽最大的努力精心地打扮了一番。这两个孩子经常不是有一方得了病，就是碰到艾希德被她的亲戚关在家里，所以尽管并非本意，他们总是对另一方失约。当其中一个孩子来到他们幽会的地方，却发现另一人不见踪影时，便悲伤得心如刀绞，特别是奥斯伯恩，他的心几乎要因不堪承受混杂着怒火的伤痛而胀裂，每至此时，岔裂之水对他来说就像是致命的蛇一般紧紧地缠绞着他，把他的全部生命力扼杀殆尽，之后他只能失望透顶地回到家中。

时光流逝间，春去夏往，接着早秋也悄然溜走。在威特莫尔，一切都平静地运行着，庄主对他新雇的佣工前所未有地满意，他食量抵得上两个人，干活却比得上三个。至于奥斯伯恩，他也非常喜欢史蒂芬，而史蒂芬也常常会做些什么来逗他开心，尤其是在两个方面。一方面，他像艾希德一样，满腹都是各种各样的传说与史事，通常在他们一同外出放牧的时候，他会给奥斯伯恩讲上整整一天。男孩偶尔也会在故事讲到一半的时候大声抗议："你的故事很精彩，但是我之前已经听过了，只是有点细微的不同。"不过这种事并不常发生。事实上，他从艾希德那里听过一些同样的故事。另一方面，史蒂芬在铸造上天赋异禀，他从奥斯伯恩那里习得了相关技艺，而到了年底，他就已经通过自学和努力成了一个高超的铁匠。此外，有时史蒂芬还会取一块废铁，再从自己的积蓄里拿出一点银制的小东西，比如银便士[1]或是弗罗林[2]，将它们锻造成一枚胸针，或是锁链，也可能是臂环。它们看上去是如此的古朴典雅、精美绝伦，单是欣赏它们，便是一种无上的享受。而史蒂芬总会友好地咧嘴而笑，把每一件饰品都送到奥斯伯恩的手中。奥斯伯恩也满心欢喜地接受着这些馈赠，这样他就有新的东西可以送给艾希德了，连带着他在河对岸射到的猎物一起，尽可能快地送到她手中。不过有时，当他心满意足的时候，奥斯伯恩会对这个铁匠说："你赠予我的已然过多，对我也太好了，令我觉得有些无以为报。"而史蒂芬会说："小主人，你不用担心，总有一天，你对我的好能一瞬间就抵过我为你做的全部。"

---

① 银便士：西欧中世纪流通的一种银币。（译注）
② 弗罗林：13世纪佛罗伦萨铸造并流通的一种金币，在之后传到欧洲其他地区。（译注）

现在，正值十月初降。狂风威猛，整日呼啸，直到西南方吹来一场酷烈的风暴，仿佛要把整个屋顶掀翻。那之后大厅里点起了蜡烛，随后响起了敲门声，史蒂芬走过去开了门，带进来一个被暴风雨袭击，全身湿透的男人。他是一个高大的男人，黄色头发，面容英俊，身材健美，不过他的脸大部分都被未修剪的大胡子遮掩着，脚上也未穿鞋，但是若不谈其破蔽的穿着，他豪气逼人，风采卓绝。他的胳膊下夹着某件长条形的物体，用衣物包裹着，上有麻线紧紧束着，并且各处都用黄蜡牢牢密封。

在他进门的时候，庄主吃了一惊，表现得好像要把这个来人赶出家门一般，他嘴里咕哝着："我们家没有逃犯的容身之处。"但是在这件事上，他还是看向了奥斯伯恩，因为男孩现在已经成长得如此有魄力，家中的任何事都不能没他做主。这个小家伙站起身来，径直走向来人，向他脱离暴风雨来此表示欢迎。然后他牵着来人的手，把他带到炉火边，对自己的祖母说："尊敬的女主人，我们的这个客人不幸被恶劣的天气所袭，在他坐下来和我们一同用餐之前，最好还是带他去内室洗洗脚，再给他找件干的衣服穿吧。"女主人友善地看着客人，让他跟上自己，他依言照做，但是在他转过身之前，奥斯伯恩注视着他，并捕捉到他的一瞥，因此奥斯伯恩确定这个人尽管衣衫褴褛，落魄不已，却正是他的朋友钢头。过了一会，钢头回到厅中，已然从头到脚穿戴一新，在这样紧迫的时间里，没人能比他做得更好。奥斯伯恩把钢头领到桌边他自己的座位上，给了他一些喝的，史蒂芬也是尽心侍奉。因此，钢头算是来到了一个好客的家庭，除却庄主依然投来不情愿的目光，但是他也不好和其他家人唱反调，所以钢头的到来并无伤大雅。

当钢头坐下时，他把自己带的长长的一捆东西交到了奥斯伯恩的手里，并且说道：“您对一个流浪汉竟如此友善，因此我斗胆请求您不吝答应我这件事，请您保管好这捆东西，不要让其他人触碰它，到明早我动身离开之前再归还给我。”奥斯伯恩答应了，把这捆东西放到自己的床头。随后晚饭就端了上来，菜色异常丰盛。因为这个客人现在看上去是一个如此高贵的男人，他的面色是这样的愉悦，为人又是那样的温文尔雅，所以除了庄主，再没有人想起他刚从暴风雨中来到家中时衣衫褴褛的模样。当庄主看到尽管客人吃喝的食量和他的高大体格相衬，但是胃口还不至于到史蒂芬那个地步时，对他的态度也比之前要好多了。

在他们开始饮酒之前，客人开口说道：“也许我该把我的名字告诉你们，因为你们待我如此友善，也不曾主动问起，所以你们应该知道人们称我为‘路衣者’，我希望这番坦白能增进此屋中的善意。”

然后酒杯在圆桌上传递，他们畅饮到深夜。当他们喝完睡前酒后，奥斯伯恩把“路衣者”引到客房，亲吻了他，并祝他晚安，但是未流露出一丝认出他的样子。

Chapter 13

钢头赠予奥斯伯恩一把斩案剑

当清晨到来，客人来到大厅见一家人都在，他对女主人说："夫人，我本该把您昨晚借给我的这件衣服脱下来，放在这儿，穿我自己的衣服，但我还没找到我的衣服。"

"你或者其他人，"她说，"都不要去找那些破旧的衣服了，贵客，除非它们能随着你在末日时死而复生，因为我一个小时前在内院把它们安静地烧掉了。愿上帝保佑我们，威特莫尔庄园不会有无法容下惨遭暴风雨吹打伤害的客人的那一天。"客人友好地向她点点头。奥斯伯恩说道："您今早想骑马去哪个方向，我很乐意为您带一点路？""我出门后要向南方去，尊敬的大人。"这个外来人说，"但说到骑马，就只能用我原始的方式——'大长腿'来做我的马了，除非我去偷一匹马。"

"用不着做那个，"奥斯伯恩说，"我们能为您找一匹好马，并且就算您不把它还回来，我们也不损失什么，因为一整个冬天就不用准备那么多干草了。史蒂芬，你去看看是不是已给马儿备好马鞍和缰绳了，我们先吃点东西。”客人大笑，看着那个粗俗的主人，说：“这怎么说，庄主，就这么送给我了？”庄主有些悲伤地笑了笑，说：“送给你了，本该是给一个年轻小伙子的，因为这里的一切都该是他的，无论是什么。”“那我接受了，”客人说，“祝福与他同在，但庄主要明白，如有一天我有机会报恩，并不是为此，而是因为您在我衣衫褴褛时收留了我。”

他们开始吃早餐，昨夜的大风已全数退去，留下蓝蓝的天和明亮的太阳，比平常温暖。之后奥斯伯恩把捆好的包袱递给路衣者，他接过来，把它固定在马鞍上，翻身上马。奥斯伯恩身穿经过上好着色的衣裳，也上了马。他们向着河谷进发，快马加鞭，并无多言。

就这样一路骑到河谷里最后一个房子（之前提到的小木屋）后，他们来到一个小峡谷。一股清流划过，向着岔裂之水流去，还有些灌木丛和小树林随着峡谷起起伏伏。路衣者，也就是钢头，勒马停下，对奥斯伯恩说：“我看你最远就送我到这里吧，小伙子，我们下马，下去到小溪边坐坐。”

他们下了马，把马拴在一旁的荆棘丛边，路衣者从马上取下包袱，对奥斯伯恩说：“你能猜到这是个什么好东西吗？”奥斯伯恩红着脸说：“是您去年春天许诺我的剑。”路衣者大笑，说：“好犀利的眼睛，隔着这么多层包裹的蜡布都能辨出它是一把剑，真不愧身上流着勇士的血。但确如你所说，这是你的剑。”说着他解开包裹，男孩渴望地注视着。

终于，剑柄剑鞘显现出来：十字圆头的剑柄，精美绝伦的金色点缀其上，现代的铁匠都无法打造出这样精致的作品。剑柄处金丝环绕，剑鞘边缘纯白，褐色的牛皮上镶嵌着球形的金银装饰物；剑拴为深红色的丝绳，尾部吊着金色橡子。

奥斯伯恩说："哦！您真是友善，为了我一直带着这把剑，我能现在就试试吗？"

"是的，"钢头笑着说，"但要小心！"当看到小伙子的手伸向剑拴时，他说，"别打开剑拴，否则你会有想要拔剑的冲动。因为它叫斩案剑，是先人们很久之前铸造的，当剑离开剑鞘的那一刻，它就具有了思想，有了渴望。以至于不取人的性命，它是不会回剑鞘的。所以，任何时候都要小心，若轻易地让这把剑得见天日，它会割裂出无数的伤口。"

这个果敢无畏的小伙子有些被吓住了，但他还是问道："告诉我，贤明的大人，我什么时候该拔剑呢？"

钢头说："只有当你的仇敌站在你面前时你才能鼓起勇气拔剑。其他任何时候，无论是遇到邪恶之人或行巫术之人，都只能用普通的剑来应对。一个能力超群的先人曾在剑刃上下了咒语，除了那柄同为一人所铸的兄弟剑，没有什么可以抵挡它——如果那把兄弟剑确实存在于世的话。现在你拥有了这把剑，责任也随之而来，你听后不要疑虑也不要害怕，不能因为一时的争辩而拔剑，不能为了维护任何暴君或者恶人而拔剑，不能为了遭遇不幸而拔剑，尽管剑始终在你身边，但你看起来并不是那些会误入歧途的人。要我说你昨晚做得非常好，虽然你认出我了（纵然我能力强大），但当你牵我进屋，领我到炉火边，站到全家人面前时，你并不认识我。我对你来说只不过是个衣衫褴褛的流浪汉，一个会被你祖父扔回暴风雨中的人，但你待我有如王室贵族。”

现在必须要说明的是，当奥斯伯恩听完这些话时，他意识到这是何等的赞美，心里洋溢着喜悦，骁勇之气也随之增长。他的脸泛着光，眼泪在眼中闪烁，说不出话来，但他对自己发誓他一定要做他的朋友钢头所期许他成为的那个人。

然后他取过剑，束在身上，说道：“大人，这剑不长，但又大又重，看起来像我这种小孩是挥舞不动的。应该等我长大成人后再使用它吗？”

“看起来是这样的，年轻人。”钢头说，“可能用不了一个小时，你就能长到足以挥舞斩案剑了，但我相信你的体力会一月一月、一年一年地提高。”

Chapter 14

来自钢头的赠礼

现在已是正午时分，阳光炽烈，结束谈话后，奥斯伯恩和钢头躺在草地上。此时奥斯伯恩已经汗流浃背了，他注视着水面，像年幼的孩子一样对那明亮的水流无比地渴望。最终他开口道："如果你不介意的话，我很想在这炎热的午时跳到水里去解解暑。"

"这个想法挺好的，小伙子。"钢头说，"况且，我还必须瞧瞧你脱去衣服后显露的身材，看是不是如我所想的一般，你已变得更加结实强壮。"于是他们两个都脱下衣裳，跳进了紧挨着他们的最大的水池里。如果说钢头衣衫整齐的时候像一个贵族，那么他光裸着身子的时候更是如此，他个头高大，形体优美，似乎已经无可挑剔了。至于奥斯伯恩，当他不着寸缕时，个头看上去会显得单薄一些，而考虑到他的年龄，他的身材已经算相当出色了。接着钢头马上出了水，穿戴齐整，而奥斯伯恩还在水里嬉戏了好一会。然后钢头把男孩就那么光着身子叫到身旁，说："在我面前站好，年轻人，我要送你一件与斩案剑相衬的礼物。"于是男孩就在他面前站直了身体，钢头首先把双手放在男孩的头顶上，让它们在那里停留了一会，然后他把手向下移动到男孩的肩膀上，再是手臂上，之后是小腿和大腿，以及胸膛，把他的全身上下都查验了一遍。随即他说道："自古至今，通常都是由父亲如此行事来祝福孩子。不过至于你，你的父亲已经过世了，而与你血缘最近的男性亲属心胸狭窄，还有点粗鲁。所以就由我来代替你的父亲吧，我过去曾是一个战士，应该能对你有所裨益。我也会承担起这份责任，只要你能存活下来，照我说的去做，便能获得益处。而不久之后，你就会需要这些助益。现在仪式已经完成了，你去穿戴整齐，再小憩片刻。之后我就要动身离开，留下你一个人，好好体会我赠予你的力量和你心中增长勃发的骁勇之气。"

接下来他们躺在绿茵地上休息。奥斯伯恩取来蛋糕、奶酪和一小桶酒，他们兴高采烈地在此地尽情享用。不过钢头对自己的同伴和过去的生活只字未提，只是不停地谈论着飞禽、游鱼和其他在深谷中能猎到的野味，有用弓箭射来的，也有用别的办法捕获的。休息了一会儿之后他们爬起来走向自己的马匹，钢头对奥斯伯恩说："你对身体里的伟大力量适应得如何，小家伙？现在用斩案剑战斗的时候，你可以更加游刃有余了吧？"于是这个年轻人活动拉伸了一番手脚，握住剑柄晃动挥舞，抛到空中，又重新接住，然后说："你看到了吗？我觉得自己力量充沛，现在让我跳入岔裂之水的洪流中游泳击水，甚至横渡它都没有问题。”钢头不禁莞尔：“我的孩子，我命你顺其自然。因为自世界初生，世世代代的河谷住民，就没有哪一个能渡过岔裂之水。现在到了我们该分别的时刻了，不过，尽管我骑走了这匹代步的牲畜，你的祖父什么损失也不会有，相反会得到很多好处。因为我接受这匹马只是为了让你高兴，用不了多久，我应当就会把它送回威特莫尔的。再会了，我的孩子！”

于是他在年轻人的脸上落下告别的一吻，驱马向南穿过水流，奔向深谷的另一边。奥斯伯恩伫立在自己的马旁，目送着钢头远去，注视着他行过的路，然后跨上马背，打道回府。起初，小伙子因失去了新的父亲而心情低落，然而一会过后，念及自己得到的新礼物和自己刚刚获得的力量，还有自信，以及生活的乐趣，他又重新振作，变得快乐起来，仿佛世界都为他焕然一新。

也许你会不禁往下遐想，奥斯伯恩下一次（事实上，正是次日）去克洛文山湾时，他会把斩案剑系在身上，带去向他的朋友炫耀，但是艾希德看上去格外严肃，并且说道：“奥斯伯恩，我为你祈祷，希望你的剑不会有出鞘的那天。”“我当然不会把它拔出来，”他说，“因为我被告诫过，除非大敌当前，否则都不能动剑。每次拔剑出鞘后，这把剑都会活转过来，直到还剑入鞘前都会具有自己的生命。”“我很害怕，”她说，“我怕你会滥用利剑，就像许多故事中所讲的那样，最后也许会葬送自己的性命。”接着她举起手盖住脸，痛哭起来。他好言安慰着她，直到她的眼泪不再滴落。

然后她久久地凝视着他，眼中充满爱意，最终说道：“我不知道这是怎么回事，但在我看来，你已经变化良多，成长得越来越不像孩子了，你像是认识了什么新的朋友。现在我不会多问是谁带给你这种变化，赠送了这把剑给你，因为我知道，如果能说的话，你早已悉数告诉我了。所以你只要告诉我一句话，你是从一个朋友，还是一个敌人那里得到这些的？”他答道：“被你猜中了，我的确不能告诉你送我东西的人是谁，但是我可以告诉你它们都来自一个朋友。不过你不为我获得这些东西而高兴吗？”她微笑着说：“如果可以的话，我当然会替你高兴，但是我做不到。因为我觉得，相比我而言，你成长得太快了，这让我很难过，因为这会在我们中间划下比现在更加宽广的鸿沟。”

于是奥斯伯恩再一次说尽好话安慰她，并把史蒂芬当天早上做给他的胸针向她抛过去，很快她便平复心情了，又坐下来给他讲了一个往昔的故事。他们愉快地告别，随后奥斯伯恩回到威特莫尔的家中。但是他刚到家没几分钟，门外就来了一个骑马的年轻人，他身着一袭红衣，活泼快乐，马背上装着上好的鞍鞯，佩着一些银饰。但是即使有这一变化，奥斯伯恩和站在门里的史蒂芬两人也再清楚不过，这一匹马就是路衣者骑走的那匹马。

这时，那个小伙子喊道：“这里就是威特莫尔庄园吗？”“是啊，”奥斯伯恩说，“请问您有何贵干？”“我要见庄主。”那个小伙子说。“他出门去了，”奥斯伯恩道，“不过你要是愿意进门来，稍微吃点什么，喝口汤，大概就能见到他了。”

“我没法等，”那个小伙子说，“我时间紧迫。所以我就把要带给他的话告诉你吧，反正也不长，听着，路衣者把庄主借给他的马匹还回来了，并恳请他保管好这些财物。”随后他一瞬间就翻身下马，穿过庭院的门走了出去，他离开得如此迅速，身影转瞬即逝。史蒂芬大笑着对奥斯伯恩说：“路衣者真是绝不肯欠人一分一毫。现在看来，我们的庄主今晚一定会很惊喜。你看！你看那马的钉掌！如果我曾见过白银，认识它的模样的话，我觉得马蹄上钉着的就是。”而事实果真如他所言，马蹄上的银钉掌足足有一寸厚。

很快庄主就回到了家里，两人告诉他发生的事情，庄主欣喜若狂，连连说着最后幸运还是眷顾了威特莫尔。不过之后他们就发现那匹马变得比他们所知道的还要出色，那马成了威特莫尔豢养的马匹中最好的一匹。

Chapter 15

暴躁的约翰带了一位客人来威特莫尔

日复一日，冬天已悄然到来。一直没有什么事发生，直到这天的黄昏时分，当时所有家人都聚集在大厅，有人敲门。史蒂芬去应门，随他进来的除了暴躁的约翰还有一个陌生人，一个高大的男人，有着深色的头发，红胡子，宽脸，棕色的双眼和红色的脸颊，满脸的红斑，态度张狂。他系着剑，背着盾，手中还攥着矛，身披及膝的长铠甲。他一进门刚想说话，暴躁的约翰急忙抢先说道："让哈德卡斯尔在这儿住一晚，行吗？"庄主被他的长相和声音震慑住，说道："好吧，当然，大人，如果这是你想要的。"

奥斯伯恩当时背朝着门，但他只是转过头，说道："厅里的肉、酒水和炉火，每个来的客人都能随意使用，无论是爵士还是农夫。"哈德卡斯尔怒目而视，说道："我既不是爵士也不是农夫，我掌握自己的命运，并且庄主，我接受你为这一晚出的价，我们一会儿就结。但至于这个年轻人，我现在就得管教他，教他些礼数。”说着他走向奥斯伯恩，从背后重重给了他一个耳光。暴躁的约翰大笑，冲他做了个鬼脸，说：“噢！年轻的屠狼者，感觉怎么样？现在就是你的威望结束的时候！”但无论是对这一记重击还是冷嘲热讽，奥斯伯恩都面不改色，没有丝毫退缩。

哈德卡斯尔说：“嘿！那些把你吓跑的狼就是这个年轻人杀的，约翰？”约翰顿时安静，脸色通红。哈德卡斯尔接着说：“现在告诉我，应该把我的武器安置在哪里？看起来这个家谦逊友好，我暂时还不需要这些。”奥斯伯恩转过头说：“该发生的总会发生，不该发生的也会发生。”哈德卡斯尔又一次狠狠地瞪着他，但这次并没有出手。因为史蒂芬正接过他卸下的锁子甲，一并还有其他盔甲和武器，并把它们都挂在大厅另一端的钉子上。之后史蒂芬便回来，站在哈德卡斯尔的前面，好像在等他发号施令，但哈德卡斯尔说：“这个傻大个在这儿做什么，叫什么名字？这个笨蛋想要干什么？”史蒂芬说：“我是想要服侍您，尊贵的阁下，我的名字是饕餮史蒂芬，但我更倾向于吞其他东西，而不是尖刻之语。”哈德卡斯尔抬起右脚朝他踢去，但史蒂芬敏捷闪过，顺势在他胸口推了一把，就把他绊倒了。哈德卡斯尔重重地摔倒在地，他极度愤怒地爬起来，想要扑向史蒂芬，但他看到史蒂芬腰里别着一把宽大的刀，就此忍了下来，毕竟眼下他手无寸铁。史蒂芬说：“我们的地板对于跳舞来说是滑了些，尊敬的阁下。”

这时，奥斯伯恩采取行动，来到这人面前向他低头弯腰，说道："尊贵的阁下，我请求您原谅我们的史蒂芬，你看他笨手笨脚的，他不知道他的长腿不该往那伸，总是挡别人的路。"他说话时满脸堆笑，随后又一次深深地弯下腰鞠躬。史蒂芬惊讶地盯着他，往后退了退，哈德卡斯尔也是，他的怒气顿时消失不见，他看着奥斯伯恩说："不会，你并不像我认为的那样不懂礼数，恐怕我还要向你多多学习。"

随后食物被端上桌，他们都在桌前落座，哈德卡斯尔显得轻松自在，至于庄主，即使之前并不高兴，现在看起来也缓和了些。客人坐在庄主右侧，他吃了一会说道："庄主，你的女眷们以前一定都颇有姿色，但现在都有些被岁月蚕食了。你是不是还在什么地方藏着更漂亮的呀，比如什么小房子里？那些有着姣好的面容、圆润的臂膀和精致细长的腿的美人？如果有的话，那会让我们更加开心，或者说更友好。"

庄主脸色惨白，结结巴巴地说这些就是威特莫尔全部的女人了。约翰喊道："我早就告诉你了，勇士。不用在意，这河谷上下会有漂亮姑娘的，你一定能不费吹灰之力找到一两个，无论是用魅力还是用武力。"哈德卡斯尔大笑，说道："你应该把她们给我找回来，暴躁的约翰，看看你中意的那个，是能用魅力得来，还是武力得来。"在座的都笑了起来，因为他们都了解约翰不仅脾气坏还胆小懦弱。约翰怒气难掩，脸色一阵红一阵白的。至于奥斯伯恩，他不禁想到去年冬天在克洛文集市他牵过手的美丽女孩。他想，要是哈德卡斯尔有丝毫冒犯她，斩案剑将为她重见阳光。

片刻后，奥斯伯恩转向约翰，看到他的刀躺在桌上，那是一把好刀，刀柄处雕刻精美，于是奥斯伯恩说道：“您的屠刀看起来又好又奇怪，约翰，把它递到我手上。”约翰这么做了，奥斯伯恩用手指抓着靠近刀尖的背面，慢慢扭动，直到它弯曲成羊角状。然后他把刀归还给约翰，说道：“现在你的刀更奇怪了，约翰，但也不如以前好用了。”全部人都惊奇于他的本事，只有愚蠢暴躁的约翰除外，他大声抗议奥斯伯恩把他的刀弄坏了。但是哈德卡斯尔现在已经差不多被酒灌醉了，他大声说：“你冷静点，约翰，显而易见，这儿的这个年轻人在把刀弄弯的同时，也有足够的本事把刀掰直。大家都看得出他是个手巧的铁匠，这对我也很有好处。”奥斯伯恩伸手示意要拿刀，约翰递给他，他像之前那样拿住刀尖，看，不到片刻，刀就又变直了，就像哈德卡斯尔说的那样。然后奥斯伯恩把刀还给约翰，说：“让我们的史蒂芬用锤子在刀刃处敲打一两下，你的刀就会完好如初了。”众人皆叹，只有哈德卡斯尔不以为然，因为这时他已经摇摇晃晃看不清了。他命人带他去卧房，庄主牵着他去了客房，自己又回到厅里躺在炉火前。大家都睡下了，休息了一整晚。而庄主，几乎没合眼，即使睡着时也做着被割喉或是房顶着火的梦。

Chapter 16

哈德卡斯尔欲占领威特莫尔

当早晨来临，乡民们已经开始在家中忙活，哈德卡斯尔还在赖床，久久不起。但是等到早餐摆在桌上，人们在大厅里集合起来的时候，他走了出来，坐到桌边，一言不发地用餐，看上去如同约翰一样暴躁。在餐桌被扫荡干净之后，如果不是所有人，我觉得至少女人们都在观察他是否会把他的马叫过来，然后离开。然而他却倚在高脚椅上，缓慢慵懒地开腔道："在我看来，威特莫尔庄园非常不错。它拥有充足的屋舍、富饶的土地。而且要是让我去建个堤坝，造起围墙，它还会更加丰饶。所以，这里有一些好小伙愿意听从我的命令行事，去劫别人的富，济我们的贫吗？之后我会考虑此事，不过就目前而言，直到冬日远去，春天到来之前，我都不会再多说什么。至于你们这些乡下人，即使是对最远处的那个傻大个，我都要说，你们全部，不论男女，只要自愿听从我的调遣，并且兢兢业业地侍奉我，就能有吃有喝。但要是你们不这么做，那就马上收拾东西离开这儿，免得我对你们做出点什么。你们听见没有？决定遵从了吗？”

女人们都面色苍白，颤抖不止，庄主发抖得尤其厉害，而与此同时，暴躁的约翰站在一旁抿嘴而笑。奥斯伯恩愉快地勾起了嘴角，一言不发。他正佩着斩案剑，穿着红衣。至于史蒂芬，他站在哈德卡斯尔面前，看上去非常严肃，却胆怯地斜着眼睛，眼睛死死地往下盯着自己的长鼻梁。

现在，庄主上前，站在这个骄横的人面前，说道：“我们会服从您的意愿，但请伟大的您告诉我们，您是从哪得到的许可和权力，夺走我们的财富，并奴役我们所有人的？”于是哈德卡斯尔拔出自己的剑，将这柄出色又沉重的利刃掷在庄主面前的桌板上，发出响亮的一声，说道：“这就是我的权力，庄主。你想不想见识见识更厉害的呢？”庄主痛苦地呻吟着说：“至少，我祈求您不要把我们所有的一切都剥夺殆尽，至少请给我们留下一些赖以为生的东西，只要您高抬贵手，在收成好的时候，我会为此年年上贡的。”

“我的朋友啊，”哈德卡斯尔说道，“但凭我的权力，我要把你们的财产统统没收，只要我乐意，就一分一毫也不留给你们。不过只要你们肯对我唯命是从，我愿意让你们继续住在这房屋里，吃香喝辣，夜晚更能在温暖的床上安眠。你看，我对你和你的亲人是多么仁慈啊。”

“是啊，”庄主说，“但是我们就得如奴隶一般卖命苦干了。”“你真是大蠢货，”哈德卡斯尔说，“对你们来说这有什么大不了的？说得好像你们之前就不用卖命工作，你们招待我这个客人时也不用如此劳苦似的，我告诉你，不可能。庄主，你现在是不是想把我拒之门外，再也不招待我了？你怎么看啊，琴弓剑，我锋利的宝贝？”他如此说的同时，举起了手中的剑。此时庄主蹑手蹑脚地退下，据暴躁的约翰观察，他还哭了。

但是奥斯伯恩走上前去，他温和的微笑一如往日，说道：“先生，有件事我恳请您为我解惑，那就是，难道除了被奴役，就没有别的途径可以解决这事了吗？您也知道，不到万不得已，任何一个男人都不会愿意沦为奴仆受人驱策。”“哦，我的小男孩，”哈德卡斯尔也微笑了起来，在和庄主谈完之后，他变得更得意了，“当你长大的时候，你就会发现自己所说的话是多么睿智，世上不愿被人使唤的人何其之多。至于要如何才能免遭这种奴役，我会告诉你怎么做的，就像我之前对庄主所说的那样。尽管庄主他是个胆小鬼，而除了站在前面的这个傻大个，这座庄园里再也没有其他可以一战的人——你为什么一直瞪着眼睛，伙计，好像你要把自己的眼珠从眼眶中瞪出来似的？”史蒂芬说：“我实在是太害怕了，先生，不知道看哪里才好，所以我觉得顺着自己鼻子的方向盯着下面看是最好的选择，以免招来祸事。”哈德卡斯尔说：“我倒是准备好好看看你之后会如何，大蠢货，在我取得统治地位之初，你可是要为你的愚行付出代价的。”史蒂芬依然斜眼瞪个不停，但是他的屠刀仍插在他的皮带上。

哈德卡斯尔继续他对奥斯伯恩未讲完的话：“现在，我要告诉你如何才能摆脱这种被你们称作‘奴隶’的身份，而你要听的还有更多，小伙子，因为你会成为我的属下，并毫无疑问会蜕变成一个果敢大胆且技艺娴熟的人。因而，你早就该去学学一个伟大而果敢的男人的行事风格。仔细听好了！每当我苛责一个男人，责令他完成的许多任务让他感到不堪重负时，我都会向他承诺，如果他完不成，那就搭建好战斗台，我们可以下场比试一番，看看彼此的刀尖和刀锋怎么说。要是他能杀死我，或者重伤我，令我不得不从战斗台的边角被抬下场，那他就自由了，同时他还能踏在我的尸体上赢取殊荣。再者，要是他不能亲自战斗，那他也可以选择任意一位勇士来与我战斗，我不会推脱。自古至今，这都被视作一项高尚而优良的勇士传统。由于庄主今天无法找到任何一个勇者来为他战斗，我还略感遗憾。不过我会给他三天的时间，让他去寻找这样的一位勇士——你这个可怜虫，”他转向史蒂芬，“你为什么还死盯着我不放？”

“因为我们已经找到了勇者。”史蒂芬带着鼻音说道。

哈德卡斯尔轻蔑地哼了一声，满唇的胡须倒竖起来，但是奥斯伯恩来到了他的面前，依然面带微笑。他说：“这位战士，我给你三个选择。第一，带着你的人马即刻离开此地。因为你未尽宾客之道，反而重击了我，威胁我们所有人，并且厚颜无耻地肆意作恶。这是你赎罪的最好方式。你怎么看？”然而此时这个傲慢者已经被怒火充盈，他一言不发，只是摇晃着高脚座椅，吹胡子瞪眼地发出冷哼。奥斯伯恩说：“我明白了，你不准备接受这一选择，接下来的选择对你来说可是更糟的。现在等着你的下一个选择是清出一块场地，我们比拼一场。你同意吗？”那个勇猛的家伙大声吼道：“好，我同意！但是你们最好带剑持盾来应战，而我只拿束桦木条就够了。我要是抓不住你，不能像老师管教他的学生一样狠狠地揍你的屁股，并且抽打你，我这辈子就再也不会碰剑和盾。”

奥斯伯恩冰冷地说：“你大概不知道我佩着一把剑，我可要告诉你它可是一把利刃。或者，你要在今早夺过暴躁的约翰的刀，如我昨晚一般行事？我昨天那么做是在向你警告，但是看上去你大概是喝醉了，根本不曾领会到我的意思。”

哈德卡斯尔沉下了脸，因为此刻他终于记起了那把刀灵活柔软的模样。但是奥斯伯恩又再次发问：“我问你，战士，你敢接我的战书吗？”那个傲慢的家伙低声答道：“我不能和一个男孩战斗，不管胜负生死如何，我都会为此蒙羞。”

奥斯伯恩说：“那么就请傲慢粗鄙的你抱着仅剩的羞耻心从这座房屋离开吧。但若是你两者都不肯选，那我可就要对你拔剑相向了。为了更有胜算，我身后还站着我的同伴史蒂芬，一个真诚无畏的男子汉，他手中的白刃也已出鞘。我会干得很漂亮的，因为事实与你之前所言的——你身处的房屋属于你自己，而非我们——要正好相反。”

哈德卡斯尔垂首沉思了片刻之后，抬起了头，声音嘶哑地说：“那便为我搭好战台吧。我会和你决斗，并且毫不留情地杀死你。”“或许会这样，”奥斯伯恩说，“但是情况也可能相反。”随后奥斯伯恩令史蒂芬去河边平坦的草地上清理出战斗场地。而与此同时，他不禁想起在河流另一边的朋友，以及有多大的可能他将倒在威特莫尔的平原上，再也无法见到她的容颜。他又想到，战斗的消息是否会穿越河流传到她那里。但是哈德卡斯尔那刺耳的声音打破了他的沉思，他一个激灵转过身，听到这个傲慢者对他说：“让我看看你的剑，小家伙，就是你要用来和我战斗的武器。”奥斯伯恩不置一词，从腰带上解下剑，递到哈德卡斯尔手上。哈德卡斯尔立即想要解开剑拴，但是奥斯伯恩大声喝道：“住手！战士，不要碰那拴绳。谁知道在门内拔出剑锋会造成什么损伤？”“好吧，好吧，”哈德卡斯尔说，“反正这把剑马上也要拔出来，现在早一点出鞘又有什么害处？”不过他还是把剑放在了自己面前的桌子上，不再去碰这把剑。

奥斯伯恩打量着他，意识到现在厅中只有他们二人，而其他人已经出发去准备战斗场地了。于是他轻声道：“战士，难道你没有在冥冥中预感到接下来会发生的事吗？”哈德卡斯尔没有回答。奥斯伯恩又继续道：“我已经有所感知，我觉得对你而言，最好还是不要让战斗发生。你看，我们现在何不握手言和？这才是明智之选。今日你住在这里，受到最高的优待，明晨你携上称心的礼物，体面地动身离开。这样既无损你的荣光，也不会令你蒙羞，而我们之间所发生的一切都会被轻轻揭过。”哈德卡斯尔摇头否决：“不行，小家伙，绝对不行。这件事很快就会传播开去，耻辱也会即刻降落在我身上。我们必须在战台中比拼对抗。”然后哈德卡斯尔的脸上呈现出某种冷峻的笑，又接着说道：“片刻之前你还威胁我，说要联同那个斜眼的小伙子来杀我，但是现在你正手无寸铁地站在我的面前，而我的掌下就躺着你的剑。既然我在心中掂量过你的预感，你就一点也不怕我会因此对你做些什么吗？”

“不，我并不畏惧，”奥斯伯恩回道，“纵然你也许是个坏人，却还未坏到那个地步。”

“如你所言，”哈德卡斯尔说，“我得再说一遍，你是一个英勇果敢的小伙子。现在看好了，重新举起你的剑。但是告诉我，在这场战斗里，你准备用什么防具来保护自己？”

“除却我的盾牌，再无其他。”奥斯伯恩说，“那边的墙上挂着一个生了锈的头盔，除此以外家里再没有半件甲胄。”

哈德卡斯尔开口：“好吧，我不占你的便宜，我会把我的护具全部留下，只拿一把剑迈入战台，但是你应该拿着你的盾牌，因为我要警告你，琴弓剑可是一把宝剑。”

奥斯伯恩面带微笑地回答：“我深知，只要你上场之后向我发出哪怕只有一剑，在你锋利的琴弓宝剑面前，我手中的这面盾牌将完全承受不住，但是我依然接受你的好意，并为此心存感激。但是这恰恰提醒了我，若你今日生还，必然不会悔改，还将在同样的蛮横与贪婪的驱使下，重复你昨日与今晨所犯下的种种暴行。”

哈德卡斯尔粗犷地大笑着说：“好吧，小鬼，你所言不错。只要你能的话，那你就大胆地过来杀我好了，从我的手中拯救世界吧。不过听着，我对自己的所作所为丝毫不以为耻；尽管乡民们说其中不乏下作卑鄙之行——但是且随他们说好了。”

随后史蒂芬迈进了大厅，告知他们决斗场已经搭建好。现在，他完全不再斜眼看自己的鼻梁了。

Chapter 17

杀戮哈德卡斯尔

他们三人一起来到草地，那儿的决斗场上还站着几个人：畏畏缩缩、可怜兮兮的庄主，脸色苍白、神情焦灼的暴躁的约翰，两个抱在一起、沉浸在巨大悲伤中的女人，老祖母一直伤心地哭泣着。他们从这些人身边走过，走到站在最后面的老祖母身边时，史蒂芬拍了拍她并对她说："你有见过那个小个子国王大卫[①]吗？""没有。"她啜泣着答道。"请你往决斗场那边看看，"他说，"你会亲眼见到他的。"

这时他俩正站在那决斗场中，离正午还有两个小时，天空阴沉昏暗，昭示着今冬第一场雪即将来临，但因为今年到现在

① 大卫王：公元前10世纪以色列联合王国的第二任国王。大卫的意思是"被爱的""蒙爱者"，大部分关于他的记载出自《圣经》，大卫成名于击败敌族非利士巨人歌利亚的一次交战。虽然大卫并不是没有缺点的，但在以色列所有古代的国王中，他被描述为最正义的国王，并且是一位优秀的战士、音乐家和诗人。（译注）

还未下过一场雪，田地显得又干又硬。哈德卡斯尔手握着琴弓宝剑，奥斯伯恩则从腰间取下斩案剑，解开了剑拴。他安静地在那站了一会，直视着自己的仇敌，而对方正朝着他大喊：“你快动手啊，年轻人，我喜欢速战速决。”尔后，奥斯伯恩拔剑出鞘，刀刃在阴沉沉的天色中划出一道白光。根据当时在场的乡民所说，斩案剑出鞘之时，四下一片哗然。只见奥斯伯恩手持盾牌，大喊一声：“勇士，开战吧！”哈德卡斯尔径直地朝着他跳起扑了过来，奥斯伯恩原地守候着，见他挥剑而来，只轻身一跃，退至一旁，猛地往前舞动斩案剑，剑划过哈德卡斯尔的身上，这时所有人都看到剑刃已舔血。哈德卡斯尔凶狠又迅捷地转向少年，随后又迎来一击，奥斯伯恩此时稳持斩案剑，剑锋直立胸前，抵在哈德卡斯尔身上，用剑锋在他侧身划出一大道伤痕，斗士往后踉跄而退，他的剑锋也随之落下。然后奥斯伯恩喊道：“什么！你想身首异处，是吗？那么现在，可是你自个儿被身首异处啰。”说话间斩案剑反手横扫而去，又如闪电般迅速地挥舞回来，剑刃把对手身体的右侧和右臀整个劈开，哈德卡斯尔顿时鲜血直流；这时的哈德卡斯尔，虽有些摇摇晃晃，却粗暴地举起他的剑，奥斯伯恩将盾牌撂在一旁，使劲儿将斩案剑向他胸部正中间刺过去，剑锋刺进他的胸膛，整个剑刃都刺了进去。至于哈德卡斯尔，已被一分为二，倒在了剑下。

奥斯伯恩伫立片刻，静静地看着他，史蒂芬则跑过来跪在一旁，摸了一下哈德卡斯尔的手腕，把他的手放在胸前，然后转过身看着奥斯伯恩。此时奥斯伯恩也跪在一旁，用这个死去的男人的外套的下摆拭去斩案剑上的血迹。随后他站起身来，收剑回鞘，重又绑上拴绳。而后唱道：

携剑与盾
前往此决斗场
亡命之徒
倒在威特莫尔
灰白剑刃
于少年手中渐放异彩
高个男人身形僵直
纵身跃入黑暗
因斩案剑冲出藩篱
指引那无知赤子的手
而此刻刀刃
已于黑暗剑鞘中躺卧
和平的拴绳
令他平静无比
河谷上下
褐黄色过道、无数屋顶
笼罩于祥和之中
年月渐增
无惧午夜与白昼的交替
除却消逝的冬日，无可匹敌。

接着他喊道："过来，庄主，我的祖父，请再次掌管威特莫尔的宅子和土地吧，就像你们在昨天之前那样拥有它。"于是庄主向他走来，亲吻他，一团和气、轻声地向他道谢；随后女人们也过来围在他身边与他拥抱。而暴躁的约翰呢，在看到自己的主人倒下的那一刻就立即潜逃了。等到大家开始到处寻找他时，只能看到他斑点大的身影迅速地淹没在山谷里。于是大伙儿都笑了起来，笑声令人身心放松，所以大家都感到无忧无虑又快乐无比。

"现在，"史蒂芬说道，"我们如何处置这早上还无比凶猛，此刻已溃然倒下的尸体呢？"奥斯伯恩答道："我们就让这尸体如他早晨倒下那般平躺在地下吧，他死得很气魄，虽然或许他活着的时候有如一头猛兽。但我要把他的剑作为礼物赠予你，嘉许你一直以来的忠诚。"

史蒂芬取出鹤嘴锄，为那个瘫倒在决斗场上的战士挖出一块墓地，他们把他埋在那里，并将土和石堆在他的坟墓上；至今那里仍被称为"哈德卡斯尔之壕"，或者简单点儿，称它为"哈德卡斯尔"。

之后大家一块儿欢声笑语地往庄园走去。

Chapter 18

艾希德听说了那场杀戮

两天之后正是奥斯伯恩与他隔水相望的朋友幽会的时间，他万分清醒地前去赴约，来到克洛文山湾的水畔，见到她已经等在对岸。她询问他的消息。“这绝对称得上是件壮举。”他说，“因为现在我已经办到了一件超越我年纪的事，一件对孩童来说不大合适的事。听好了，我杀了一个人。”

“噢，”她说，“杀了他之后你能安然入睡吗？”奥斯伯恩答道：“当然，而且一夜无梦。但是我必须告诉你我的所作所为是完全正义的。”艾希德问道：“他对你做了什么，让你不得不杀死他？”奥斯伯恩回答：“他大摇大摆地闯进我家，想要夺走一切，还把我们所有人都赶到路上，妄图把我们都变作奴隶。”艾希德说：“告诉我，你是怎么杀了他的？趁他喝醉的时候，或者是睡着的时候？”“都不是。”奥斯伯恩说，“我是祖父眼中的英雄，那个强盗先拔出了他的剑，然后我也拔剑在手，同他战斗，最后我击败了他。”艾希德说：“难道他是侏儒，或者懦夫吗？要么他不擅用武器？”奥斯伯恩涨红了脸，辩解道：“他是一个地道的男子汉，一个勇敢的人，对所有武器都应用自如。”

好一会，艾希德都一言不发地沉默着，脸色苍白，神情低落地站着。于是他问：“这是怎么了，玩伴？我还期待着你能对我做下的事大加赞叹呢。你知道这个男人是为祸乡里的恶霸，而我是帮助大家从诅咒中解脱、赢来了和平的人吗？”“请不要对我发火，奥斯伯恩。”她答道，“事实上，我的确有一些失望。但这是因为我认识到现在你已不再是我的玩伴，而会提早成为一个男人，并且会把目光投向男人追求的那些东西。那些成熟、高挑的少女会伴在你的左右，而不是我这样衣衫褴褛的怪女孩。”

“艾希德。”他说，“为什么你要自寻烦恼？难道我比你上次见到我的时候变得更糟糕了吗？”“没有。”她答道，“而且事实上，我觉得你越来越优秀了，你现在能每次都来见我，从不失约，实在是再好不过了。”

“现在，亲爱的，”奥斯伯恩说，“你愿意和我玩一会吗？你会吹着笛子引你的羊群跟你玩耍吗？”

“不，”她说，“我不会，我不会像个傻瓜一样跳来跳去，把我可怜的伶仃细腿暴露在你的眼前。如果我已是一个成熟的女人，我一定不会老把我的脚踝显露出来。另外，你以前都会笑我在一群毛茸茸的愚蠢兽类中上蹿下跳的样子，我不会再让你取笑我了。”

“艾希德，我亲爱的，”他说，“你错了。每次我笑，从来不是在嘲笑你，只是为你漂亮又优美的舞姿倾倒，就像是被夏日清晨的菩提树叶迷住一般。”

“但是我怎么知道你是怎么想的？”她说，“行了，不论如何，今天别叫我跳舞。不过我会坐下来，讲一个古老时代的甜蜜故事给你听，你一定从来没有听过。这是关于大海和船舶的，讲一个大海中的妻子来到男人的居住地的事情。”奥斯伯恩应道：“我很乐意去见见大海，在其上扬帆航行。”“是吧，”艾希德说，“那时你要带上我一起，你会的吧？”“哦，当然了。”奥斯伯恩说。于是当他们坐在惊涛骇浪的两侧，当故事和甜美的话语在两人之间来回飘荡时，他们双双忘记了横梗在两人中间的岔裂之水，也不记得他们永远也不会真正见面。因而这幽会的日子有一个美好的落幕。

Chapter 19

冬日逝去及艾希德讲述女亲戚之死

这时，奥斯伯恩和史蒂芬都在为这个庄园的主人献言献策，劝他别再那么吝啬地过日子了，因为长期以来的储备让他们早已丰衣足食，而路衣者的众多礼物也让庄园现在变得无比充盈。另外，由于从哈德卡斯尔那获得的战利品，庄主现在的日子真的好得不得了。哈德卡斯尔死后留下财富无数，主要是金和银。除了武器，他留下的所有财物都被奥斯伯恩赠给了他的祖父。因此庄主听从了他们的劝告。此时仍是初冬时节，趁没有大雪阻挠，庄主与奥斯伯恩骑马前往河谷，走访了不少庄园；除此之外，去年隆冬时节与奥斯伯恩在克洛文集市结对的少女也居住于此，他觉得她甜美可人，她呢，再次见到他也无比快乐，还亲吻了他。而他并不如先前那般做好了准备，因为奥斯伯恩觉得她是以对待小孩、而不是以对待男人的方式在吻他。

庄主想方设法雇到了六个人，有三个男人，其中两个是年轻小伙子；还有三个女人，都是年轻姑娘，其中一个长得清秀标致，另一个五官极丑，还有一个的长相介于两者之间。有一点必须得提一下，如果他等到春天才去雇这些新的人手，是根本雇不到的，因为威特莫尔的家政开支一直以来都少得可怜，这名声早已传开。但是当乡民们听说庄主尼古拉斯从隆冬开始就一直雇人，他们也就欣然前往应聘，因为他们觉得庄主可能会改变主意，变得大方慷慨一些。于是尼古拉斯驾着马儿，带着此行所获回家了（因为他去的时候就带了几匹老马，准备好要将他们载回家），从此以后这些人就把威特莫尔打理得跟河谷中其他的庄园一样好。

奥斯伯恩又去了一次隆冬的克洛文集市，这次是与上文提及的那个少女一同去的，少女名叫格特鲁德，但是这次，少女无论是跟他亲吻还是触碰他，在他看来都已不完全像是对待一个小孩子那般，虽然他自己也不是很懂这些。因为在他们接吻后，她似乎不是很情愿像结伴的人那样吻过就离开，当他们走到集市尽头分手离别时，她长叹一声，凑过脸颊，要与他吻别，他吻了，但并不是很深情。因为他双眼望着对岸，试图在那边的女人堆里探寻到艾希德的身影，这一天里，他只要一有机会，就会这么做，但每次都未能如愿以偿。

三天后他与艾希德约会，他问她是否来过集市，她说没有，还说姑妈她们每次都会去那，但都不带她去。然后她微笑着说道："这次她们回来，对你满口赞誉，因为你杀死强盗的消息已经传到我们这儿了；年轻一点的那个姑姑，经由一个乡民的介绍，已经看到过你了，她说你是她见过的最帅气的青年，这一点她说得没错。”

他笑了，脸也红了，接着他告诉艾希德在镇上的见闻，艾希德或许不是很高兴听到那个喜欢接吻的少女；但是当她听到他是如何在水的另一边极力探寻她的时候，还是满心欢喜的。他们尽情享受这短暂的时光，实际上他们也不得不这样，因为整个冬天，当大雪降临、寸草不生，羊群都被圈养在羊圈时，也就不需要牧羊了；那么，艾希德也就很难找借口从家里溜出来了，而他们的约会将会比以前约定的更遥遥无期。一次又一次，艾希德未能出现在约定的地方，奥斯伯恩只好悲伤地离开，虽然他非常清楚，这并不是他玩伴的错。

冬去春又来，这两个人又可以时常相会了。第一天他们大肆欢庆了一番，艾希德头上和腰部装饰着编织的花环，来到了突岩之上。那是二月里温暖而又晴朗的一天，艾希德一边尽情地给羊群吹奏乐曲一边随之起舞；奥斯伯恩热切地看着她，他觉得她长得更为丰满、更为容光焕发、变得更漂亮了；而她的双腿和双脚（她还是一如既往地赤着脚），由于并无夏天日晒后的棕褐色，在他看来是如此雅致雪白，以至于他恨不得抚摸并亲吻它们。而这，或许便是一个年轻人渴望与他的朋友长相厮守、渴望拥抱她、抚摸她的开端，这日后会让他无比痛苦。

于是，那个春季他们多次相会，随着天气渐暖，他们的见面也更为频繁。对奥斯伯恩来说这些见面没什么好讲述的。但是，一段时间后，在五月初，奥斯伯恩连着三次赴约，而艾希德都没有出现，第四次的时候她来了，带来的消息是她的一个女亲戚因病去世了。她说道：“过世的那个是生前待我最不好、最爱惩罚我的姑姑。好了，现在她走了，她有时对我还不错。现在，一切都会好起来，因为还有另一个姑姑比死去的这个姑姑待我好，她现在看管着一个房子，她就是我之前给你讲过的那个老妇人。她教会我很多东西，告诉我很多古老的传说。老妇人虽然年事已高、满脸皱纹，但她待我很好，也很爱我；她支持我们，我已经跟她讲过你的事了。而她呢，则跟我讲了很多稀奇古怪的事情，我不会也不敢跟你讲那些事。那么，现在，让我们愉快地在一起吧！”

奥斯伯恩说道：“是的，我们会快乐地在一起的；但是，我希望不仅仅是看到你，我想要更多，我想要过去找你，跟你讲那些我无法在这洪流之上吼叫的事情；我还想亲手牵着你，用手臂搂着你，并且亲吻你。难道你不想做我想做的这些事吗？”

“噢，想啊。”少女红着脸说道：“我当然也很想。但是听着，奥斯伯恩，那个老妇人说过，总有一天我们会相遇的，做那些你想和我做的事。你信吗？”

“不，我怎么知道？”奥斯伯恩有些生气地说，“你还没跟我讲过那些故事。”

“好吧，”她说道，“但是我不能再多说了。那么现在，我们还是高兴高兴吧，以后我们会更经常地见到彼此，我也拥有了更好更快乐的生活。我亲爱的，你想想，如果我活得轻松点，不用那么劳碌，少挨些鞭笞，多吃些好肉，那我会更加容光焕发，更加精致丰满，这样我就可以更快地成熟、变得有女人味了。”说完她还轻声地哭了。他后悔自己的暴脾气，并开始安慰起她来，直到她笑起来，他也笑了起来，然后他们又愉快地在一起玩耍了。

如今他们每次都交谈甚欢，而艾希德也愈发美丽有气质了，她现在身着靓衫，足踏双履，随意佩戴着耳环和项链，不过她说她并没有向老妇人展示过这些东西。“我的意思是我没有把你给的所有东西给她看，但是那串小矮人赠予的项链，无比光彩夺目的那一串，我给她看过，她说那项链如此美妙，预示着我会成为王后。若是那样就太好了，因为那就意味着你会是一个非凡的伟人。”他们就这样闲聊着。

Chapter 20

奥斯伯恩去往东集坪，给艾希德带回礼物

当六月来临，庄主尼古拉斯会骑马去往东集坪，这次他带上了奥斯伯恩一起。能目睹无数由石块与石灰建成的房屋一并矗立的盛况实在是一种震撼，尽管它们还稍显简陋，但在奥斯伯恩眼中却甚是雄壮。另外还有处地方四周并无围墙阻拦，那是一座宏伟壮观的修道院，其教堂极尽富丽堂皇。当小家伙置身其中时，他欣喜若狂地注视着那些壮丽的柱子、拱券、穹顶，以及墙上的装饰画，还有供桌上华美的帷帘。参加大弥撒之时，修女和吟游诗人们和声唱颂，令他几不知究竟身在人间还是天堂。不论到底是在哪一处，他都希望能让河对岸的朋友艾希德也一同前来，这样她就能目睹并听闻这一切，还能与他分享心中所感。他们前去议价的市场也同样充满了奇景，市场中小贩们穿着风格奇特的外套，他们的异域风情，乡民们载货的推车和马车，以及他们膘肥体壮的马匹，无一不让奥斯伯恩感到新

鲜奇妙。一切结束之后，他发现自己口袋里的钱远超一两个银便士，这归因于卖出的货物里有一部分属于奥斯伯恩自己——别忘了他凭借英勇射猎得来的那些毛皮，其中有他提矛携盾、单枪匹马杀死的一头熊，有他在饕餮史蒂芬的协助下干掉的另外两头，以及不计其数的野狼、狐狸、白貂和海狸。然而他得到的这些钱似乎烫手到能把他的口袋灼出一个洞来，根本留不住。因为他必须去货摊上为艾希德买礼物，他把全部的钱都花在买那些他觉得可以扔过洪流送到艾希德手中的漂亮物件上，像是好看的敞口鞋子、绣花短袜、精致的罩衫、丝绸头巾，还有一顶戴在头上的花冠，当全部采买完毕，他便和祖父一道在街上散步。随后从城堡中迈出一支骑士队伍，他们全部身披皮甲，头戴轻盔，手持长矛。两个骑士身穿在阳光下光辉熠熠、耀眼无比的白甲，擎着这座美好小镇的旗帜。见到此情此景，奥斯伯恩不禁心绪高涨，对他们过人的名望心生向往，因而他重重地鼓掌，为他们喝彩祝福。队伍里有一些人转过身彼此嬉笑，称赞这个不错的男孩，却对男孩杀死过一个论强壮勇毅要胜过他们中任何一个的男人的壮举一无所知。

不过男孩的视线很快就被那些打扮得精致动人的年轻女人吸引了（因为在今天这种神圣的日子里，她们都会穿上最好的衣服出门），他直直地盯着她们，甚至引来了祖父的大声斥责。其中部分女人听到了这边的动静，大方的那些笑着赞美他，认为他长得非常英俊，欢迎他随意欣赏她们，这没什么错。其中一个三十岁左右的美丽女子走到他的身边，恳请庄主平静一些，不要继续责骂男孩。“因为，”她说，“这个小家伙长得如此出众，他完全有资格和他喜欢的任何女性来往。等他再长大十岁，上帝啊，我们中无论哪个都无法拒绝他！如果换作我能年轻十岁，那我一定马上就跟随他到天涯海角。”随后她在男孩的眉心烙下一吻，接着继续自己的行程。但是就像之前一样，奥斯伯恩虽然也有些高兴，却仍为自己仅被当作孩童来亲吻耿耿于怀。长话短说吧，他们为见到的一切事物欢欣喜悦，兴致盎然，然后他们花了一两天的时间骑马回到山谷，平安地到了威特莫尔。

现在到了两个孩子又一次聚会的时间了，奥斯伯恩把带回来的所有好东西背到见面地点，并在河角上见到了艾希德，她看上去羞涩又期待，因为已听他说过要去集市。现在她不再任发丝披散下来在空中飞扬，而是将它们束得整整齐齐的，而且她还穿着一件手织的漂亮长袍，下着黑色短袜，皮鞋系得端端正正的。

在初见面的寒暄之后，两人便径直进入正题，奥斯伯恩干脆利落地把那些漂亮物件挨个抛过河面。当它们全部飞到对岸之后，艾希德解开它们，当即便为得到它们的快乐和来自勇敢的朋友的心意喜极而泣，最后她坐在洪流的边缘上，把它们通通抱在胸前，然后说道：“现在，甜心，轮到你来讲故事了。你一定要把看到的所有与所做的全部都告诉我啊。”他欣然同意，开始详细地讲述自己的所见所闻，而倾听的少女双眼闪若星辰，脸颊上洋溢着喜色。然而当听到他最后提及的那些盛装女子，其中一个甚至亲了他时，她便说：“啊，所以正如那个女人所言，所有的女人都会爱上你，这种事非常可能发生，而我却离你如此遥远，到那时我该怎么办呢？”于是他向她发誓，不论发生何事，他都会始终如一地爱着她，至死不渝。听罢她表现出转忧为喜的样子，但是在内心深处，她不可自拔地认为奥斯伯恩只是在敷衍她，实际上并不像她那般焦虑担心。

在他们今天即将分别之前，艾希德往后退了一点，从奥斯伯恩买来的所有漂亮物件中，将凡可以用于打扮的那些全都挑出来打扮起自己。其中有一身上好的绿色长袍，之前奥斯伯恩花了点新得到的力量把这件衣物如闪电般掷过河流。当女孩全部穿好，她站起来向他展示，这令他心旷神怡。他称赞她的口吻清楚地显示出他打量她时傲人的眼光，然后他们便分开了。但是当男孩的身影消失，她就坐在地上啜泣起来，却说不出是什么原因。一会儿后，女孩站起来穿回自己每天穿的那身衣裳，回家去了。

Chapter 21

东集坪的战士骑往河谷

夏天相安无事地流逝，秋天和冬天也如往常一般来了又去，而后春天再次降临，他们二人从初识到现在还不到两年的时间，奥斯伯恩十五岁了，艾希德比他年幼一个半月，他们还跟以前那般愉快地约见。这期间威特莫尔一派欣欣向荣之势，河谷东部一带无比安定和平，自从哈德卡斯尔倒下之后，斩案剑再无重见天日之机。

但在今年五月初，一群人骑行来到了河谷，他们虽是友人，却全副武装，他们就是东集坪来的披甲战士，甚至还有奥斯伯恩上次去那儿时看到的正从城堡里骑马出来的战士。他们肩负着使命来到这里，战争和冲突即将在这淳朴的小镇上演——深谷地区的男爵因着纳贡的缘由已向王室发去他的战书，而身陷其中的小镇认为自己有权不进贡，鉴于自身实力并不弱，所以他们下定决心要反抗到底。于是小镇派出麾下的一名骑士，带领着一群披甲战士来这儿，看看河谷地带的老朋友们在这危急关头能否伸出援助之手：因为人人都知道，河谷居民虽不是惹是生非之徒，但只要有需要，无论是骑马作战还是徒步征战，他们个个都是身强力壮的好手。

战士们带着这紧急的使命来到河谷，他们拜访的第一个庄园就是威特莫尔，因为这是他们途经此地的第一座庄园。此时的威特莫尔庄园人手充足，除了饕餮者史蒂芬之外，这儿还住着十二个卫士，其中有五个是庄园仆人的儿子。

因此，当上述一行披甲战士趁着五月一个明亮清澈之夜来到庄园时，他们有如阳光照射下的无数坚冰一般闪闪发光。庄园上下人等全都走出了房门，奥斯伯恩身着红色外套，位列其首，庄主尼古拉斯畏畏缩缩着不敢靠前，这也是他感到危机时的习惯性动作。而后，奥斯伯恩向来客们致意问候，他只是一个劲地欢迎他们，邀他们进屋，并没有问他们任何问题，也没说其他任何话。于是他们下了马进屋，共计有二十五人。他们在屋里卸下了武装，庄园的服务周到之至，随后好酒好肉上了桌，一众人马开始享用晚宴，很快双方就一团和气，气氛融洽。奥斯伯恩请那个领衔的骑士坐在自己的右手边，两人相谈甚欢。而当晚宴结束，那个骑士对奥斯伯恩和尼古拉斯说道："先生们，我能讲讲我来河谷的使命吗？"奥斯伯恩答道："尊贵的先生，若是您没有主动提出，我们无权过问，我们更愿意请您再多喝上一两杯美酒，而既然您提了，我们也很乐意听您讲讲，因为我们把您当作我们在东集坪的朋友。"于是骑士开始向他们娓娓道来争端的始末，以及他们认为自己在那儿所拥有的权力。奥斯伯恩时不时地插话提问，想把事情弄得更清楚明了，骑士觉得他的问题既实在又睿智。最后他说："那么现在，我的友邻们，我们想寻求你们的帮助，我们需要的不是钱款，不是坐骑，也不是武器，我们更需要的是全心全意、坚定果敢的战士。在场的各位，你们怎么看，是选择捍卫你们物美价廉的货物和惠及我们的地区，还是选择对其不管不顾、任由一切自生自灭？"

"尊贵的先生，"奥斯伯恩说道，"我们想先问您一个问题，因为我们之间既有感情，又有交易，那么，您请求我们一同骑马奔赴战场，是以权力之名要求我们效力，还是以友邻之名寻求我们的帮助？我之所以这么问，是因为我们河谷的居民自认是自由之民，无需向任何君主、男爵或是国王效力。"

骑士答道："我们绝非以权力或是惯例之名命令你们效力，而是在恳请你们，只因你们是如此勇敢而自由的友邻，出于情义是绝不会吝于向朋友伸出援手的。"

奥斯伯恩说道："那么，话不多说，我想讲的只有一句，有一个人肯定会跟你们奔赴沙场，那个人就是我自己。虽然我只是个年轻小伙，在座的各位可以作证，我还是能干些活的。如果你愿意，我就和你们一块儿骑马离开河谷，为你们的主人贡献我的一臂之力。我的好伙伴们——你们当中有谁也愿意和骑士一起奔赴战场，与我们和小镇共同的敌人作战？"他们都大喊愿意并起身高呼。奥斯伯恩又说："对了，小伙子们，还得有人留下来保护庄主和女人，照看农田和羊圈。我将调遣六个人，再加上饕餮者史蒂芬，与我一同前行。"随后他挨个点了六个人的名字。

这时，除了骑士和他的披甲战士们，人人都欢欣雀跃起来，来客们向年轻的主人敬了一杯酒；但老实说，他们中的有些人不免担忧，如此年轻的小伙子如何能帮骑士赢得战争。也有一些人说，放手一搏吧，如此受敬仰的年轻人肯定不会是个懦夫。

厅堂里的人们是如此高兴，他们又喝了一轮酒，但没有喝到太晚，因为那个首领是不会让自己的属下们喝得酩酊大醉的，以防他们次日无法快马加鞭地赶路。酒尽杯空之后，奥斯伯恩安顿骑士回房休息并互道晚安。而就在那个首领入睡前，史蒂芬来到他床前，问他愿不愿意听个故事，骑士说乐意一听；于是史蒂芬滔滔不绝地聊起了河谷及其居民们的事情，以及矮人与地精的传说。最后，他又开始讲起他年轻的主人，告诉他这个年轻人是多么的勇敢、仁慈与超凡；他还详细讲述了哈德卡斯尔是如何倒在年轻主人手中的英雄事迹。骑士为之惊叹不已，说道："我能认识这个小伙子，得以与他结伴同行真是太幸运了，如此壮举两百年内难得发生一两次，而他的所作所为就是其中之一。"

Chapter 22

奥斯伯恩与艾希德告别

翌日，一行人起来，整顿甲胄。奥斯伯恩穿上哈德卡斯尔的长铠甲和镀金的轻钢盔，把斩案剑系在身上，手持长矛，身披盾牌。但他把弓和神箭给了史蒂芬，以使他更强大。史蒂芬和其他男人们都整装待发，骑士说如果谁没有足够的武器或者盔甲不用担心，集市那边有很多卖装备的好店。

他们吃了一点东西，喝了一杯酒，就上路向着河谷进发。有个重要的故事必须要提，在奥斯伯恩的督促下，他们加速完成着在河谷中部和底部行进的使命。他们在一个叫林尖的庄园停留了一晚。它坐落在东西河谷举办克洛文集市的上面一点，也就是离奥斯伯恩与艾希德幽会不远的地方。

傍晚时在房内，他们一心想为第二天清晨做好准备，当晚就派了些人，把居所周围用战箭武装起来，一切看起来都在平稳的进行。奥斯伯恩从心底想，即使对手是最大胆最聪明的，自己都不会有丝毫畏惧或动摇。但他刚躺下来，一阵剧痛涌上心头。他意识到明天就是在克洛文山顶的河湾处幽会的日子，这天一到他便醒了，并无不适。他起了身，穿上他的战斗装备，出了房门，天还没亮他就出了庄园。他来到河边，向上游行进，直到河湾处的阳光洒在他身上时，他才停下来，在此守候。但他才来不足半小时，就看到艾希德的身影在往山坡上移动。她带着他送给她的所有精美饰品，这是春末夏初的时节，是她最常来幽会地点的时候，她的肩膀上带着用白花做的花环。当她看到他身穿灰白飘逸的锁子甲，带着明晃晃的头盔，侧面系着斩案剑，手持长矛时，她对着他使劲挥手并大喊：“哦，如果可能的话请你过来，用你的臂弯环抱着我！因为此刻我看见邪恶已降临，你将会离我远去，在河谷之外驻扎。哦，我还看见了你的战甲和你的头盔！你将置自己于死亡的危险中，但你还是这样的年轻！我得到一个消息，昨晚有两个乡下人在我家，他们说有一些全副武装的男人们在东河谷方向骑马。告诉我，到底是怎么回事？你是会在河谷中战斗还是去远方战斗？还有你觉得你会走多长时间？”

奥斯伯恩眼泪上涌，表情纠结，心情因她的悲伤而更加沉痛，他开口说：“这的确是事实，我是来跟你告别的，我要离开一段时间，这是我应该做的事情。”然后他把事情的原委告诉了她，此外他又说：“现在我只能告诉你要鼓起勇气，不要用你无尽的悲伤来刺痛我的心。看看你，亲爱的，你刚才说你渴望我的臂弯环绕着你的身体，而现在我们不再是孩子了，我将告诉你我渴望这样做已经很久了，现在我知道你也渴望我们能以身相见。如果我告诉你，比起悲伤带给我的心痛，听你如此说我无比地开心，也许你会认为我自私自利。”

“不，不，”她说，“你这样说让我觉得你更可爱了。”

“明白了，甜心，”他说，“我们将如何以身相见——如果我一直住在平静河谷中的威特莫尔，而你仍和你的女亲戚们住在汹涌河水的另一端？我必须不仅依靠运气，还得把握战争的机会，跟随着他们，只有这样我才有可能了解这世界有多宽广，并且勾勒出陆地与海洋，直到征服这岔裂之水，在这广阔的世界中找到你小小的身躯，也许现在就是这一切的开端。”

现在少女的心得到了些许安慰，她笑着说：“也许你将再次前往集市？还记得你带给我那些礼物并从河水之上射送给我时，你是多么开心吗？这一次当你回到河谷时，我要你带一件东西给我，那时我就心满意足了。”

“好的，甜心，那件东西是什么？”老实说，这跟他朴实的性格并不相符，因为每一次离别，她都要求一些东西，像个小孩一样想要礼物。但艾希德说：“哦，我亲爱的，除了你自己以外还能是什么？”这时她已不能抑制自己的感情，只能尽量控制不让悲伤的眼泪再一次流下，让目光停留在他身上。但她听到许多关心的话语从河水对岸传来，还有许多告别与悲伤之语，以至于她无法控制她的眼泪，她的双眼模糊了，无语凝噎。最后她抬起头，她面前的人儿已经不见，她依稀地看到他往下游走去。奥斯伯恩冲着她转身，扬起手向她挥动，其他的她就看不到了，只有明晃晃的盔甲和五月太阳下头盔的反光。

至于奥斯伯恩，一开始是心痛，他大步流星地走着，也许这能让他的伤痛得到缓解。一会儿后，他用勇气缓解了一些，但仍急速地离开河边。一阵子后，他好像听到有号角声从远方传来，想起这是骑士的召唤。他随即把注意力转移到他将要做的事情上。

Chapter 23

奥斯伯恩当选河谷居民首领

快到庄园的时候，奥斯伯恩看到庄园外的小山附近聚集着一众乡民，各式武器闪闪发光，于是他阔步疾行，朝小山走去。他越走越近，围在人群外的几个人向他跑来，大喊着让他加快步伐，“现在，”他们中的一个人大声说，“镇里人正在讨论你的事呢。”于是他和他们一块儿快步跑过去。他来到这一大群人中，他们就发出一阵欢呼，并推着他向前走，这里站着三个庄主，还有河谷区的执法官和东集坪的首领。他们邀他站到人群中央来，接着执法官开始发言：“奥斯伯恩·伍尔夫格雷森，”他说道，“你来晚了，事情都快谈完了，不过此刻谈论的正是最要紧的部分，我们这儿有两百零六名好手承诺和东集坪的朋友们一同骑马奔赴战场。但他们希望能从我们河谷居民中选出一个首领。然而，河谷地区一向安稳太平，极少有战事，上一回征战都要追溯到怀特将军率骑士出征那次了，距今已有三十年。因此，我们中的大部分人并不擅长沙场之道。我们都知道，虽然你只是个年轻小伙子，但心思却已成熟，也曾在对决中杀死过一名骁勇之士，那可是一个无比勇猛而又强大的对手。所以，有些人提议，由你来率领我们的同伴。我想告诉你，此刻即将号召小镇所有人表决，如果他们都赞成，那么不管你愿不愿意，你都将成为这些人的首领。”

执法官说完这番话后，奥斯伯恩满脸通红像着了火似的，他说：“大人啊，我恳请您考虑一下，我尚且年轻，在这方面未接受过任何专业训练，既不懂率兵遣将，也不懂战役部署。路遇劫匪时，哪怕无人相助，凭着个人与生俱来的智谋挺身而出能救人一命，但沙场作战那就完全是另一回事了。”东集坪的首领温和地对他微笑着说：“我的孩子，一个人若能在危急时刻急中生智，无论是出于何种原因，拥有这天赋，他都已经掌握了绝大部分作战的技艺了。几个小时前，我目睹你凭着这份天资，非常老道地接待府上各色人等。不用害怕，我的孩子，你一定能胜任；并且我向你保证，我会竭尽所能将我的技艺传授于你。要是知道你拒绝出任首领，这些勇士会无比伤心的，他们都渴望着援助这美丽的小镇，我敢肯定他们绝非懦弱之徒。请不要拒绝，我的年轻人，请不要拒绝。”

此时的奥斯伯恩内心砰砰作响、无比激动，或许是因为突如其来的惊喜，或许是因为对名誉的期望如一道奇异之光忽然闪现在他的心头。同时他又暗自思忖，一切都是不期而然的：若要包围岔裂之水，这确实是一个开端，如果这个好心的骑士愿意成为我的朋友并教我战争之术，那我将会成为一个超凡之人，会被那些有勇无谋之士和那些不敢直面敌人的人爱戴、拥护。

于是，他转向执法官，说道：“大人，好吧。如果小镇的友邻们希望我当首领，那我是不会拒绝的，希望我的运气能弥补年龄上的不足；要是运气不好，那就让我留在沙场，永不回乡，我怕听到那些母亲和少女的咒骂，骂我让她们的儿子或至亲在战场上丢了性命。”

执法官微笑看着奥斯伯恩，一只手放在年轻人的肩上，然后说：“东河谷的居民们，你们相约聚集在此，商量着无论如何都要帮一把我们在东集坪的朋友和邻居们，你们已安排好人马，准备全副武装地出发，听任派遣，而这需要一个统帅的首领。那么现在，据我所知，最有望当选首领一职的人是威特莫尔庄园的奥斯伯恩·伍尔夫格雷森，如果真是这样，请让我听到你们赞同的声音。尽管如此，所有人都还有机会推荐其他的人选，只要这个人在你看来是合适的，只要有，再推荐多少个人都可以。那么首先，有谁赞成推选奥斯伯恩·伍尔夫格雷森吗？”

人群中随即响起一阵欢呼声和武器碰撞的声音，几乎每个人都在大喊着赞成。躁动与欢呼声慢慢减弱，执法官询问是否还有人想要提名其他人选。一时间全场沉默，最后暴躁的约翰挤上前来，说：“我推举埃尔林·托马森，一个好汉子，真英雄！”人群中爆发出一阵哄笑，因为这个所谓的埃尔林其实是个臭名昭著的吝啬鬼，他胆小怕事到夜晚只要听到老鼠的叫声都会在床上吓得冷汗直流，而有个人喊道：“是的，执法官，我推选暴躁的约翰。”人群中又是一阵哄笑，人们将约翰推来推去，最后把他推到人群外，打发他去捕狼。

这时，执法官手牵着奥斯伯恩，领着他走到小山边，站在那儿宣布：“河谷的居民们，你们即将奔赴战场，你们需要推选一名首领。你们赞成奥斯伯恩·伍尔夫格雷森做你们的首领，所有人都发自内心地表达了赞成，并不是被迫而为之。那么，如果日后的事态不如你们所愿，请不要后悔。现在，我请求所有出征的人，举起你们的右手发誓，无论生死，都将信赖并效忠于你们的首领奥斯伯恩·伍尔夫格雷森。”

如此这般，他们个个都满腔诚意，奥斯伯恩与梅达尔德爵士（之前那个骑士）交谈了几句之后，转而向着这些人说：“各位同伴，我只想跟你们说，你们在我心中都是可靠的英勇之士，在战场上绝不会畏缩手软。但我还知道，跟我们河谷所有的居民一样，你们每个人也都希望追逐自己的梦想，却又容易因为他人命令的口吻而丧失热情，半途而废。那么现在，你们要改掉这个毛病，因为各位即将成为披甲战士，如果我命令你们向右或是向左，你们唯一要思考的是你们的右边在哪，哪个是你们的左边。不过，我确实也深知，你们中有的人无比倔强，这些命令也可能会让你们陷入混乱和争执。那么，请想想，并不是所有人都是首领，只要我还统领着你们，那些试图顶撞的人无异于自寻死路。现在刚过正午，各位骁勇之士，我的朋友们，我们可以明早再来此地，破晓时分我们将前往东集坪，而这段时间，你们需要分配武器和列队，跟你们的亲人、妻子和情人道别，你们有些人离得也不是很远。那么，一旦上了战场，请竭尽我们所能，如此，今后人们在跟他人谈起来的时候才会说：

你们就像当年河谷居民征战东集坪那般英勇。”

听了他的话后，人群里响起一阵欢呼。虽然一分钟前他们还是满脸笑容，而此刻几乎所有人都被他和他那颗崇高之心打动得几近落泪，在他们看来，他的发言和举止都是如此睿智、坚定与和善。

随后大家就此散会，开始忙着准备出发。而奥斯伯恩呢，他也忙得不可开交，既要发号施令、听取汇报，又要跟梅达尔德爵士学习沙场的入门知识。因此，原本打算再去一趟幽会地点的念头也被他迅速打消了。次日清晨，整个队伍准时出发，河谷的战士们和东集坪的战士们团结友好，两天内就到达了东集坪，小镇上的居民们为他们准备了绝佳的住宿之地。而梅达尔德爵士则邀请奥斯伯恩来到城堡，摆了筵席招待他，深入地向他传授战术知识，他发现奥斯伯恩是个非常聪颖的学生。在到达后的第二天，受王室之托，梅达尔德爵士给河谷战士们配备了各式武器装备——长矛、宝剑、弓箭、头盔和盾牌。随后他们齐齐来到城堡下的草坪上，在那儿加强军备，学习如何更好地使用武器。无论是首领还是战士们，都一致认为他们应该徒步作战。因为，虽说他们都算得上是好的骑手，但还须学习与马背上的敌人作战的技巧。

Chapter 24

与男爵的部队在沼泽地的战争

现在，我不能既写有关东集坪小镇的事迹，又写有关镇上的人与深谷男爵的战争史，否则会是长篇大论。所以，下面我将讲述之前提到的战争的故事。

在战士们来东集坪前不到一个月的时候，他们得到情报说，男爵正和一个庞大的武装骑士团向着小镇的方向行进。在那之后，梅达尔德骑起马来心情也轻松了，不那么紧张了。要是说有谁了解东集坪的道路和地势，他，梅达尔德爵士，就是对此最熟悉的人。因此梅达尔德在心里琢磨了一番，认为也许应该在路上伏击这个统帅。所以他只带着一小股武装部队就出了大门：一百个机灵的战士，全部身披白色盔甲，沿堤道骑着马。夜幕降临不久，在他启程之前，他命令两百四十个步兵，分成五人和十人一组，悄悄地向着一个特定的目的地——东集坪十五英里外的主干道，也就是堤道进发。堤道设计巧妙，横跨沼泽，被柳树和桤木环绕，对重负荷的马队来说是恶魔般的地方。不过那些步兵中，大概有一半人带着弓，剩下的拿着矛和剑，而从河谷来的所有人都带上了这些武器。奥斯伯恩是全体步兵的首领，他身边有一个花白胡子的老者做参谋，这是一个身经百战、足智多谋的中士，梅达尔德爵士曾授意他和奥斯伯恩应该做些什么。

现在男爵和他的一千余人马沿堤道而行，带着轻松愉悦的心情，因为他们一直想去东集坪的镇上敲敲门，看看那里的乡下人有几斤几两，但正午时分天气比较恶劣。第一波骑马飞驰而来的有一百余人，他们身材高大，披着白色的盔甲，头上的轻钢盔新镀过锡。这批人来到一个两边都是茂密的桤木丛、下面布满沼泽的地方，堤道的宽度只有一支矛的长度，而不是普通的两码宽。这百余人马穿过其中，但当他们快走出大部队的视线时，后面的士兵还没有跟上来。此时只见六人从桤木丛外的一端出现，向着堤道而来，他们身着手织外套，带着风帽，但细看就会发现布衣下就是锁子甲和钢盔。这些人在堤道较窄段的路中央放下一些东西，然后就又回到了沼泽地带。

他们走后不久，就传来了武装士兵行军的声音。随即一波比之前人数多很多的队伍出现在窄道之间稍宽的地方，至少有三百人。他们都尽可能地武装了自己，虽然装备并不精良。当队伍的最前方来到沼泽潜行者逗留过的地方时，他们发现了横躺在堤道上的东西：堤道两侧有两只死猪、两只死狗、两只兔子，还有一只狐狸在正中间，都是死的。他们一边纳闷，一边下马检查死尸，然后又叫其他人来看。有些人认为这是矮人或地精之类做的；有些人说这是预兆或象征着上面村子的人要击败他们，他们最好派些人步行前去搜查这片沼泽；另一些人说应该给后面的人送消息。一些人说东，一些人说西，一会儿后他们都向着堤道的宽处涌去，直到他们都聚在一起。而第三波人不知道发生了什么，但认定是什么出了差错，后面的人开始拔刀，大喊，冲，冲！杀，杀！深谷，深谷！直到几乎没人能分清左右。

但在这一片骚乱中，一个浑厚的声音（饕餮史蒂芬发出的）从右边沼泽处大喊："回去吧，你们这些猪，回去深谷吧。"然后另一个声音从北方传来："如果你们能的话，死狗们。"史蒂芬又说："这次你们必须像兔子一样逃走。""下次学狐狸，如果还有机会。"北面喊道。之后，离得比较近的敌人就听到两边传来弓的拉弦声与利箭和长矛破空的呼啸声，人与马在堤道上拥挤在一起。箭像雨点一般全速袭来，深谷的骑士们顿时身处险境，其中不乏许多在战争中训练有素的勇武之人。

一些人下了马，进入沼泽，却发现处境并无好转；他们很快就死在了东集坪人的斧头和剑下，或是在泥潭中蹲下，向眼前任何一个人俯首称臣（其中有一个全副武装的骑士归降了史蒂芬），然而奥斯伯恩并不在此地。一些男爵的手下拼命地调转马头，全力往回飞奔，但他们没走出多远，到了窄处便看到前方坚不可摧的阻拦。堤道上站满了河谷部队的战士，弓箭手们甚至都还没有出现。他们绝望地冲向那道铜墙铁壁，但并不见效，前四个倒了下来，在河谷人的长矛前人仰马翻。其他一些人由于伤病的拖累，并没有上马。还有的从马上掉下来，摔在手中的剑上。然后一个身材修长的战士从河谷的队伍中走出来，他身穿锁子甲，头戴明亮的轻钢盔，臂上有盾牌，一只手伸向左侧拔出利剑，剑光似一道蓝色火焰在太阳下划过，他大喊："为了河谷！为了河谷！快，大伙儿，跟上，斩案剑要饮血。"随即他便杀入深谷的部队中左劈右砍，击击命中，他们在他面前节节败去；然后河谷人便从敌人身边转而向他集中，他仍然向前杀去，敌人在他面前倒下。河谷人的矛也向着敌人袭去。现在，所有的深谷人，无论是步兵还是骑兵，都转头向着杀戮开始的地方逃去。

奥斯伯恩对这些人大喊："河谷人，现在下堤道，不要去追这些人，一会儿自会有好戏上演。现在堤道上只能留下敌人的尸首，如果我对梅达尔德爵士的心意略知一二的话，你们都做得很好。"之后他安静地下了堤道，其他人都跟在他身后。他们走了不远，在桤木周围的草丛中转向堤道，等待新的消息。

很快这一切就发生了，他们听到一些令人困惑的声响：人群呼喊叫嚷，马蹄轰鸣，武器和战斗装备咔嗒作响。然后从堤道的一个角落里开始，炸成了一锅粥，逃兵们都集合起来，策马想尽快离开，他们丢掉了武器，许多人互相推搡，时不时有人或马掉入沼泽，陷入其中，直到河谷人出现，给他们两个选择：死亡或投降。来自东集坪的呐喊响彻天空！为了王室！梅达尔德，梅达尔德！东集坪的骑士们从逃兵中穿了过来，领兵追赶的就是梅达尔德，他摘下头盔，让大家知道他是谁，他的身后挥舞着鹰栖塔上的旌旗，紧随其后的是美丽小镇的旗帜。看，旗子的红底上有三个羊毛捆，后面跟着剩下的骑兵。他们在一两分钟内就走了过去，后面紧跟着弓箭手，他们全身粘满了泥沼，但都愉快地说着、唱着。奥斯伯恩说：“现在大家过来，让我们加入这些人，因为他们不会像脱缰之马一样四散而逃。现在，这些恐怕都是梅达尔德爵士的成就，我们应该坚定地跟随他。”“他也许有些功劳，”一个深谷人说，“一会儿这些沼泽退去，堤道从柔软的草地上显现出来，我们还是会想去追随男爵和他的军队。”“确实是这样，”堤道上弓箭手中的中士说道，“但若一个骑士轻率地不愿依从刚刚击败他的人，他就算不上一个好骑士，更别提男爵的队伍没有为剩下的人做任何抵抗，你们就应该明白。请上前来，奥斯伯恩大人，和你的河谷人，让我们一起从这青蛙待的地界里上来，到有充足阳光的草地上去吧。”

奥斯伯恩和河谷人爬了上来，踏着愉快的步点走到一起，奥斯伯恩还没有把斩案剑收回剑鞘内，而是搭在肩上，刀身沾满了血。

半小时之后他们看到了前方的硬草地。他们齐声大喊，一起冲过去，因为他们听到了交战的声响，也看到了一些让人摸不着头脑的狂奔者和骑马者，不知道发生了什么。他们沿路跑着，直到跑到一个低矮绵延的山脊上，当他们看到整个平原的那一刻，立即开始为胜利大声欢呼。因为千真万确，他们看到的是梅达尔德爵士的军旗和王室的旗帜（跟在逃兵队伍的后方），更远处，男爵的整个队伍正如同流水般泻去，四散而逃。于是他们停下来，在山脊的顶端稍事休息，昨夜从东集坪赶来的人全在这儿了。然后，他们向着战场又一次出发，他们肩头架着武器，吹响号角全速前进，他们看到梅达尔德爵士放慢了追赶速度，站在旗帜前，面向敌人，所以他们也放慢速度，兴奋地喊叫着，然后奥斯伯恩来到梅达尔德爵士面前，向他致敬，同时把斩案剑推回鞘中，他说："首领，我认为这场仗结束了。但为什么他们所有人都逃跑了呢？"梅达尔德爵士说："我们在堤道上把他们完全打垮了，当他们来到硬草地，不敢有片刻的停留，剩下的那些人看到有人策马而来以及我们的旗帜，又不知道到底有多少人跟来，也转身逃走，认为还是回家最安全。让我们把战利品整理好，平和安静地回东集坪。"

他们听从梅达尔德爵士的命令，整理了一大批战利品，每个步兵都得到了一匹马，他们和其他人一起骑着马在日落之前安全地回到了小镇。深谷的第一批骑兵就此被了结。

Chapter 25

史蒂芬讲述敌人军营里的奇遇

这之后，男爵又召集自己的士兵，在夏秋两季出征了几次。因为现在他们的行动更谨慎小心了，所以基本没什么重大失利，但每逢遇上东集坪人还是不免败下阵来。奥斯伯恩和他的士兵们也和别的军队一样屡战沙场，历经胜负，却也展现出他们的英勇果敢。奥斯伯恩曾两度负伤，幸而都不是很重的伤，他越发彰显出成年男子的气魄，并受到所有人的爱戴；河谷士兵们开始为深谷人熟知，成为他们心中的恐惧。

夏天和秋天一晃而过，奥斯伯恩眼见着没希望赶在明年春天前回河谷的家了。冬天伴着浓霜和大雪早早地降临了，东集坪的居民只能待在屋子里，不过，他们兴高采烈、满心欢喜地庆祝了圣诞。

当冬日离去，冰雪消融，洪流奔腾，又一个春天来临了。冲突和战争也再次上演，一会儿这个军队获胜，一会儿另一个军队获胜，奥斯伯恩开始跟梅达尔德爵士学习骑士的技艺。他在一次战役中报答了爵士的培育之恩，从某种程度上说，那已不只是报恩了。当时，爵士深入敌军腹地，摔下马来并受到敌军围击，奥斯伯恩那会儿就在附近，他手握斩案剑驾着坐骑冲了过去，奋勇杀敌，直到援军赶过来，若不是这样的话，恐怕东集坪镇只能失去自己的领袖了。他帮助梅达尔德爵士再次骑上战马，后面几乎也没再遇到什么敌军，所以那天他们没有落到惨败而归的境地。

时至五月，深谷男爵的势力迅猛扩张，他召集了一众人马攻打东集坪，把他们逼得除了后撤到自家的城墙之内，别无他法。男爵派了一个使者来命令他们投降，条件就是除了要按照他的规定进奉贡品外，还必须推倒城墙，把他的人马接到城堡里去，让他做领主。另外，他们还必须交出手下十名悍将供他差使。因为小镇粮食充沛、人手充足，他们二话没说就拒绝了这个挑衅。于是，第二天一早，男爵就带着手下众人来攻打城墙。然而他除了损兵无数，并无所获。攻打结束，梅达尔德和他的手下们打开城门，向着还是一片混乱的敌军冲杀过去，大胜而归，不失一兵一卒。

此后，男爵再也不敢来攻城了，他只在小镇的周围设了一道堤，镇守在堤坝前，源源不断的粮食从他的家乡运到这里来，所以男爵的士兵们倒是衣食无忧。然而，由于人手不足，经由他下令用泥土和木材修筑的堤坝和烽塔没有足够的人看守。东集坪人并没有让他们安稳休整，转而开始发起频繁而又猛烈的进攻，掳走了男爵不少士兵，让他损失不轻。小镇的人都很善良，个个都说如果维持现状不再恶化，哪怕是到了冬天才能把围攻的阵营粉碎掉，他们都会很乐意地坚守下去。然而，在最后一次小规模的战斗中，奥斯伯恩负了重伤，虽然他被部下成功解救，差点儿被夺走的斩案剑也完好无损，但他必须得卧床静养一个多月才能痊愈。

九月的一天，奥斯伯恩身体已康复不少，身子骨又健朗起来了，多日未见的史蒂芬来到他的卧室里，眼见房内只有他们两个，别无外人，史蒂芬便对他说道："首领，如果可以，我想跟你说句话。"

奥斯伯恩说道："史蒂芬，有什么话但说无妨。"于是这个饕餮者说道："我最近出了趟城，因为我觉得要是能做点什么冒险的事儿，那对你的恢复是有益的。"奥斯伯恩笑着说道："史蒂芬，但这可能对你不利。如果失去你，我是不愿意回威特莫尔的。"史蒂芬说："照现在的局势发展下去，我们回到威特莫尔的日子还长着呢。""我想我们得加快回家的进程了，"奥斯伯恩双眉紧蹙，说道："不过眼下男爵势力依旧强大，所以我也不知何时才能回家。""我倒是有个主意可以达成此目的，"史蒂芬说，"但是这样做会有风险。"奥斯伯恩站起身来说："你这个游民，到底是去哪里瞎晃悠了？"

"大人，"他说道，"我正要跟你讲。五天前，我模仿深谷那些人的衣着打扮，带着一把小提琴，乔装成一个吟游诗人的模样。你也知道，我胆子不小，虽然不如你那样出口成诗，但我也还是能随口讲出不少故事和古老的韵文的。一个晚上，我从东南塔角落的后门那边溜出了城门，那个守卫是我的朋友，夜幕和云层掩护我沿着堤坝一路走到我们位于西北角的北门。我从那儿设法越过了堤坝，因为那儿很低矮，当时也没有人看守，我在那儿的一个角落里躺着直到天明。我故意让自己被他们的一个看守发现，当他把我踢醒并质问我时，我告诉了他关于我的一切，他信以为真，随后把我带到他的同伴那里，那儿有五个人正在做早餐，他们给我吃的，然后命令我奏曲唱歌供他们消遣，我按照他们的要求取悦他们。而后他们当中的一个人领着我去了堤坝的西边，我又吹拉弹唱了起来。好吧，长话短说，那一整天我就一直沿着堤坝巡查，一直查到敌军阵营的南边，晚上睡在那里，得到了很好的款待。第二天我又沿着堤坝走，在天黑前我又来到了西北边，就是我出发的地方。在那儿我偶遇了昨天早晨踢醒我的那个士兵，他跟我聊了起来，并为我介绍了很多事情，他告诉我堤坝附近有一处宏伟的建筑，他说深谷的男爵就住在那儿，那里疏于防守，白天无足轻重，他觉得男爵在晚上有些暴躁，几乎没什么人敢晚上靠近他。”

“就在我们一起聊天的时候，周围一阵骚乱，我们和其他人都从栖身的草丛中起身，原来是男爵本人正朝我们走来，于是我们都向他致敬。他浑身黝黑，个子小小的，块头不大，但是身材结实。他神情焦急，但是浑身仍旧散发着贵族气息。就像精心安排的一般，他径直走到我们站立的地方，停下来看着我，好像我是什么稀罕物似的，因为我除了腰间的一把小刀外，身上没有任何别的武器，我穿着黑色的外衣和印有金箔的绿色罩袍，身后背着我的小提琴。我们朝他鞠躬，他对我的朋友说：‘这个大个子是吟游诗人吗？’‘是的，主人。’另一个回答道。

男爵说：‘瞧瞧他的个子，不穿上军装、戴上头盔、肩上扛把矛，简直太可惜了。如果我派你跟随骑士兵团去前线，你意下如何呢，乡下人？’‘尊贵的男爵，’我当时说道，‘我怕我带着矛上战场，您可就只能看着我在那儿瞎跑，因为我的腿太长了。别看我个头大，这一点确实能令尊贵的男爵您满意，但是我内心其实胆小如兔。’他有些冷酷地看着我，然后说道：‘我倒是觉得你巧舌如簧，像狐狸般狡猾。实话讲，我真有点想把你交给监察官的手下们，看看他们如何处置鞭笞你。你们这些士兵，可有听过他拉弓弹琴？’‘有的，主人，’那人回答道，‘对于一个乡下人来说，他弹得不差。’‘让他即刻在我们面前演奏一曲，如果弹得不错，方可免去皮肉之痛。’我旋即拿出小提琴，开始演奏起来，即使发挥的不是我的最佳水平，至少也比我最差的表现要好很多。等我演奏完毕，男爵说道：‘我的朋友，你会演奏多少支这样的曲子？你会唱歌吗？’‘主人，我到底会弹多少支曲子这事儿可不好说，’我说道，‘我会唱歌，勉强为之而已。’男爵对那个士兵说道：‘今晚子夜前的两小时，把这个人带到我的住处，让他给我们演奏、歌唱，如果我们都没什么睡意的话，他还得给我们讲些古老的故事，我会奖赏他的。至于你，我这次就不让你当士兵了，不过听我说，我才不信你胆小如兔那一套说法。你的眼里丝毫没有胆怯的神情。’说完，他就转身离我们而去。于是我们在约定的时间之前纵情欢乐，伴着一些歌谣和好酒度过了良宵。”

“我来到男爵的住处，屋子并不宽敞，但是挂着漂亮的特洛伊挂毯。我有幸让男爵无比高兴，因为无论是演奏还是歌唱，我几乎都发挥了自己的最佳水平。他下令赐我一把银币，不过我把它们都分给了我的士兵朋友们，男爵没有赏赐这些人，他命令我第二晚同一时间再过来，于是第二天白天我在探查了敌军阵营的情况后，晚上又如约前往。但是，在第二个晚上，我和我的朋友从男爵的屋子回来的时候（我也因此更富有了），我就告诉他，明天一大早无论如何我都将离开此地回我的家乡了，所以就算我不出现，也不会有太多人质疑。故事的结局就是，我在午夜前偷偷离开，越过堤坝，来到后门找到我的朋友，他放我进了城，此刻我方能安然无恙地站在这儿。现在，首领，你是否知道为何我费尽周折去铺垫我的游荡，不敢有丝毫怠慢？”

奥斯伯恩在听他讲述奇遇记的时候，不时地走来走去，此时他猛地转向史蒂芬并说道：“是的，我知道了。你的意思是，过一两天我们也去，你和我两个，趁着夜色和云层的掩护，去往那大宅邸会会这个深谷的男爵，然后在小镇款待他。”

史蒂芬双手击掌说道：“威特莫尔的孩子，你太机智了，但是不如我机智。我们会去的，你和我两个，但不是单独行动，我们再带上四个勇敢的战士，要足够机智，不能是河谷人，因为他们太单纯了，不善诡计。实话说，我已经选好人了，并告诉了他们我们的计策，他们都无比期待。”

“好吧，”奥斯伯恩说道，“我们什么时候出发？实话说，你做事真是没有一点风吹草动啊。不过，你有没有告诉其他人呢？”史蒂芬说：“约了明晚，我已告知看守后门的那个朋友安排好二十名士兵严加把守，因为那会儿我们会和我们的客人一起回来，也许会需要他们的帮助，不过我没有告诉他我们要做什么。那么现在，你意下如何？我做的这些事有没有让你的病情有所好转？”“你已经让我完全康复了，我的朋友，”奥斯伯恩说道，“回威特莫尔现在指日可待了，我再也不会生病或是伤心了。”

饕餮者史蒂芬笑了，他们又聊了些其他的事情，这时其他人也进屋来找他们，所有进屋的人都在好奇他们的首领怎么看起来病已完全好了。

Chapter 26

他们把男爵带回东集坪

第二天刚过午夜，奥斯伯恩、史蒂芬和其他四人来到了之前提到过的后门。奥斯伯恩和这四人的盔甲外穿着和村里人一样的上衣和兜帽，但史蒂芬还是穿着他吟游诗人的装束，当然还带着他百弹不厌的小提琴，他的重短剑系在罩袍下面。这夜没有月亮，但也几乎不见乌云，只有星点光亮。正当他们打开门时，从前面炉火处走来一个高挑的男人，看起来没带武器，穿得像个乡下的流浪汉，史蒂芬立即伸出他的长胳膊，把他抓住挟在胸前。这个男人没有受惊，也没有反抗，反而轻声说道："你难道不认识我吗,饕餮史蒂芬？我是来看威特莫尔之子的，他将会因为我们神圣的纽带而记住我。我将帮助他和你们所有人。"奥斯伯恩听后小声对其他人说："这是一个心灵强大的朋友，他对我们非常有帮助。"

"要保持安静，"史蒂芬说，"大家跟好了，蹲伏前进，直到我们到了堤坝的背风处。”大家都跟着，史蒂芬在前面带路，接着是奥斯伯恩和钢头，他们都一言不发，但奥斯伯恩觉得有钢头在身边，他变得更强大了，心里也满是愉悦。

他们爬上堤坝，刚爬到顶端就看到一个武装士兵站在他们和天空之间。史蒂芬立刻站了起来，吹起了欢快的口哨，但声音很小，同时他示意其他人转到他的后头，从这个人身边爬过。在他们前进的同时，史蒂芬和那守卫兵向着彼此走去，不过他们刚一靠近，士兵就认出了他的朋友，跟他打招呼：“嘿，诗人，你这么快就回来了，要去哪呢？”史蒂芬说：“可不是嘛，我还没到家呢，就觉得男爵有可能再次召唤我。天上掉弗洛林币[①]的时候，我乐意用帽子接着。”士兵说：“你来得正是时候，男爵有些不适，晚上睡不好。从昨晚开始的，他派人找我，问我有关你的事，命令我把你带回来，但老天爷！我告诉他你走了，那一顿咆哮啊，我好不容易才从紧张的饭席上逃了出来。不过，他消了一点气之后命令我去找你，如果找到，就带你去见他，不论是白天还是晚上，只要他没穿盔甲，任何时候都行。所以，你看，你来得正是时候。等着我，我去找个人来替我站岗，然后我们就去见男爵。”

“等一会，”史蒂芬说，“说实话，我特地带来了一个老乡下人，我的叔叔，还有他的儿子，一个乡村青年，他们都非常擅长唱歌，并且那个年纪大点的肚子里满是古老的传说，我

① 弗洛林币：一种来自意大利佛罗伦萨的钱币，常指1252年铸的金币。（译注）

带着他们一起去见男爵怎么样？”

“好的，”士兵说，“看看你，变着花样讨我们主子的欢心，一定能让他更高兴。现在就去吧，把你的亲戚带来这里，我去找人替我，然后就立刻在这里碰面。”

然后史蒂芬找他的手下去了，此时那四个手下正向大宅邸匍匐前进，现在到了一处地方，长满了灌木，是个绝佳的潜伏地点。史蒂芬在这里找到他们，命令四人在此守候，等他们带着猎物归来。事情一定会成功，史蒂芬对这点毫不怀疑，然后他带上钢头和奥斯伯恩去见那个守卫兵。士兵一见到钢头就大笑了起来，因为钢头不是蹲着就是窝着，他只看得到暗夜下显露的破衣烂衫。他说：“诗人，你亲戚的衣衫如此褴褛，怕是遭遇了什么不幸，你就没有更好的人吗？”史蒂芬在黑暗中笑嘻嘻地说：“等你知道了他的本事再说也不迟。相信我，他的本事比他肚子里的酸豆腐强。”“好吧，”士兵说，“就这样吧！倒是这个年轻人，看起来有两下子。现在，大伙，去摇那弗洛林币树吧。”

他们四个人一起往大宅邸的方向去了，一路上没有受到任何阻碍，大概他们被认为是男爵的侍者了。甚至连男爵房间外的看守（那儿只有一个看守和一个管家）都只礼貌地冲着士兵点点头，什么也没问就让他们进去了。他们进到房间，里面没人，这是男爵一贯的就寝时间，士兵蹑手蹑脚地往卧室走，但史蒂芬踩得很重，钢头大笑起来，然后径直走向男爵的床头，手在他的脸上摸索，从额头到下巴，轻轻地碰到他，但这个熟睡的男人并没有醒来。至于奥斯伯恩，他站在士兵和门之间，从他的外衣下拔出剑来——但那不是斩案剑，他把斩案剑留在了家中。士兵挨个地看着他们，开始为他们的举止感到震惊。随即，他就被史蒂芬和奥斯伯恩同时按倒。士兵既不能反抗也不能发出任何声响，因为他被他的大衣裹住了头，塞住了嘴，手和脚都被绑住了。之后，钢头抓起光溜溜的男爵，把士兵的衣服披在他身上，给他穿上士兵的大衣和头盔。这个受人膜拜的男人站在那儿，现在他看起来像是醒了。他看了看前面，仿佛他什么也看不见，就像一个梦游的人。与此同时，史蒂芬架下小提琴开始演奏舒缓的乐曲，并用他浑厚悦耳的嗓音唱合着。他们把深谷的领袖带到门边，他仍然看起来不太中用，只是跟着钢头走。

他们开始往外走，并没有受到什么阻拦。他们来到那四个人所在的灌木丛，叫上了他们，七人与新加入的男爵一起上路了，男爵看起来仍然像在梦游。

他们绕过了那个替代史蒂芬朋友的守卫，他们不想引起不必要的麻烦，悄无声息地来到堤坝，然后向后门走去。史蒂芬按照约定的方式敲了敲门，门开了，过道里站的满是武装士兵。只见史蒂芬大喊："大家都好吗，我的朋友迪克森，今晚不出战，只需让我们进来，带上我和奥斯伯恩上尉去见梅达尔德，我们想给他看个东西。"

于是，他们和他们的客人一起进入了小镇，门一关，钢头抓住奥斯伯恩的衣领，把他往旁边带了带，说："威特莫尔的年轻人，你充分地展示了你的英勇，我为你高兴。我从山区那边来，那里的一切都支持着你。我现在必须回去了，而不是待在这座全副武装的城里。但是我看无须多日我们便会在山里相见。所以我跟你说，当你认为你的需求和你的悲伤到了最大程度时，就去我们第一次见面的小山谷，用我送你的弓作为信号召唤我，目前我只能先跟你说再见了。”

“好的，但等等，”奥斯伯恩说，“你难道不进去吗？我们有足够的人手可以护送你从另一扇门离开，不然你会和那些敌人相遇的。”

“你不用担心我，”钢头说，“任何敌人都无法阻止我前往我想去的地方。”

Chapter 27

他们在城墙边上谈判

随后他便离去，奥斯伯恩跟在自己的部队后面进了城，深谷的男爵被带到塔楼——梅达尔德爵士的住处。他们在那儿热情周到地款待男爵，不过他还不怎么清醒。于是他们让他在梅达尔德爵士的床上休息，在卧室内外均安排了守卫看守。奥斯伯恩坐在那间卧室里与梅达尔德一直聊到天明，这时男爵已彻底醒过来，嚷嚷着要喝水。梅达尔德爵士亲手把水递给他，而男爵则瞪着他说道："你是今晚服侍的人么？我不认识你。"梅达尔德说道："在这以前我们也离得很近啊，男爵大人。你应该认识我的，我以为。"男爵定睛使劲看着他，然后向四周张望，大喊道："我的天哪！你是那个乡下人首领梅达尔德。我在哪儿，那个邪恶怪兽般的吟游诗人在哪儿？是不是他给我下药了？"梅达尔德说道："大人，此刻您正在我东集坪寒舍的卧室内。大概在明天，你、我还有王室一起谈谈，然后你就可以返回到深谷的家中，也可以留在这儿看我们这些乡下士兵们如何宴庆，享受所有的荣耀。”

这时饕餮者史蒂芬走过来说：“大人，看看，那个给你下药迷惑你的如邪恶怪兽般的吟游诗人在此。但是，男爵，这对你有百利而无一害。因为明天战争即将结束，你可以自由自在地回到深谷里你所深爱的那些女人身边，也将挽救那些士兵，还有你的武器、帐篷、木材，还有一大堆粮食和美酒。在我看来，所有这些，或许还有更多，如果你继续这么固执而又徒然地守坐在东集坪前不肯离去的话，这些都会损失掉。所以我不会说请你原谅我，而要说跟我做朋友吧，我也无须你对我好。”随后他伸出大手要跟男爵握手，但是奥斯伯恩拽住了他的腰带，并责备他嘲笑一个囚徒，这时男爵把脸转向墙壁，用床单蒙住头。

你可能会想，第二天早晨当人们发现男爵不见了，军营里是否会鸡飞狗跳、人仰马翻地乱作一团呢。这个说一句，那个说一句；有人哭喊着大叫“杀啊”然后开始厮杀起来，也有人大呼“赶在我们都遭遇类似的结局前赶紧逃跑吧”；而大部分人则是一边怀疑一边骚动着。这时梅达尔德爵士来到西北塔楼的防卫墙上，身边一个侍从手持一面白色旗子，还有一个传令官握着一个喇叭，不一会儿传令官使劲吹响了喇叭，不过发出的声音并非开战的号角，而是谈判的信号。于是，当首领们和指挥官们听到这声号角，看到象征和平的白色旗帜时，纷纷聚拢在高塔下。其中最高级别的首领是个头发灰白、无比睿智的老者，人称德戈尔爵士，他站在这群龙无首的士兵前问道：“站在上面的是梅达尔德爵士吗？”

“正是，”梅达尔德爵士说，“你是谁？你是镇守我们周围那群人的领袖之一吗？”对方回答：“我是德戈尔爵士，你可能听说过，我效力于深谷的男爵大人，现在是这群人的首领，我过来想问问你要对我们怎样。”梅达尔德爵士说：“我想见见深谷的男爵。”

“他今早抱恙，”德戈尔爵士说道，“起不来床，不过如果你们愿意把小镇和城堡交给他，一齐交出来，你们可以尽管让我来代为管理，我非常了解他的心思。”

梅达尔德爵士笑了。“不，”他说，“我们可以等，直到我们见到男爵本人为止。但请告诉我，今天早上你们人群里的骚动和喧哗所谓何事？”

德戈尔爵士毫不迟疑地答道：“东村那边给我们送来了大批援助和补给，既有粮食又有士兵，我们的人在欢迎新来的士兵，分享食物。”

“这倒没什么，不过，我们听说，你们找不到你们的男爵了，你们是在上上下下寻找他吗？”

“不，没这回事。”老人摇着头说道。不过，那些站在他身边的人则面面相觑，暗自想这个老人是多么聪明。梅达尔德爵士忍着笑意说道：“先生，您的主人任命您做他手下的将领真是没错，因为您是个机智的骗子。不过，您此刻在跟一个比您更明白事情真相的人交谈。嘿，你们，把男爵带过来吧。”

两名侍从径直走过来，中间领着一个个子瘦瘦的、皮肤黝黑的男人，他浑身并无武器装备，只穿着长长的黑色毛皮制的大衣。他摘掉帽子，此时德戈尔爵士和其他人才分辨出来者正是他们的主人。男爵随即开口道：“德戈尔爵士和你们所有人，我的大人们和首领们，你们能听到我说话吗？”

“是的，大人。”德戈尔爵士答道。

随后男爵说道：“以下是我的原话和命令，请你让所有士兵离去，如果他是骑士，请他把自己的武器、盔甲和三匹马一同带走；如果他是中士，请他把自己的武器、盔甲和一匹马一同带走；至于其他人，那些弓箭手和农奴们可以挑一到三匹马来载运行李，让他们的行程轻松点儿。但是，请留下那些面粉、麦子、美酒和所有的牛和羊；因为这里的村民和小镇的乡民们有需要用到它们的时候。至于我本人的东西，诸如武器、衣物、珠宝等物品，你们帮我运到小镇来吧，我将在此停留两三日，与王室和执行官一同商讨一些要事。此外，我还需要德戈尔爵士您以及五个谋士和十个仆人同我一起留在这儿，在我逗留东集坪期间辅佐和协助我。好了，这就是我的旨意和希望，以后也不会改变心意。所以，德戈尔爵士，请您赶快去把我的旨意传达给各个首领、骑士和中士们吧，这样大家就可以即刻解散了。”

你可以想象，当德戈尔爵士和其他深谷人得知他们的主人现在沦落为敌人手中的囚犯时，他们是多么的惶惶不安。不过，他们觉得东集坪镇所提的条件并非臆想当中的那么苛刻，毕竟目前对方是占有极大优势的。

此时，德戈尔爵士说道：“梅达尔德爵士，能允许我上来到你那儿去，跟我的主人私下说几句话，可以吗？”“所谓何事？”梅达尔德爵士问道，“你们不都已经听到你们主人的吩咐了吗？难道你们不愿意听从他？”“是的，”德戈尔回答，“我已经听到了他的命令。不过，我很想上去跟他说句话。”“那么，上来吧，”梅达尔德说道，“不过我可警告你，你今天来东集坪很容易，但是想离开这儿可就没那么容易了。此外，你要想想，如果你胆敢胡来，我们立刻打开城门与你们作战，而你们的军队此时既无秩序又无帅令。”

随后他下令为德戈尔爵士打开城门，他进了城，然后被带到塔楼上，他走到男爵面前，向他屈膝行礼，泪流不止。然而，男爵却笑了起来，虽然有些勉强。于是他们二人走到塔楼朝向小镇的一个壁炉旁，而梅达尔德爵士和他的手下则在远处待了一会。随后，德戈尔爵士转向东集坪的人开口道：“梅达尔德爵士，恳请您允许我遵照我主人的旨令，遣送我们的人马离去。”

“好，去吧，”梅达尔德说道，“不过我想提醒你们，我祈祷深谷的男爵长命多寿，因为他已经成为我们小镇的一个很要好的朋友，而如果你做了任何致使他丧命的事，那就大错特错了。”

于是德戈尔离去，他和那些谋士以及首领们无比伤心地回到营地，开始将他们过去六个月来所做的一切拆毁。没过多久，这些深谷的勇士们就开始纷纷从东集坪外围撤离，而小镇的士兵们也一刻不停地监视着他们的一举一动。天黑之前，东集坪小镇的士兵们兵分几路颇有秩序地出了城门，确保没有任何深谷军队在军营内逗留，他们还把男爵的士兵们按要求留下的物品一起带走了。与此同时，梅达尔德爵士和他的手下则竭尽所能地取悦男爵。梅达尔德爵士向他介绍了奥斯伯恩，将屠狼和杀戮哈德卡斯尔的事迹一并告知，让他知道这个来自威特莫尔的年轻人在此次东集坪战争中是多么的骁勇善战。男爵惊讶不已，看着奥斯伯恩说：“很好，年轻人，如果今后你有任何困难，请到深谷来，我们会尽力帮你的。同时，我也祝愿你茁壮成长。”

不过，梅达尔德爵士并没有告诉男爵，奥斯伯恩是昨晚将他拖走的人之一。但是后来他不知怎么还是知晓了这件事，我也不知道他是通过谁、如何知晓的。

Chapter 28

深谷男爵讲和

现在战争已经结束。前一天，深谷男爵签署了代表和平的契约，梅达尔德他们说服他对东集坪的王室投降了，另外东集坪还得到一笔他用来赎身的钱财。至于多少，我的转述者也并不知晓。但我觉得他们并没有狮子大开口，他们只要了一个侍从或是低等骑士的赎金而已，要知道男爵可是坐拥大片土地的人，名下拥有各类城镇、税赋和市场。

基于赎金已被交付（或者说是一部分赎金，剩余部分已有担保），男爵上了路，心情并没有太坏。很快人们就看到，东集坪人不再需要准备与那些服役者发动战争，这些服役者得到了离开的命令，河谷人也是。不过，恩赐的物品还是被大规模地发下，远远超过了战争的粮饷，对于奥斯伯恩和饕餮史蒂芬更是如此。在各种忙碌中，小镇的屠夫行会在走之前的晚上带来了一头体形硕大、身材健美的公牛。它全身洁白，人们装饰了它的角，给它带上花环，把纸卷放在两角之间，上面写着精美的文字——饕餮者的公牛。史蒂芬收到的这个礼物非常受人喜爱，他们在它身旁喝了许多杯。在友人们离开之前，史蒂芬说：“瞧，东集坪的年轻人，虽然这头公牛是送给我的，但它并不算是‘饕餮者的公牛’，我永远不会宰杀它，只会让它为了我们东集坪友人的爱而活着，我将为它买、求或者去偷母牛的草料。”

至于奥斯伯恩，他在小摊上买了许多精美的小物品，像是金匠制作的物件和一些其他类似的东西，好在岔裂之水之上射送给他的朋友。但他并没有接受任何赏赐——除了从深谷战利品中得到的一件精良的盔甲，但梅达尔德爵士说这并不是赏赐，而是他辛勤付出得来的。

所有人都爱戴他，梅达尔德爵士尤为如此，他欣然要封他为骑士，但奥斯伯恩拒绝了，说他的父辈们没有这样的传统，并且他再也不想去离河谷更远的地方，也不想离开很久。“即使我不生活在那里，”他说，“我也希望可以死在那里。”他红着脸说道，双眼放光。但梅达尔德说：“无论你在哪里生活或是死去，你都拥有一颗伟大的心。但我断定，当有一天你需要一个朋友用实际行动帮助你时，无论是你逃难时还是追寻时，来见我，我保证不会让你失望。”

奥斯伯恩发自肺腑地向他道谢，他们亲吻过后，满是深情地告别。当河谷人骑马来到通往西门的路上时，那里满是高声歌颂祝福他们的人。当他们走过时，窗户里也挤满了为他们洒下鲜花的妇人，她们嘴里不断感念着，若不是因为有这些勇士，她们早就没了这小镇，也不会再有任何荣耀，亦不会保有孩子们了，再没有比他们更好的朋友了。人们一直欢庆着，直到河谷人骑马离开了东集坪。

当初有二百零六个人从河谷骑马出征，此时已少了四十二人，他们或是战死沙场，或是身负重伤而无法继续作战，不过又来了十六个人，他们或是一人成行，或是二三人一组，填补了这些空缺，所以他们回去时人马并没比离开时少多少。

Chapter 29

奥斯伯恩和他的人马回到威特莫尔

十月初，一个美好的傍晚，此时太阳还没有下山，河谷的人们在一片布满黑岩石、路面高低不平的弯道上行进，弯道向西俯瞰整个河谷地区。尽管在过去的三小时里，他们一路上都在说说笑笑、嚷嚷个不停，到了此时，每个人的内心却都是心事满满，任何人都不愿意再跟另一个人说话了。最后，他们终于穿越那片乱石遍布的弯道，威特莫尔开始映入眼帘，它虽近在咫尺，但横亘在面前的却是杂草丛生的斜坡和被岔裂之水劈出来的一道宽阔的峡谷。此时，他们可以看到晴空之下的威特莫尔：一座座灰色的房子矗立着，做晚饭升起的缕缕炊烟在空中缭绕，三个高大的车夫面前有一群羊挤作一团，向前行走着，女人们则赶着牛群进了牛栏；在这以前，他们都打定主意，一旦登上弯道之巅，即刻快马加鞭，欢快地奔往威特莫尔，而此时它就在眼前，从弯道到庄园只有咫尺之遥，他们却一致勒马，静静地坐在马背上，仿佛突然见到了一群敌人那般。是的，他们当中有些年长者控制不住自己，开始哭泣和呜咽起来，不知是因为喜悦还是因为伤心，抑或是因为悲喜交加，很难说清楚。

奥斯伯恩并未哭泣，说实话，他内心希望与恐惧交集，心绪惶乱，已在一定程度上吞噬了那份在他重新见到父辈们的庄园时本该涌现的温柔情愫。他骑马行进在列队之首，提起嗓子，响亮而又清晰地吼了一声，为河谷和那里居住的人们祈福，随后就冷静地骑马下了弯道，其他人则默默地紧随其后。然而，随着他们离庄园越来越近，所有的人，男女老幼纷纷从庭院中跑出来迎接他们，他们终于喜不能已，下了马和女人们亲吻，与乡民们拥抱，人群中一片欢声笑语。

第一个迎接奥斯伯恩的人是他的祖父尼古拉斯，他亲吻并拥抱了奥斯伯恩，然后又让他去见了他的祖母和养母，她们拥抱着他，很长时间都不愿意放手。

与此同时，人们纷纷骑马四下奔走，为这一大帮子人准备食物。因为不仅是威特莫尔的人，这整个队伍今晚都将在此停留，威特莫尔的乡民们真是招呼不过来。然而，不多会儿，一切就都准备就绪了，在这期间，那些驻守家乡的人对刚凯旋归来的人赞不绝口，不断地与他们亲吻，凯旋之人口中所说的每件事对他们来说都是惊天奇闻。

最后，宴席准备妥当，大厅里挤得水泄不通，大家开始大快朵颐起来，此时的他们全都无比快乐。等他们用餐完毕，桌上的杯盘就即刻被撤下腾出空间，他们又开始喝起酒来，第一杯酒敬救世主，第二杯酒敬诸圣，第三杯酒敬征战归来的人。

不过，驻守庄园的人都嫌喝得太少，不依不饶地又吆喝着向勇士们的首领奥斯伯恩敬了一杯。待到酒尽杯空，大家都望着奥斯伯恩，看他做何反应。奥斯伯恩起身站在原位，面颊绯红，双眼闪烁，出口成诗，随即吟唱起来：

战神的狂风
刮过河谷
将我们推向
那嘶吼不绝的战场
我们远行
去往那沙场的城墙
徒步踏上
那悬崖之境
暴雨如注，粗犷地砸在田野上
干草堆里，掩藏着刀剑和盾牌
烈日炎炎
战事上演
小而皎白的月亮
彻夜悬空
日复一日
肩负取胜的大任
在雪地里
士兵们长眠于地底
圣诞季节里，我们在战壕中欢庆

头盔和铠甲，在厅堂里闪闪发光
年岁更替
春天如此可爱迷人
却不见佳人
到这草地弯道上来
因为那平地之上
新一轮战争再次上演
新的战壕继续蔓延
四处都是士兵
从烽塔到烽塔，天色愈发黑暗阴沉
仲夏的正午，紫杉木之箭疾射如雨
在悬崖之下
沙场的战壕之中
我们坚守着
直到晚夏逝去
我们恰如其分地行驶着
智慧之扁舟
穿越那钢铁群集的黑暗
被我们拉入战局的那个战士——
他聆听仁者贤士的教诲，大受鼓舞
此时和平胜出
所有的冲突烟消云散
在我们手中
土地的荣耀

随我们向后延伸
来到了亲爱的河谷
父辈们席地而坐
无比愉悦
此时幸福之花在这古老的山谷里盛开
我们的事迹随着人们的言传长青不衰。

他的吟唱赢来一阵热烈的欢呼，所有人都说里面的每一句都无比流畅，说这是威特莫尔最好的一天。大厅里的人们欢声笑语、喜气洋洋，玩到必须休息的时候才肯离去。威特莫尔也随之焕然一新，它的主人曾经一度被人认为是守财奴，但现在人们会认为那只不过是虚假的言论罢了。

Chapter 30

奥斯伯恩前往幽会之地

次日，天渐亮，所有客人都心满意足地启程各自返乡，去见他们的父母，奥斯伯恩和威特莫尔的人们带着祝福出门相送。

他们全部离开后，这场不寻常的聚会就结束了，这在奥斯伯恩看来仿佛是大梦初醒，内心既有希望又有恐惧，他是如此躁动不安，都不知道该做些什么是好，只好再次来到克洛文山湾。他一刻也不多做停留，只拿了从东集坪带回的礼物和一件武器——为了射送礼物过河而带的弓箭。他高兴地穿上了一件绿色外套，上面有金丝绣花，这是他从东集坪买的。他看起来像个英俊可爱的少年，他大步快速地走向约会地点，他脸色泛红，眉头微锁，交织着烦恼与喜悦，嘴唇由于热切的呼吸而张开。奥斯伯恩一边走一边自言自语，到底需要多大的运气和造化、怎样的期待，才能再次见到艾希德？而下一秒，他一想到，要是万一她生病了，死了，或是结婚了该怎么办，他内心因为种种想法备受折磨，但他强大的内心战胜了这些想法，他想，这些不幸怎会发生在忠诚又快乐的自己身上呢？

他一直走到能看到河湾的地方，没看见山顶有人，但他还是拼命往那处跑，仿佛他知道她已经等了他很久。他一边跑着一边双眼垂视着地面，这样如果艾希德人不在那儿，他也不必看着那个地方空落落的了。当他来到老地方时才抬起双眼，他心情异常激动地看着她来到山顶。当艾希德一看到他，她就大哭了起来，张开双臂，伸向他。至于他，有好一阵儿他都说不出一个字，也发不出声音，之后他说："你还好吗？"

"哦，是的，是的，"她说，"现在一切就都好了。"

"你结婚了吗？"他问。

"是的，"她说，"我和你。"

"噢，我们会结婚的，我们会结婚的！"奥斯伯恩说。

"哦！"她说，"今早不要悲伤，我一点也不想因为这个让你难过。你要想想此刻是多么美好，现在至少我们能够看到彼此。"

"你常常来这里等我吗？"他说。艾希德回答说："五月十四日就是我们离别的一周年，现在是十月八日。五百一十一天，我天天来找你。"

她说话的模样是如此令人怜惜，他的胸口起伏不定，面色也因之改变，他开始哭了起来。艾希德说："我真希望我没说这些令你为我哭泣的话，亲爱的。"他止住眼泪说："没有，亲爱的，不全是因为你，也是为了我自己，也并不全是难过，也是为了爱。"艾希德说："你这么一说我还怎么止得住眼泪？"

说着艾希德也跟着哭了起来。

过了一会儿她说："现在你坐下来，好吗？告诉我你身上发生的一切，关于你的壮举，也曾有风声捎带着一些消息越过岔裂之水吹到我们这里来。而此刻，听到你讲话的声音是多么美好，亲爱的，给我讲讲你的事。"

"我会的，"奥斯伯恩说，"如果你愿意，我还想听听你的事，都发生了什么，我只想听你说话。"他说话时声音颤抖，看起来说什么都很艰难，但他的眼睛一直渴望地看着她，好像永远也看不够。原因显而易见，艾希德是如此美丽，他也将近十八岁。她全身穿着黑色的衣服，没带任何装饰品，头顶上盘着柔顺的头发，在肩膀之上像是巨浪上的天鹅。她的头发从年幼时开始不断变黑，现在是棕色中混杂着些金色，仿佛太阳就在里面；在发丝的掩映下，是她又白又亮的额头；她的眼睛是灰绿色的，带着光泽；脸颊有些瘦，但颚部如雕刻过一般，线条精美清晰；她的下巴坚实，弧度完美；双唇不太饱满，但红润可爱；鼻子挺直美好。她显露着清晰可人的颜色，但没有夹杂太多红色，仿佛她金色的头发从她的脸庞掠过，留下了些许痕迹。她的面容半露楚楚可怜之态，好似渴求亲人的怜爱，但时而交织着欢乐与敏捷的思想，冷静的智慧仿佛给它蒙上了一层清俊的阴影。她的胸部还没有完全发育，侧身单薄，还没有学到步态优雅和妩媚的姿态——像是镇上和大庄园的女人们为了诱惑男人做的那样。但是童年留在她身形中的可爱单纯，以及一直以来对美好事物的渴望，使她在爱情的吸引力上远远超越了那些装模作样的行为。

艾希德说：“你为什么这样看着我，亲爱的奥斯伯恩，你看起来有些严肃，难道我身上有什么是你不喜欢的吗？我会按你的要求改，你把你想说的小事都告诉我，在你把大事讲给我听之前。”

奥斯伯恩仍然好像有些艰难地遣词造句，说道：“我看着你，艾希德，是因为我爱你，是因为这一年半里你已经从一个可爱的小女孩成长为一个女人，我眼中的你既美丽又亲切，我害怕对于你和我来说，我的渴望比应有的更多，但我们永远也无法改变这奔腾的洪水，即使我愿放弃我的所有。”艾希德有些勉强地笑了笑，说：“这是不幸的说法，但我并不会因此而哭泣，因为我从你的话中感受到了爱。过来，你坐下，我给你讲讲我的事。”

他们都坐在尽可能靠近边缘的地方，奥斯伯恩有一阵子一语未发，只是看着和听着，艾希德说：“我每天都来这儿，有些时候比别的时候更为忧伤，有时觉得有些希望，有时是一点儿，有时又觉得没有任何希望。这时我就会想起你或是对你的迷恋。能称作是新消息的，第一件就是我的女亲戚，我母亲的姐姐，生活在不同的世界了。她六个月前去世了，西万圣教堂帮助我们埋葬了她，在紧挨着克洛文集市的地方。我必须说，虽然她是我仅有的亲人，失去她并没有让我感到巨大的悲痛，虽然在我小时候她没有残暴地让我做工，但她从来也不关心我，更鲜少爱我。她的葬礼对于一个西河谷的穷人家庭来说也算是够体面的了。而最后一个留下来照顾我的老妇人，我认为她是爱我的，并且她更像是个有能耐的人，而不是一个垂暮之年、表面脆弱的女人，此外她还颇有智慧。听着，下面是我要告诉你的第二件事。大约两个月前，夏末秋初，一天傍晚，太阳刚刚落下，我们干完活后正坐在家里，虽然我家并不华丽壮观，但对于我们来说地方还是有些宽裕的。有人敲门，老妇人去应门，跟着她回到房里的是一个高挑的男人，既没有穿着乡下人的衣服，也没有穿得像个战士，而是穿着一席软毛边的黑色长袍。他只在腰带上别了把短剑和刀，没带其他任何武器。他看起来并不坏，有着黑色的胡子和红润的脸庞，身体看上去挺结实的，大约四五十岁。他向我们礼貌地问好，询问是否可以容他在这里直到天亮。我们也没有拒绝他，如果他肯做些杂务。他笑着说做任何杂务都比在那个时间待在沙漠里要好得多。他说此外他还有一匹马，不像他一样疲倦。并且，他还说，他带了两只鞍囊，如果不用背到太远的地方，这些并不算非常重。

“然后我便和他一起出去了，看见了他的老马和鞍囊。我把马牵到那间过冬的畜栏中，我们的两匹马也在里面。但这是只体型巨大的动物，毛色发灰，好像是我们这个地方没有的品种。我给了它一些干草和大麦。他把鞍囊带进了房里，他再出去和回来时都总是在我身边，在灯光暗处常常看着我，虽然我只穿着旧衣裳，还光着脚，你已经好些年没见过我这么穿了，亲爱的。但我也不是当时就注意到这点的，而是等我们都进了房间，安娜夫人（老妇人）点上蜡烛后才发现的。简而言之，我们把我们能上的肉和酒水摆在客人面前，他也看起来很满足，愉悦地和我们在一起。他滔滔不绝、字字珠玑，给我们讲了许多遥远的、尊贵的国度的奇闻逸事，提到了伟大之人和卑微之人。他说他是个商人，为了赚钱而游走四方，来河谷是为了买些货物，然后问我们有没有什么东西想卖给他，但安娜夫人笑了笑说：‘尊敬的阁下，你从地摊和山脊的市场买这买那，又想买我们的黄牛、绵羊和马，不久后你钱包里的金子就会变少。’‘不会变少的，’他说，‘谁也说不好这么些年里你屯了些什么宝藏？’他说这话时看着我，我脸红地低下头，心里想着矮人送我的笛子和精美的项链，还有更重要的是你送我的礼物，奥斯伯恩，实话讲，它们都是我的心爱宝物，这些东西我从没跟安娜夫人提过，虽然她知道我常常来找你，和我对你的爱。然而，那个话题并没有继续，这个商人又开始问安娜夫人有关河谷的事和这里人的处事方式，还有一些其他事，比如他们有多富有。安娜夫人都尽可能简短地回答了他，他还问她他们是否疼爱他们的孩子，以及他们是否有驱逐女孩的习俗，就是如果他们不幸地有许多女儿并且只有一点食物，尤其是年景不好的时候。但安娜夫人听到后大喊‘诶呀’，并说这个说法她从来没有听到过，即便是年景不好、食物短缺的时候，大家也都做力所能及的事来帮忙。

‘好吧，’商人笑了笑说，‘这种事在翰莫迪尔的儿子身上发生过，也可能发生在其他人身上。’然后他又问关于河谷上一季物品供应不足的说法是不是真的，她回答说在河谷西边是这样没错，那里的人没有投入战争。然后这个话题就断了。但至于老妇人，在我看来，她在敏锐地观察他。一会儿后，安娜夫人问这个客人是否要就寝，他回答说，不，他要醒着等肚子里的肉都消化了。然后安娜夫人叫我去睡觉，我欣然地照做了，说了这么多，我还是挺罕见地喜欢他的样子。至于我的床，它是个合式床，开口处不是朝着我们刚才在的房间，而是另一个里面的房间，挺长但不宽。我躺下后不久就睡着了，但我觉得我听到两人认真地谈着什么，然后就什么也不记得了。还有，在我睡着前，安娜走到我身边，用手在我面前晃了晃。

当我醒来时，有一种我睡了很长时间的感觉，我下了床，找到我的衣服准备穿上它，然后就被眼前的一幕惊呆了：一个仅披着上衣的裸男一手抓着我合式床的门，另一只手握着刀，就是那个外来人。但这时安娜夫人过来说：‘不要在意他，虽然他眼睛睁着，但仍然睡着呢。你快点穿好衣服，我的艾希德，跟我来，他过会儿自己会醒来。’虽然我这样做了，但并没有马上明白她的用意。当我们来到院子的草坪上，安娜全都告诉了我，她给我讲了这个恶棍在我去睡觉后，向她出价要买我，要我全心全意地跟着他。他说这非常容易办到，因为他觉得安娜才华过人，能让少女睡去直到是时候醒来；他说他想要两件东西，把她揽在怀里，让她任我左右，然后让她跟我回家，不管她从不从。‘我并不会当即就回绝他，’安娜夫人说，‘他已经像是我圈套里的一只乖狐狸，所以我哼哼唧唧了一会儿，说他或许会后悔这桩生意，除非他确定他知道这其中的价值，长话短说，我跟他讨价还价，又讨价还价，最后他脱了他的外衣，一手拿着刀，一手摸着门。不过亲爱的，我早就知道该怎样让你的床门按我想的做，所以当我看到商人的手扶到边缘时，我对门说了几个字，然后我就去睡觉了，因为我知道他的手不会从门板离开，脚不会从地板离开，直到得到我的允许。我也让你睡去，直到片刻前你醒来。’‘但现在我们该怎么做？’我问。安娜夫人说：‘我们先在树林这里等着，我在桌上给他放了食物，他的衣服不难找到，而且他也知道他的马和装备还有包袱在哪里。我不认为他会想跟你我道别——他都不会有足够的勇气举起剑，哪怕是对抗一个老妇和少女。’然后我们就来到树林，像我跟你说的一样，它在房子后面一弗隆[1]远的地方。我们一直在那里待到过了中午，听到有人在不远处骑马离开。我们蹑手蹑脚来到林子边上，偷偷往远处看，看到那个商人带着包袱骑着马向西去了，他的表情疲倦又沮丧，安娜夫人不屑地咧嘴笑了笑，我倒是忍住了没笑。但你不觉得有趣吗，奥斯伯恩？”

奥斯伯恩站了起来发狠地说：“我真希望我在那儿劈开他的头颅！我杀过的许多人都比他强。”

他们沉默不语了一阵子，艾希德坐在那儿深情地望着他，过了好久才开口说道：“亲爱的，我告诉你这个故事你是不是生气了？”

“没有，没有，”奥斯伯恩说，“如果你不告诉我发生在你身上的所有事情，我又怎能安心地活着呢？但我必须说，我真希望我没听到这件事就发生在你的家里，除了那个饱经风霜的老妇人之外，在那儿没有他人保护你。尽管我已经知道这个妇人，尤其在这个故事里，她听上去确实有些神力，但她也不

① 弗隆：长度单位，等于 220 码或 201.2 米。（译注）

会永远和你在一起，也不会总是考虑你。但愿，亲爱的，我不会跟你用朝廷里、大宅邸、王孙贵族宫殿里的语气说话，他们说起他们的爱人时总是华而不实，说她们是无价之宝，就是一大群男人也不够她们看管。但我想说，”他说这话时脸涨得通红，“你是如此令人愉快又如此可爱，你的男人，你的爱人，和爱着他的朋友们，没有能保护你，即使在这个寂寞之地，对于这点，我所能做的并不比一个木头人多。”

艾希德也站了起来，奥斯伯恩看见泪珠从她的脸上滚落下来，于是他向她伸出手臂，但她说：“不要太过悲伤，我的朋友，要知道，正如方才你向我揭示的你自己，我这些眼泪不全是因为你的悲痛，更多的是因为你的善良而开心！我必须告诉你，即使我独自在家，我至少拥有一个朋友，一个爱着我的人。一切会好起来的，现在我每天都能来幽会地点，老妇人从不阻拦我。我常常有预感你将会来见我，还有些时候预感你不会回来，因为我知道你有你的事业，并且有人需要你帮助他们。所以如果你哪一天来不了就不用来了，能来的话当然更好。”

最后，奥斯伯恩看起来从艾希德那儿感受到了满满的柔情蜜意。可艾希德握住她手中的衣带，说道：“现在我不能再等了，快点告诉我你的英勇事迹，因为很快秋天的白昼将会褪去，我们相见的可贵时间将渐渐消逝，悄无声息。”然后奥斯伯恩便开始讲述，但实话讲，一开始时他像个差劲的吟游诗人，心里一直想着她所说的话，不过很快，文采便回来了，奥斯伯恩讲得栩栩如生，她仿佛能看到这些事就发生在她眼前。艾希德沉浸在他的故事中直到暮色和黄昏开始覆盖大地。到了他们该分离的时候了，奥斯伯恩会在后天向她讲述更多关于东集坪的战争故事。

奥斯伯恩回到威特莫尔，一开始他觉得这别离许久后的第一次会面并没有他渴望的那样好，因为他既渴望靠近他的爱人，又害怕内心升起想要悄悄把她据为己有的冲动，这些都让他显得心事重重。但不一会儿，当他和人们聚在一起，然后又独自一人时，所有怀疑和烦恼都在回忆她时消失不见了，仿佛艾希德就站在他面前，有些痛苦，但更多的是甜蜜。

就这样在约好的某一天，奥斯伯恩去见她，脸上满是微笑，无比快乐，宛如玫瑰般清新，艾希德也风采绝伦，当他们面对彼此时，艾希德像童年时那样使劲地拍着手掌，并大声喊道：“哈！现在战士已经就绪，吟游诗人有满满的故事，这将会是愉快的时光。”这确实是愉快的时光。

Chapter 31

他们在秋天和冬天约会

他们在秋天约会了许多次，有一次艾希德曾跟他要过礼物，下次相会时，奥斯伯恩把从东集坪镇带回来的那些战利品当作礼物送给了她——因为一直想着艾希德，他都忘了这些礼物的存在了。在随后的时光里，他们便畅谈这些礼物的来历，聊起他是如何猎获了它们，以及该如何穿戴它们，聊了一遍又一遍。又有一次，艾希德央求他穿上那件深谷掠夺的漂亮铠甲，奥斯伯恩爽快地答应了，于是在下次约会的那天，他身着铠甲在艳阳高照的河岸边阔步而行，仿佛那圣烛节[①]冰川解冻、阳光明媚之际，在河面迅速移动的闪烁而耀眼的冰块一般。奥斯伯恩还进行了很多有趣的表演，例如把铠甲拆开，一一命名，又重

① 圣烛节：2月2日是纪念圣母玛利亚行洁净礼的基督教节日。（译注）

新把它们组装上，诸如此类。

日子渐渐进入冬天，而他们两个人却更为频繁地相见，即使是在霜冻和暴雪等恶劣的天气里仍然乐此不疲。春天来临，可算给他们带来了宝贵的好天气。直到此时，先前奥斯伯对所爱之人被夺走的恐惧已大为消散。不过有一点必须得提一下，奥斯伯恩的内心经常因为那份想要拥她入怀的渴望而疲惫不已、痛苦不堪。但是大多数时候他都将这份悲伤掩藏在自己的心里，然而一旦爆发出来，连艾希德也感同身受，可以这么说，艾希德似乎一眼就可以看出他内心的煎熬。事实上，有一次，艾希德努力了很久都没法安抚他，艾希德告诉他这感觉好比亲眼看着他躺在自己面前垂垂死去那般糟糕。

不过，他们都善待和珍惜着彼此，在这些成年之初的岁月里，他们甜蜜恩爱。

Chapter 32

西河谷中的敌人

当春季渐逝，快要进入四月的一天，传来了一些新消息。一天清早，饕餮史蒂芬急急忙忙地来到威特莫尔的大厅里，大声喊道："弓！弓！大家都到厅里来，尤其是奥斯伯恩首领！"

威特莫尔的壮士们都急忙从和式床和小屋里出来，已经武装好，奥斯伯恩也穿上了他的铠甲和钢盔，弓拿在手中，箭筒背在身后。

壮士们在大厅里聚集在他和史蒂芬身旁，奥斯伯恩问发生了什么事。"绝对是大事，"史蒂芬说，"我们该怎么帮忙？河谷里发生战乱，在西河谷那边。"

奥斯伯恩简短有力地说："你们，奥特，西蒙，朗蒂，艾力森，骑马直接去河谷，拜访每个庄园，让他们在岔裂之水的河边集合，带上弓，投掷矛和各种投掷兵器，告诉他们不要聚集在一起，排成列，各个弓箭手之间隔开足够的距离。让他们不要留任何箭在家——我们会尽快提供更多——但拿上以后先别用。你们几个赶紧去吧！剩下的人都跟着我，我们步行，省时间，射击稳定。”

他们向着河边进发，十二个人已经清楚地领会了命令，也都拿着弓和数量可观的箭。同时，奥斯伯恩对他们说：“散开，不要暴露我们的实力，不要让敌人看到你们的弓；让他们轻视我们，冒险向河岸试探。等他们攻击我们再射箭，以免打击到安分守己的人。”现在他们推进到近处，能看到远处河滩上人们的动态，他们全是骑兵，可以清楚地看到他们是外来者，高大的马背上的男人们穿戴着异国的盔甲、明亮的钢质头盔，他们装备着长矛和轻箭，许多人还背着骑兵的短弓和箭袋，还有圆盾。

当威特莫尔的人向着河边行进时，一小批外来者，大概二十人冲着他们大喊大叫，还有大约两百人在视线范围内的地区散开来。外来者策马来到洪流边缘时，其中一人（从盔甲和武器的颜色看，应该是首领）在空中挥舞着他的矛，不断炫耀着，然后大声喊叫。他们听不懂他在喊什么，但是能听出他趾高气扬的语气和霸道的威胁。然后史蒂芬就按奥斯伯恩的命令，站在靠近他的地方，从包中拿出一个白色布条，快速绑在矛上，又把矛举在空中，以示意他们要讲和。但得到的回应却是那首领和手下们的哄然大笑，然后首领手拿着矛，好像要冲着他们射过来，但是洪流对于投射矛来说太宽了。他的一个手下解开身上的短弓，搭上箭，像是询问可否离开似的转向首领，首领点头准许。奥斯伯恩匆匆说道：“史蒂芬，我掩护你，你上场。

要是他射，我们就射，他是我们的敌人。”

箭随后就射了过来，被史蒂芬用他的盾挡掉了。然后威特莫尔人齐声大喊并拉紧了弓箭，奥斯伯恩射出第一箭，重重地插进对面首领的眼睛，他摔下马死去。史蒂芬把箭射入之前射他的人群中，在第一波攻击中有三人落马而死，另有三人受伤。现在外来者们开始对于威特莫尔式的早餐感到非常厌恶，转身背对河水撒腿就跑，想要散开在弓箭的射程之外，但他们还不够快，他们又失去了两个人、三匹马。

奥斯伯恩和手下在那里停留了一会儿，看看敌人还有没有其他帮手加入战斗。但看来这些外来者也十分狡猾，他们只是集结在一起，集体转头向着下河谷而去。

河谷人依然没有看到他们西边的邻居有所行动，当奥斯伯恩开始考虑这些时，这触动了他的痛处——他们必须从哈特肖山上发动攻击，他可以期望的最好情形就是艾希德从家中逃走，去往其他地方，比如树林里，或某个她了若指掌的地方。

与此同时，他命令手下人悄悄地顺着河流，向下游走去。他说：“河水这边没有动静，很快下面庄园的人就会加入到我们这边。没准我们能组成一队精兵强将，如果他们没听恶贼的话去修防御堤。”

于是他们开始行动，时不时地，有一些贼兵转向他们，观察他们的动向，隔了一会儿还有人冲着他们射箭，但没造成什么伤害。最后，当他们靠近克洛文山湾的狭窄处时，一队敌人向着河边来了，但一多半的人又继续向着河谷方向行进。与此同时，一批人从下游庄园赶来加入了威特莫尔人的队伍，他们都是结实的汉子，装备着精良的投掷兵器。

两边都有人前来克洛文山湾，奥斯伯恩心中的苦恼和极度愤怒的情绪就不用提了。当那些挤在河岸上的外来者看到前方河水越来越窄时，他们一齐呐喊，向着东河谷人靠近，许多人都下了马，一个挨一个步行前进。他们都走进了彼此的射程范围，稍停之后，敌人开始射箭。这次他们伤了好几个河谷人，但奥斯伯恩还不想回击伤害他们。

他们来到可以看到矮人洞穴的地方。即使不处于战乱时期，害怕那儿的河谷人也不在少数。一些人认为矮人洞穴会使他们交霉运，而其他人则说奥斯伯恩的正气将压过矮人族的邪气。

奥斯伯恩来到幽会地点，加上他一共整整四十人，个个都是精兵强将。他站在他们前面，这是个让他的脚停留，让他的心从他的爱人那里得到慰藉和关心的地方。他就站在那儿，手持重投掷矛。

这时外来者们大批向河湾处涌来，像狗一样号叫着，就向着艾希德常站着的地方。冲在队伍最前面的是他们的首领，穿着装饰俗气的盔甲，上面满是金银，头盔后面拖着一大撮红色的马尾穗。他挥起手，攥着一只硕大的矛，就在这一眨眼间奥斯伯恩突然掷出他的武器，伴随着一声凶狠的大喝，随即他就听到，所有他周围和身后的河谷人射出了他们的箭。老实讲，就在他出手时，他几乎看到这些混乱像一场梦一样逝去了，他看到艾希德倒下去，胸中插着一支矛，但这并没有发生。那外来者的首领把矛放在胳膊下，人和矛一起咔嗒咔嗒地掉进河湾的碧波中，许多强壮的敌人都在河谷人的箭雨中倒下。此时敌人也出手了，一些河谷人被杀，好几个受伤，好在核心实力没有丝毫减弱。奥斯伯恩从箭筒中拿了十二支箭，一个接一个射出，每射出一支，都有一个生命在箭尖逝去。但一想到他有可能没把他们全杀死，不能救出他的爱人，他的愤怒和悲伤中更添苦涩。许多箭打在他身上，但大都倒在了哈德卡斯尔留下的盔甲前，没造成任何损伤。许多贼兵被杀死了，但敌人还是穷凶极恶，大多数人都不愿撤退；一些渴望杀死那个残忍屠杀他们的人，甚至都没有注意到这奔腾的洪流而贸然行动，仿佛他们之间没有任何阻碍，直接掉进滚滚的河水中，消失于那无尽的深渊。

随着战斗不断升级，河谷队伍的人数开始变少，但奥斯伯恩丝毫不想后退一步，他的手下都非常英勇，除了那岔裂的洪水，他们眼中并无不祥之物。奥斯伯恩有三处负伤，但都伤得不重，史蒂芬侧面中箭，仍然伫立着，持续攻击，和其他人一样勇猛。

突然，他们面前暴怒的人群有了新的动向，开始向内陆悄悄移动。同时，他们之外有人大声喊叫。这时东河谷人认出了这些声音来自他们的亲人。他们拉弓的同时一起大叫着回应。强壮的贼兵转头向着内陆和西南方跑去，大叫并诅咒着，而西河谷人就在他们上方，手中拿着矛、斧和剑。

这场投射战结束了，那些死在东河谷人箭下的外来者们再也不会回来了。西河谷人在狼藉的战场上辨认尸首、照顾伤员，他们担忧地凝视着战场，然而他们只看到一场用手投掷的战争结束了，看到战争的残酷。可没过多久，他们看到外来者又回来了，向着他们的马匹缓缓移动——那些他们留在弓箭射程外，离克洛文山不远处地方的马。西河谷人追来，给外来者重击，但他们并不想与外来者展开混战，似乎也不想去阻止那些人上马逃跑，之后河谷人再也没见过他们。

Chapter 33

奥斯伯恩打探艾希德的消息

当这场战乱终于平息，来自东河谷的人们仍然站在一起（由于人员的损失，他们并没有感到多少胜利的喜悦），而克洛文山的另一侧，西河谷的人正踏着那被洪流劈开的遍野尸首向他们走来。如前所述，东河谷人和西河谷人从没来过这里，都是出于对住在大漩涡之上洞穴中的矮人的恐惧。但现在，要打胜仗的信念和对战亡者的悲痛之情，夹杂着苦恼的情感，将之前的恐惧一扫而空。于是西河谷的首领们站在河湾顶端（那是艾希德常站的地方）外来者们遍地的尸首之间，准备与东河谷的兄弟们对话。代表他们说话的人是伍尔夫斯坦，来自科德伯恩——西河谷下游的一个庄园。他赞颂东河谷人通过投射勇猛杀敌，给予了他们的巨大帮助，就像他们期望的一样把他们解救了出来。“虽然，”他说，“你们如此勇猛地与外来者战斗，然而这些人还有那些已经被你们送上西天的人，并非敌人的全部。有一部分躲开了投掷的兵器，其他人则沿着河谷下山，甚至离开这河谷。我们已经派弟兄前去追杀他们，此刻我们必须前去救援我们的人，唯恐他们在人数上不敌强贼。我们很担心在我们的人没有追上那些恶棍之前，他们已经践踏摧毁了许多途经的庄园。现在我们请求离开，我们祈祷你们健康快乐地活下去，因为你们给予我们帮助，尤其是你，奥斯伯恩·伍尔夫格雷森，我们知道你，和你的故事。”

但当他正想转身离开时，奥斯伯恩以一种刺耳的声音大叫着说：“留步，大人，告诉我一件事，你告诉我被这些贼人践踏过的庄园的名字。”伍尔夫斯坦说：“我办不到，因为我还不知道。这附近一带居民寥寥，离这儿五英里远的地方有个较好的庄园，叫朗葛瑞格，那只是个小庄园，现在只有个小房子，两个女人居住在里面，一个年老的一个年轻的。我不认为那些贼人会因为这个小地方而停留。再见了，如果我们的战事变得明朗起来，你们明天来此处就会得到消息，或去地势再低些的地方，以免被矮人暗算。”

他转身向着他们觉得有可能发生战争的地方进发。至于东河谷人，他们一刻也不停歇地开始寻找伤员。有些受了重伤，他们得被人用担架运回家。饕餮史蒂芬是受伤时间最长，也是坚持战斗最久的，用了两个月的时间恢复到跟以前一样健康。十余人受了像他这样的重伤，至少还有二十六人能够自己带伤走回家，另有十三人在战斗中丧生。在经过一番慎重考虑后，大家想出了一个较为妥帖的办法：把他们埋在离克洛文山不远处的地方。在这个他们长眠的地方，他们被富饶的土地覆盖，从此以后，这里被称为射手之丘。

Chapter 34

奥斯伯恩为失去艾希德而悲伤

就在人们准备返乡前夕，西南方再次硝烟四起，沙场上又吹响了战争的号角。因此除了不得不返乡的伤员，其他人不得擅自离开战场。奥斯伯恩尤其忙碌，一直在不断地料理着手下的伤亡之事。抽空他又来到了洪流边上，这个他曾经满怀爱意与欢喜，停留过多次的地方，他在那儿站了很久，一动不动，他指间捻箭，拳里握弓，双眉紧蹙，两眼凝望着西边的战场。午后两点，西河谷人再次发动战争。一小时后，对岸传来战场上的喧嚣，声势震耳欲聋，持续了整整两个小时。随后喧嚣慢慢退却，东河谷的人纷纷从观望台出来，各自离散。秋日的天光渐逝，很快大家都已离去，只剩下奥斯伯恩和威特莫尔的六个人。六人轮番拉着他的袖子，恳求他跟他们回家，因为天色已晚，战争没那么快再来，西河谷人手中要应对的事情诸多，新的一天到来前已无暇传递更多的消息。一开始他根本不听他们的，到最后，他转过脸来怒视着他们，但说话的语气却依旧柔和，他命令他们回家吃饭歇息。“让我在这儿待着，”他说道，“我要观望一会儿，以防出现其他新局面；若是累了，我自会返回威特莫尔。”他们便都离去，留下他一人。奥斯伯恩站在那儿，直到内心意识到他已经待了很久、很久。暮色四合，周围一片漆黑，河谷地带的克洛文平原陷入沉寂，只剩他脚下的洪流声愈发凶猛。随后，起风了，风轻抚着草地，在岔裂之水的岩石隙缝间呢喃，岩石下是奔腾不息的洪流。此处无人问津，他听不到任何人的脚步声，只能听到远处庄园里依稀传来的狗吠声、鸡鸣声或牛叫声。

最后，天色变幻、夜色深沉，奥斯伯恩隐约间听到有什么正在靠近自己，自西边上了岸来，他不知道是什么，但感觉应该是赤着脚的人，他轻声自问，那些亡灵若是踏上这片早就有无数魂灵踏足过的水坑之时，是否会发出声响。此时他的内心狂跳不已，以至于，在他看来，若是那些他们此前埋葬的人此时爬起来，在夜色中走到他面前来，都已不是多大的怪事了。随后，他拉弓搭箭，准备好手中的武器，不过他下不了决心射箭，担心草率射箭会打破宁静，引发此起彼伏的尖叫和哀号。与此同时，在一片步履声中，他听到哭泣声，于是他暗自思忖：此时，它正在途中，空中将满是鬼魂，它会在空中燃起火焰吗？

但是，这时，那个声音越来越大，从好几个地方传过来，尽管无比粗犷，这熟悉的声音侵袭着他的内心，因为这声音不是别的，正是羊群咩咩的叫声，此时整个对岸因为羊群的到来而充满生气。这时他恍然大悟，知道那是什么了，那正是艾希德的羊群，它们被放逐出了圈栏，在夜色中游荡着来到了此前她经常放牧的地方。此刻，内心的悲痛取代了他的狂野，他扔下手中的弓箭，蹲在满是泥泞的地上，双手掩面呜咽起来，未来可能迎来的生活画面以及即将面对的悲伤涌上心头，因为他知道艾希德已经离去，无论是被杀死了，还是被带走了，他都再也听不到她的声音，再也见不到她了。

最后，悲伤和绝望不再撕扯他的心扉，不再让他心累，奥斯伯恩害怕他于此经受的一切都是浪费和徒劳，一股自怜的情愫伴随着对爱人的甜蜜回忆涌上他的心头，他不禁泪如泉涌，大哭起来，他沉浸在哀痛之中，无法自拔。夜色依旧深沉，天空毫无破晓的迹象，不过奥斯伯恩已看到西南方有碎积云向着地面低沉下来，他随手拿起弓和箭，慢慢站起来，浑身虚弱无力又无比僵硬，仿佛大病了一场的人。他沿着河岸向威特莫尔走去，他的双脚知道方向，虽然他的双眼并没有看路。他往前走着，风从耳边呼啸而过，威特莫尔的画面出现在他眼前，他发现自己又活过来了，他开始思考，应该做些什么，去找回那份已被剥夺的爱。过了一会儿，想着想着，泪水又一次夺眶而出，不过在每次情感迸发过后，现在的他已经越来越能控制住自己的泪水，他不再像以前那样疯狂，仿佛被世界遗弃，不知所措地漂泊到无名之地。只是，现在他知道自己是谁了，也知道何为悲伤和痛苦。

拂晓时分，他爬回到威特莫尔庄园的大厅，找着自己的床就躺了下去，整个人疲惫不堪，衣服未脱就已沉沉睡去。

奥斯伯恩在屋子里的一片骚动声中醒来，起床后坐下跟大家一起用餐，虽然他满脸严肃，但他并不想发表任何锐利的言辞。在一些人看来，昨日早晨之后，他仿佛衰老了十岁，他们以为是乡民们的伤逝令他不堪重负、备受折磨，这也确实在情理之中，于是他们尽量少的跟他说话，因为他的悲痛在他们看来无比难受。用完餐后，他命三人随他去河边，打探西河谷人的消息。于是他们一同前往，来到了克洛文山湾下游附近矮人听力所不能及的地方，还遇见了几个来自下游庄园的人因为同样的目的来到此处。而西河谷人也刚刚来到河边，伍尔夫斯坦是他们的代表，他在战争中挂彩，身上伤了好几处，头和胳膊都绑着绷带。这时他说道："向你们致敬，东河谷的勇士们！你们可能以为昨天我们赢了第二场战役，不然今早你们就不会看见我们来这儿了。现在，战争已蔓延至整个朗葛瑞格的庄园和宅子，那里的乡民们曾与我们并肩英勇作战，强贼们将它夷为了荒地，不过庄园的女人们逃脱了，保住了她们的性命。因此，无论输了什么，都只是在战场上输了，我们的四十六个好手已经在战场上改变了他们的一生。至于那些强贼们，除了在你们的屠剿中倒下的那些，我们也已埋葬了一百四十多个，其他的都已仓皇而逃，当中很多人还受了重伤。因此，朋友们，我们这次赢得了一次伟大的胜利，上帝和他的圣徒们将保佑我们获得更多的胜利！"看起来那个庄主好像快要哭了，不过并没有人觉得惊奇。但奥斯伯恩开口说话了，他的声音听起来连自己都觉得无比陌生："告诉我，庄主，当这些贼寇在庄园中践踏时，有人被杀掉吗？"

"没有啊，"伍尔夫斯坦答道："除了朗葛瑞格庄园外，强盗们并未毁坏其他的庄园，然而，如我所讲，很多乡民逃过了杀戮，幸存下来的还有哈特肖山这个坚固的小房子。确实有两个妇人失踪了，但我们并未发现任何乡民或是女人被杀戮的尸首，除了屠杀牛羊，也没有其他的杀戮。我很确定地告诉你，今晨我们的乡民仔细地在此搜了个遍，巡查了林子里的每个角落。”

“或许，”奥斯伯恩说道，“他们把那两个妇人带走了？”伍尔夫斯坦说：“恐怕是如此。”

奥斯伯恩说：“好吧，失去这两个妇人，或许你们还能再找着，这无足轻重。不过，在沙场上阵亡的士兵们实在是太惨烈了。然而，在我看来，很快掠夺者们便会向西河谷发起进攻，既已听闻了你们乡民的勇猛。愿上苍保佑这些乡民们能幸免于难，他们也必将幸免于难。”

他言辞慎重、声音洪亮，所有人都听到了他的发言，他们为他的演说欢呼，声音浑厚而坚实。但奥斯伯恩身旁的人却说他讲话时表情严肃，面色无比苍白。在他们看来，若是当时亮出斩案剑，会有更多强壮的贼寇倒下。

大家就此作别散去，奥斯伯恩和威特莫尔的人马回家去了，东河谷的其他人也各自回归原地。至于那些西河谷人，他们开始把战场上杀戮的贼寇们拖走，因为他们害怕不这么做会招致矮人族的忌恨，他们将那些人埋在曾站着与东河谷人谈话的地方；他们在那儿堆起一个大坟冢，直至今日那儿都被人们称为“贼寇之坟”。据说，东河谷人在此次骚乱中杀戮的贼寇有七十七人。

Chapter 35

奥斯伯恩向钢头请教

时光流逝，渐入夏季，奥斯伯恩待在威特莫尔处理那些和往常一样棘手的事情。人们都很诧异，虽然平日里他对所有人说话都一如既往地和蔼可亲，却依旧在为克洛文战役之殇而悲痛，整个人看起来心力交瘁。他常常与饕餮者史蒂芬相坐交谈，史蒂芬的伤口这些天已痊愈，大家都说奥斯伯恩从他那习得了一些不为人知的知识，因为很多人觉得他在某些方面很是博学。每隔两天，奥斯伯恩会独自来到克洛文山湾，一坐就是一整天，但他从未得到任何有关艾希德的消息，他也确实并未期待会有什么消息。奥斯伯恩从对岸得知中林那边没有任何来访者，那儿的屋子和庄园都已荒废，因此他只能这样默默地守候着。

盛夏的倒数第三晚，与史蒂芬长谈一番后，奥斯伯恩往他的小背包中塞了些吃的，趁着夜色就上路了。他越过荒原，穿过山林，来到了与钢头初次相遇的那个小山谷。他在溪水边的草地上席地而坐，吃起肉来，随后，当这六月的夜色彻底暗合下来时，他躺下来了，无比放心地睡去了。在一片晨曦之中，奥斯伯恩醒来，在溪水中洗了洗身子后穿上衣服，坐在那里等待日出。此时太阳正在冉冉升起，一束阳光照射出来，铺洒在他眼前这座山的峰顶之上，奥斯伯恩知道他的朋友钢头来了，他还穿着他初次见他时的那身衣服，那也是他真的很想要的一样东西。

奥斯伯恩站起来跟他打招呼，钢头走过来，张开双手拥抱并亲吻了他，奥斯伯恩哭诉了他命运中的不幸与希望。随后，钢头说："我知道你为什么来找我了，刚才我把双手放在你身上，真恨不得不顾一切让你的身体强壮起来。而此刻，你是在请我让你的内心变得强大起来。在这点上，我会竭尽所能，不过，我得先吃些来自威特莫尔的特产，这样你才能明白我是多么爱你以及养育你的那片土地。"

于是奥斯伯恩忙活了起来，点燃了炊火，做好了肉，两个人尽兴地大快朵颐起来。吃饱后，钢头说："我已知道了一切，但你是否选择对此事就此保持沉默呢？"

奥斯伯恩回答："我会告诉你一切。"

"有的是时间呢，"钢头对他微笑着说，"那还等什么，尽情说吧。"

奥斯伯恩即刻向他道出发生的事情，表述言简意赅，可当他谈到艾希德时，则不由得滔滔不绝起来，详尽地讲述了她在最后那些时日里的境况，以及他的内心是多么牵挂她，她与他的谈话是多么的美妙。等奥斯伯恩讲完，钢头说道："你对住在河谷与你的乡民们一起生活这件事是怎么想的？”奥斯伯恩答道：“我愿意在这儿生活，在这儿终老，尽我所能做一切造福父老乡亲的事。”钢头说：“那么，你必须得治好这个心病，也就是说，你必须忘记儿女情长，或者你至少得更多地去思考些其他的事情，而不是这件事。我绝不容许我的养子成为家族里的一个扫兴之人，因为那是会招来厄运的。”

奥斯伯恩双眉紧锁着说：“我这样是没法治好的，因为我不知道，她是否也一样沉浸在悲伤中，经受着相思的煎熬。那么，我真的要弃她而去，就像那大敌当前，丢下受伤的朋友不管不顾的懦夫一样吗？”

钢头对他微微一笑，说道：“你没法被治好？那就顺其自然吧，你也不必跟你的族人生活在河谷了，带着你的烦恼逃往外族之境吧，那儿谁也不知道你这愁眉苦脸的人也曾舒展过欢乐的笑颜。”

“我可能会这么做，”奥斯伯恩说道，“既然这是你的旨意，我更加愿意去做。你还有没有别的要跟我讲，好给我的出行提些建议？”

“还有几句话，”钢头答道，“世界虽大，道路亦多，在我看来，在世界的某一处，会有一条路牵引着你和艾希德的脚步，冥冥之中你们自会相见。”奥斯伯恩说：“愿好运与你的良言相伴而来，你看见没，我脸上也因此而满是喜悦呢？”

钢头说道：“这只是希望，我的孩子，它来得快去得也快，尽管如此，我还是要告诉你，我内心也觉得我可以帮到你，那就是，只要你还有事情做，就永远不要丧失希望。回想一下你是怎么跟艾希德说的，能越过岔裂之水的唯一办法就是你们当中的一个人，或者你们两个人，环绕世界然后相遇。那么现在你来告诉我，这些天来你都是如何打算的？”奥斯伯恩说：“我一直在想，等仲夏节一过，我就作别我的乡民，骑马前往东集坪去找梅达尔德爵士。因为在我看来，他是这世上我认识的人中能引领我走上有所作为之路的人。”钢头说：“那你是准备独自前行，还是打算带着他人跟你同去？比如说带上饕餮者史蒂芬？他是个博学之士，是我们的朋友，会像我一样给你带来很多智慧。”“你是在命令我带他跟我一起去吗，大人？”奥斯伯恩问道。“不，”钢头说，“我只是问问你对此事的想法而已。”

奥斯伯恩说：“那我告诉你，我的想法是独自前行。我不会带任何威特莫尔的人跟我同行，我害怕会心系河谷狠不下心，然后挑个美好的夏日又折返回来，重蹈覆辙留在这儿疗伤。我也深知史蒂芬既是一个聪慧的人，也是一个强悍的勇士，我觉得把这样一个人才留下来维护威特莫尔是再好不过的了。因此，无论是我完成了打算做的事情凯旋，还是我没完成心中所愿，客死他乡，甚至还可能死得毫不光彩，我都知道我的族人们会无比兴旺，威特莫尔会充满欢乐，那将会是这世上无比荣耀的事。甚至威特莫尔就像一个生灵，一个我真正的朋友，无论顺逆，无论悲喜，我都将无数次想起它。”

“为你的言辞致敬，我的儿子，无畏的勇士！”钢头说道：“在这一点上，你我的想法不谋而合，我心想你会这么做的。现在，我可以确定我确实在你的心中播下了希望的种子，我称它为无畏之心。”

这时他转移话题聊起其他事情来，还是那么的和蔼可亲，奥斯伯恩觉得，能赢得这个高贵而又伟大之士的厚爱，真是一大幸事。于是，这一整天在无比愉快的氛围中过去了，当太阳快要下山之际，钢头说：“现在，我必须返回我老家的住所了，你也该回威特莫尔了。我知道你回到那儿后还会是如此的容光焕发的，你将带着荣耀与所有族人的爱戴，为了那些必须去做的事情而出发。”

他们站起身来，奥斯伯恩在转身往西离去之前说：“那我何时能再见到你呢，大人？”

“谁知道呢？”钢头说，“可能会在你最不想见到我的时候，可能在空无一人的沼泽地里，或是在茂密的丛林之中，或是在激战之时，或是在你临终的床前，又或许在你有生之年我们根本不会再见。”

“那你现在要回去的地方，我今后会有可能在那儿见到你吗？”奥斯伯恩说道。

“我肯定你会的，不过，也很肯定在你有生之年是不可能的。但是，现在，让我们就此别过，我的心与你同在。”随后他转身离去，奥斯伯恩也头也不回地向威特莫尔走去。此时，在他看来，自己似乎不是很期待回到深爱的庄园，而是更期待不顾一切往东而去。他想到他不得不离开的那一天会是无比悲伤而痛苦的时刻，所有的希望都会在纯粹的悲伤和烦恼面前黯然失色。

Chapter 36

奥斯伯恩教给河谷住民的诗句

当聚集在威特莫尔的所有人看到奥斯伯恩的脸色时，都明白他已从同贼寇战斗导致的精疲力尽中好转过来，他们为此感到欣慰，因为这个同伴常常带给他们快乐。随后，克洛文集市迎来了仲夏盛宴，如前所述，这是河谷居民们最隆重的盛典，同时奥斯伯恩也在其中体验了无比愉快的快感。盛宴之际，乡民们会以最谨慎而又严肃的方式来过这个仲夏节，比如说滚动大火轮、点燃干草捆、跨越火堆。不仅如此，中午早些时候，所有这些节目都还未开始之前，当地两个万圣教堂都会响起极尽优美的大弥撒曲，祈祷在对阵贼寇的战斗中英勇牺牲的人安息。到了庆典的最后，在这夏日的夜晚，当时间已近于破晓，洪流两旁的居民们在各自的河岸边排成一列，他们唱颂着这些诗句，歌声盘旋跨越岔裂之水，由西河谷起头，东河谷唱和着接了下去：

时值夏日，如此良宵
黑夜短暂，白昼悠长
当时日终将逝去
鲜少流失，多有收获
苦涩稀少，甜蜜良多
当沉睡的太阳那爱意之温暖仍在地面徜徉
由此孵化孕育的田地里，永远有歌声飘落
从野草到麦穗
鲜有苦涩，多为甘美
在仲夏时节里
无甚哀伤，尽是颂扬。

如若春天再度到来
复又同从前那般离开
彼时你将向夏日
祈求哪些事物?
你是为更甜美的草
和绿茵愈加繁盛的山坡祈祷?
你是期冀愈发丰收的小麦
和更加厚实的黑麦束?
或想要更强壮的儿子，更可爱的女儿?
还是比现在所有念头更为现实的美好愿景?

尽管麦子仍旧青涩

但已可预见将来的丰美
沿着草场的围墙
黑麦也长得高壮
在那牧场里边
坡上的草厚实甘甜。
我们的女儿活泼可爱
我们的儿子面容俊朗
而少数落空的那些
留给我们的双手去实现。

而当你珍爱的故事里
那夏日的祝福不能灵验
你又将如何？
当冬日侵袭大地
在苦寒下数月挣扎着生息
你将失去何物，
又怎么看待为这数月生命付出的牺牲
因那夏日的太阳也多次诅咒我们的河谷
想想那些抛在身后的泪水，和未曾宣之于口的悲哭。

我们或许会讲述这样的故事：
长矛林立，刀剑交接
和那斯瓦德院
辉煌出色的英魂们

已经去向永恒的归处
我们双眼昏昏
再寻不见他们的眼神
在草地上，在房屋里，只因他们的永驻，我们才能继续行进
而我们还能站在此处，全赖长眠在地里的他们的牺牲。

你是否会呼唤他们归来
并反省自身的过错？
不，我们只会把他们的故事
铭记于心，永不消逝
他们光荣的牺牲
又是否会令你悲痛？

今夜，我们为曾经的快乐
怅然神伤
当开始回忆有关他们的过往
无比的痛苦席卷心房
然而即使这一切终将消散
喜悦总被悲泣掩盖。
那些曾讲述过的真诚的言辞
重若真金
甘如南风

令话语启开唇齿。

父子间传说着揭露真相的故事，

讲述同泽同胞们曾经的英勇与坚守。

唱完了这些诗篇以后，所有人都各自回到屋中。据说是奥斯伯恩作了这些诗句，并将之一并传授给了东西两岸的居民。

Chapter 37

奥斯伯恩动身离开威特莫尔

次日傍晚，当所有乡民都聚集在威特莫尔庄园的大门前时，为了更好地利用这段可贵的时间，奥斯伯恩先是沉吟了一会，等到人们忍不住催促时他才开口说道："亲戚们，朋友们，我必须告知你们，我会在明晨启程，离开你们，但是不论我身在何处，想要回到威特莫尔的渴望都会在我心中永远长存。我觉得，最好让你们大部分人明白，我是多么的爱这片河谷，特别是这座庄园。然而，由于我所经历的那些事情，现在我也许再也不能居住在此地。

"至于为何会这样，说来话长，而且讲出来需要勇气，我现在开不了口。但我所能说的是我是为了追寻一种能引导我回到威特莫尔的生活，这种生活或许快乐，也可能是悲伤的，但是无论如何，我的内心深处，还是会认定我终将在河谷过完下半辈子，像所有宗族和乡民一样干活做事。现在，再试图把我的想法拉回来，或者阻止我实现我的意志已经无济于事，因为我必须离开，而且是自愿离开。在今晚，我们沐浴在夏日的时光里，河谷的平静安宁和丰富多彩让我的心变得柔软，追忆起我们一同度过的日子，我们的祖父辈和父辈都在这片土地上出生与死去。如果我在过去有什么错处，或者曾经伤害了你们什么，我希望你们能直接说出来；如果确有其事，我会尽可能地赎罪。这样的话，虽然我不能带着整个威特莫尔和所有的乡民们一同离开，至少我能背负着你们的爱远行。”

乡民们听到他所说的话语后，顿时感到非常沮丧，因为事实上对所有的人来说，奥斯伯恩的陪伴既能带来快乐，又能营造安全感。至于女人们，除了他的祖母和养母，其他的那些均情不自禁地哭泣起来。尽管他早已向饕餮史蒂芬透露过他的想法，而史蒂芬也已经为他收拾好了行囊。

现在，没有一个男人或是女士能说出一个反对的话，或许是此时，除了从男孩身上传递来的友善，他们想不到任何事情。他们争先恐后地滔滔不绝，但是当说完了这些之后，复又沉默下来，这时奥斯伯恩说：“祖父，尊敬的威特莫尔的主人，您完全是为我着想，曾给予我如此之多的机会，让我抓住了它们。所以现在我觉得，要是没有在我离开的时候留下我的计划、我的意愿、我的力量，您很难掌控这里。如果我的这一想法是错误的，请您尽管直说，同时我会把一切都留在原位，而你在我离开后，就能成为威特莫尔庄园唯一的主人。”

因此轮到尼古拉斯发表意见了，他慷慨地承诺，当奥斯伯恩离开后，他的名字和他的事迹在威特莫尔还会被铭记。对他而言，统治一座像威特莫尔这样又巨大又辉煌的庄园已经变成他的一种负担了，不管奥斯伯恩安排谁到他的地盘上来，他都会非常高兴，而且事实上他已经猜到会是谁了。

于是奥斯伯恩转向史蒂芬，说："史蒂芬，你在我的计划里比任何人都要重要，而且你不仅是一个如我所认为的那样睿智的人，还是一个得到过证明的勇士，所以，如果我把你留在这里，你会为我尽可能做到最好，且友好地对待庄主尼古拉斯和我的祖母，同时对所有的乡民都很亲善吗？"史蒂芬说："我自当竭尽全力，同时也希望乡民不要恨我，就像我不曾恨过你一般。"他话音刚落，所有人都上前给了他一个鼓励的拥抱，实际上，所有人的心都在他们的胸膛里燃烧着，因为对奥斯伯恩的爱，对他那些话语的赞赏，对失去奥斯伯恩的悲伤，和对他回归的期待。因此他们觉得在那一刻，自己能许诺任何事情。

但是奥斯伯恩说："史蒂芬，我的朋友和伙伴，伸出你的手，我会在我治下的所有人面前给你一份贺礼。"当史蒂芬这么做之后，人们热烈地鼓起掌来。

之后，奥斯伯恩注视着他，说："我的朋友们，在我们说话的当口，不知不觉，暮色已经降临。所以现在，让所有的女人们收拾好桌面，上好菜，点起大厅里的蜡烛，这样我们大家还能最后一起吃喝一番，毕竟我们会有很长一段时间不能再相见。"

于是，一切如他所言，全部乡民都坐下来用餐，随后美酒被送了进来，他们所有人都满饮一大杯向奥斯伯恩敬酒，奥斯伯恩也同样回敬他们，接下来为威特莫尔干杯，然后再一杯是敬河谷，最后的一杯则是祝奥斯伯恩好运。

接着，有什么话语自然而然地涌上他的舌尖，于是他站起身来，唱道：

从威特莫尔的迷雾中
我驱使着自己去找寻
这世上开阔我眼界的道路
和第一个尽头。
当我来到外界
所有摆在我面前的道路
除了回到威特莫尔的那一条
再无其他
黎明与白昼之交，天空中投射的曙光
正是觉醒的追梦者应当前行的道路。

当战争的风暴席卷大地
尖锐迅疾的箭矢
和闪亮的锋刃
在战场上相接
穿越战场的缝隙
我极目看到荒野
山墙里的和平
在那河谷的中央滋长
而且我经常听到胜利的欢呼

比如在雾气升起之处，河谷牧羊人的呼喊。

当从右到左
军阵被完全劈裂
刀锋收割过
指挥的弟兄和兵士
就仿佛我与手中的剑
和草地之间的围墙崩塌一般
于是日复一日重复着对年景的期盼
春去秋来迫近了回河谷的日子。

他们认为这是一首友好且优美的歌谣，现在他们的心情是如此雀跃，对他们来说，听到这首歌的时候，就仿佛看见了自己回到家乡的光景和与友人重见的喜悦。

Chapter 38

奥斯伯恩与饕餮史蒂芬离别

次日清晨，奥斯伯恩骑着一匹好马，包里带了些财物。他的身上系着斩案剑，身后背着神弓和箭筒，但是他并没有带着他的铠甲（哈德卡斯尔的遗物），头上也只是带着白色的头盔，他认为他的朋友梅达尔德爵士会给他提供盔甲。除了园丁，家里的所有人都来为他送别，但只有饕餮史蒂芬骑着马送他到更远的地方，跟他来到草地，他们一路上亲密地交谈着。但当他们来到草地顶端时，奥斯伯恩勒住马，说道："现在，我的朋友，你是时候掉头，让我独自上路了。"他们一起掉头看着远方的威特莫尔，史蒂芬张开臂膀，说道："你得到了所有人最崇高的敬意，你觉得要经过多久你才能再回到这里？"

"我不知道，"奥斯伯恩会说，"我将自己交托在命运手中，去哪儿都听它的，但我能告诉你，我怀抱希望，祈祷不会超过五年，到那时我二十三岁，她只比我小几个月，如果到那时她还活着的话，我的男子气概和她的女性气质都会成熟起来。但如果当我找到她时她已经死了，或者有目击者十分确定她已经死了，到那时，我就转身回到你的身边，和你同生共死。还有第三种情况，就是说，我环游世界，直到我死之前仍然无法找到她，即使到那时，我也将和她一起回来，或者带着她的记忆回来。我是如此信任你，现在我不能说请你记着我，但我要求你健康快乐的活着，当我再次见到你时，你的脸庞还是原来的模样。”

随后他们便分别了，奥斯伯恩看似一去不回头。

Chapter 39

奥斯伯恩找到新主人

在骑马穿过东集坪大门的第二天，他继续上路向着城堡行进。许多镇上的人都认识他，大声热情地对他喊着欢迎的话，但他没有为任何人停下脚步，一心向着城堡前进。他在前院下了马，要求见梅达尔德爵士。他在这里被大家熟知，人们对他的到来感到欣喜，问了许多有关他的事情和最近是否安好，但奥斯伯恩都只作了简短的回答，仍不断提起要见梅达尔德爵士。他们说马上就能见到他，他正坐在阳台上，虽然有一个客人在，但他们都不会迟疑，骑士会欣然会见他全副武装的士兵的。

他们领他进来，梅达尔德爵士立刻起身，愉快地和奥斯伯恩问好，拥抱他，亲吻他。然后转向那个和他一起在阳台的人，说道："高德里克爵士，这就是你想见的那个战士，我觉得我们应该来上一杯。"随即便叫了酒和小菜，因为还是早上。高德里克爵士向奥斯伯恩致敬。奥斯伯恩端详着他，看到他人高马大，手臂颀长，看起来非常强壮；皮肤黝黑，有着长鼻子和长下巴，灰色的双眼炯炯有神；他的面容有些严肃，脸上没有一丁点邪恶之气。他直直地盯着奥斯伯恩，说：“如果梅达尔德爵士说的不是玩笑话，你真是年少有为，年轻人，我希望你因此而开心。”奥斯伯恩红着脸一言不发。但梅达尔德爵士说：“我们的敌人无几，但谁敢拿这个小伙子开玩笑就算是完蛋了。”奥斯伯恩的脸更红了，但这个高个男人把他牵到一边，友好地对他说：“不要在意我的玩笑话，乍看起来你是那么的年轻英俊，很难想象你在战争中残酷的一面，但许多人都习惯把自己隐藏起来。”

然后酒上了桌，梅达尔德爵士对奥斯伯恩说：“好，河谷人，你又一次来到我们之中，男子气概不断增长，就像一直以来的那样。现在，如果你只是来看望我们，让我们为了友情而感到欢乐，是很好的。但是如果你有事要处理、想要寻求我们的帮助，那再好不过，因为我们确实认为我们欠着你什么。”奥斯伯恩说：“好吧，事实上我是有事相求，我很快会告诉你们的，我请求你为我指明行动的方向，我已经离开河谷，准备冒险。”

“完全是小事一桩，我的朋友，”梅达尔德爵士说，“你来得正是时候，因为这美丽的小镇很太平，不缺人手，但这位来自长林的高德里克爵士，来这儿的目的之一就是召集一些人，最好是那些能和他一起骑马、勇猛无畏的人，因此我要告诉你他是现在最坚强的骑士和最无畏的骑手。现在你们两个可以谈谈了。”

奥斯伯恩看着高德里克爵士的脸、眼神和容貌越发顺心了。高德里克爵士开口说：“你怎么说，年轻人？听过你的事迹后，我很乐意将你纳入旗下。只是我必须告诉你，这个差事有可能既艰难又困苦，即便有可能赢得些什么；当然你的付出可能比得到的更多。”奥斯伯恩说：“至于这些，我都愿意接受挑战，但有一件事仍阻挡着我为你效劳。”“是什么事？”高德里克爵士问。奥斯伯恩说：“就是我的心在今后的一段时间里，都会想要到遥远的地方去，最好去到我故乡的南方而非北方。”

“你的亲戚都住在哪里？”高德里克爵士问。“在岔裂之水劈开的河谷，”奥斯伯恩说，“那群山脚下，我是东河谷人，几乎没有去过别的地方。”

“好的，”高德里克爵士说，“我的最高宅邸，就是被称作长林的地方，在这里的南面很远的地方，但我可以告诉你，那里离岔裂之水并不远，中间隔着一大片荒地和森林。至于洪流，穿过一片叫作无主密林的森林，它就在那儿。那是条巨大的河流，驳船、小艇，甚至大型帆船都能航行其中，因此洪流在此并无分岔，而是汇合了许多支流。现在我在长林的房子（它正如我领地的蓓蕾和饰扣）周围，还有其他房子和堡垒，一些就在森林之中，并且它们之间的距离都不远。确实来讲，这森林如盾牌般给予我庇护，如果没有它的守护，我早已被打败。还有一件事我必须告诉你，在这片森林最南边的边缘地带下方大概二十英里的地方，挨着海边有一个伟大的城镇，人们称其为岔水之城，城里人不喜欢这片森林，更别提想要占领和拥有它了，这也是目前为止他们失败的原因，感谢诸圣！从那时起我就被完全放逐了，然而离我住得近一些的骑士们中，有些人认为这片土地应该归我所有，而不是国王统治下的商人们，因为我一直守护着我的土地和他们的土地。可以预测到，这一天可能会到来，当城镇上的人们、小型手工业行会、农夫和头脑简单的水手们都起来反抗他们，认为他们是残酷的领主和暴君，因为事实正是如此。当我有机会时，我将不顾他们领主的身份，安然无恙地在他们的街上骑马，因为他们知道如果他们敢动我一分一毫，或者我的东西，将会是万箭齐发！万箭齐发！一条街接着一条街！因此他们不会阻挠我，只会派两三个男爵的手下在无主密林东边，时不时骚扰我一下。你看，年轻人，现在你不仅知道去哪里为我效劳，还知道了这些争端的由来，万不得已时你将为此以剑相向。你怎么说？”

“稍等一下，阁下，”奥斯伯恩说，“先告诉我，如果那个国王打败了你，他夺走的是你有权拥有的，还是你从别人那里夺来的？”

“他只想夺走我的性命，”高德里克爵士说，“但你也可以加上点房子里装点节日的小东西，还有我父亲生前拥有的土地，那片被所有人热爱的土地。确实，我在各处拥有的一些塔楼还有物资是从我的敌人那里夺来的，他们逼我这么做的。”

“这样就好了，”奥斯伯恩说，“现在我要问你另一件事，从什么时候起，你被逼着非得把人烧死在他们的家里？这是你一直以来的习惯吗？你把老人和女人还有孩子们带到安全的地方，还是把他们和剩下的人一起烧掉？”

高德里克爵士严肃地看着他，说：“来自河谷的朋友，如果你是来为我效劳的，而你做了这种卑鄙的事情——像是烧死手无缚鸡之力的人，要是你能逃过被我亲手吊死的命运，你就从那时起叫我懦夫。”

奥斯伯恩说道：“我还要问你一件事，如果这些手工业行会预见到了应该起义反抗他们的国王和王室的暴政，并且派人寻求你的帮助，你会帮助他们，让他们交战，决出胜负，而不是对抗他们吗？或者，你会帮助他们到什么程度？”

高德里克爵士非常愤怒地站了起来：“如果这些来自小型手工业行会的好家伙们起义反抗他们的主人，并寻求我的帮助，如果他们只是攻打到了城门，或是在河水上行船，我会带领我的全部人马找到他们，把房子和土地全都抛在脑后，然后和他们同生共死。如果他们没打到这么远，其中有些人或是所有人在大门外就被打败，转头向长林方向来，我会骑马带着箭和斧头去迎接他们，还会把他们带回我家，给他们武器和衣服，给他们食物和住所，我的土地就是他们的土地，我们一起共享食物和酒水，直到一点不剩，然后选一个高尚的首领，去不断骚扰国王和他胆小的随从，直到我们取得最后的胜利。我们将建立新的城市法则，选出新的王室，如果他们推举我为首领，我乐意效劳，如若不然我将在痛苦中死去。现在我告诉你，这就是我最起码会做到的。如果有人胆敢当着我的面告诉我我将失言，我只能说他是信口雌黄，并且我会证明给他看，一件接着一件。”

梅达尔德爵士大笑，说道：“好了，好了！没有士兵会鲁莽到去反驳你，我很了解你，老朋友，你比任何人都具有骑士风度。至于河谷人，看看他，看他闪烁的眼睛，脸颊泛红。相信我，你将得到一个全心全意追随你的人，虽然他还年轻。”

高德里克爵士坐了下来，把手举过眉毛，有些笑意，说：“好的，东河谷的男人，你还有其他问题要问吗？我看对于一个要找我拿工钱的人来说，你已经问了不少了。”

奥斯伯恩说：“大人，请不要生气，但我还有一个问题不得不问。对于我的工钱，有多少是多少，能问你问题，并得到你的回答对我来说比给我工钱还要好。但现在，这个是我最后一个问题。无主密林，那个你提到过为你提供防御和庇护的地方，难道不也是恶民、叛离者和强盗的庇护所吗？你是如何跟这些作恶多端的人打交道的呢？”

这时高德里克爵士平静地说道：“我的小伙子，事实是有这么一些人在树林里神出鬼没，以小偷小摸为生。但你要知道他们对农民和其他穷人不会造成太多困扰，因为也没有什么可偷的。而且许多被他们抢的人活该被抢：他们从穷人那里用骗和欺诈的手段得来的这些财物，使他们足以被称作盗贼，和拦路抢劫他们的人并无二致。然而，我们并未因这些叛离者的存在和他们不碍人的偷窃而困扰，并且如果我们接纳他们，他们就可以选择是继续他们担惊受怕的生活，还是在我的领导下做些苦工。不，如果有证据证明他们是杀人犯或者是凶残的人，就不会那么容易让他们离开了，即使我之前这么说过。现在，你认为我是个邪恶的主人吗？还是你认为没有遇到你想要的，除了像蒙福的米迦勒[1]统帅那样去保护天堂之主，不愿为其他

---

① 米迦勒，上帝身边的首席战士、天使军最高统帅，大天使长。（译注）

任何人效劳？愿他能帮助我们，拯救我们！”

奥斯伯恩说：“那也许有一天会成真，大人，但同时我恳求您接收我为您效劳，您会发现我并不是像您认为的那样不遵守命令。”

说着他便在高德里克爵士面前跪了下来，把双手放在他的双手中，向万神发誓会效忠他。

高德里克爵士很开心，对梅达尔德爵士说：“迄今为止他有没有做什么能让我为他封爵的事？”“有很多，”梅达尔德爵士说，“他的英勇事迹足以让他成为爵士，但是他没有接受，因为他的亲戚们并不是爵士，即使他们都是高尚的人。”

“好的，”高德里克爵士说，“如果是这样，就让他按照他的意思做吧，顺其自然好了，还有我要为他起个名字，他会因此被人熟知。你看，他全身穿着红色，面色红润，他的胡须也开始冒出，再长长点就是红色，即使他的头发是黄色的，像玻璃般闪耀。所以我要叫他红衣小伙，我认为他将以这个名字被大众熟知。”

然后三人一起大笑，两个爵士都为红衣小伙一饮而尽。奥斯伯恩谢过他们，向他们许下诺言，说了许多有关他解决事情的方式。

Chapter 40

奥斯伯恩和高德里克爵士一同骑行

奥斯伯恩在东集坪逗留了半个月的时间，与此同时，高德里克爵士在处理他的个人事务，简略来说就是召集优秀的战士成为他的同伴。到了最后，除了奥斯伯恩，他召集起一支二十五人的队伍，其中有十人左右都因深谷一战听过奥斯伯恩的大名，对他很是爱戴。

最终他们动身离开，梅达尔德爵士和奥斯伯恩友好地告别。高德里克爵士在路上经常策马围绕在红衣小伙的身边，和他相谈甚欢。他们和平地通过深谷男爵的领地，但这个领主不同意高德里克爵士从他的土地上带走任何一个人。他们来到了深谷镇，那是男爵领地的核心城镇，它伫立在一座美丽又肥沃的山谷中，水源丰富。高德里克爵士必须和领主见面商谈，因而男爵就不可避免地会见到红衣小伙。必须说明，男爵和东集坪之间没有仇怨，于是男爵在自己宏伟的大厅中，在众多子民的环绕下友好地招待了他们。当他见到奥斯伯恩的时候，他认出了对方，而我们之前也已经提到，红衣小伙曾突破男爵手下的重重包围，将他劫持。但是男爵和气地招待了他，转身向高德里克爵士喊道："骑士阁下，你会放任他人因一时侥幸的成功而欺骗你吗？要知道，这个年轻人从前就是个中高手。"在宴会结束之前，他把奥斯伯恩领来谈话，详细地询问了很多从奥斯伯恩的角度对战争的理解和看法。为向对方显示他不再为欺诈而怀恨在心，他将礼物赠送给奥斯伯恩：一件深红色织金的华美长袍和一只红宝石戒指。于是一切都顺利地进行着。不过奥斯伯恩还是很乐意离开深谷，并觉得他还是不要和这个领主走得太近比较好。

现下，他们离开深谷之后，就转向南方前进，他们在马背上花了两天时间赶路，穿过一个美丽又和平的乡村地带，耕地散落在那恬静的小村庄里。他们用手上的钱好好地娱乐了一把，当地没有人对他们流露出惧意。除了一些挂着屠刀和带着对付野猪的长矛的乡下人，也再没有人装备有武器。在土地的尽头，他们来到一个美丽的小镇，小镇绕有围墙，设有看守，也无一人妨碍或伤害他们，因为骑士和守卫队的首领是旧相识，也正是这个首领在前些日子帮助他召集了六个强壮的乡下人。于是他们就在那里歇息了三天。之后他们又重新出发上路，花了一天的时间骑马穿过这片风景迷人的乡间地带，进入了一座森林，其中的通道将他们引向稍稍偏西的南方。他们在这座森林里跋涉了三天的时间才得以脱身，随后迎接他们的是一座宽阔的峡谷，谷中一条雄壮的急流奔流向西。这座峡谷更多是被人作为牧场之用，而非耕地，因此内部并无太多的房屋，待得他们横渡过河流，就来到了一处巨大的庄园，由许多房屋一并组成；（又因为现在是晚上）许多人群聚在其内，而那些乡下人看到了他们的骑兵队伍，都纷纷披挂上武器，站到房屋外面严阵以待。

但高德里克爵士单枪匹马地上前与他们会晤，并报上自己的大名和使命，告知他们自己要和一些爱戴他、愿意聚到他麾下的优秀同伴一起骑马奔赴长林。听罢此言，他们便都大声向他和他的部队表示热烈的欢迎，并对他非常友好，因为他们知道他肩负的是怎样的使命和荣誉，即便这是他们第一次见到高德里克爵士，他们还是非常拥戴他。之后，一个老人站到他们的面前，他头发花白，然而却非常的高壮，他把高德里克爵士带到了庄园主人的面前。这个庄主统治着整个瑞弗里斯地带，他自称叫大卫，并说道："骑士阁下，我总共有着十个儿子，二十五个孙子，其他和我共进退的好伙伴还有二百十人之多；以上所有人今晚都会来到这里，你应当会为如此盛大的招待感到高兴吧。"

于是他们就把骑士和他的部队带到了大厅里，给予其热烈的问候和欢迎。奥斯伯恩恍惚间好像回到了威特莫尔，尽管他身处异乡，这里的房屋也更为雄伟（因为大卫算得上是统治这片草场的领主了），他还是那样的不受拘束与自由。这里的乡民为人真诚；女人们心地善良，男人们自由而勇敢。所以，此刻所有人都愉悦欢快，只专注眼前，不去想明日的烦恼。但是在晚宴开场之前，老大卫对高贵的骑士先生说："高德里克爵士，在我看来，到了下个季节，你将会遇到数目众多的敌人，所以，要是我的孙子们或是在场的年轻人里有愿意加入你们队伍的，和你们共度漫长的一程骑行，我就抽出大约十人补充你的人手。你们怎么看啊，小伙子们？”他向着大厅下方大声喊道：“你们当中有哪几个想要看长林的领主是怎么安排他的战斗的？有没有人想要挣回一些英勇动听的故事好讲给女孩子听？”

现在很快就能看出，愿意与骑士一同征战的人并不在少数，骑士也很快就挑出了十个高大的男人，他们强壮有力，精于摆弄武器，因此晚宴结束之时，气氛比开始时还要快乐活泼。

第二天的早晨，他们早早地动身离开，老人把他们领出了他那丰饶得不可思议的草场，里面满是牛羊。在离别的时刻，他说：“高贵正直的长林骑士，我现在最远也只能送你们到这里了，已经到了我回去的时候了。但是我还有一事一定要告诉你们，若是天不遂人愿，就如同你们这些勇士之前所遭遇的那样，要是当真如此，我这里的大门还会一直为你们敞开；要是我已经故去，也还有我的儿孙，他们会接待你们，希望你们能快乐幸福地居住在这里。我也期望你们不要失去任何一个同伴，就比如边上的这个好小伙。”说着，他的手搭在了奥斯伯恩的肩膀上，“昨晚，在我的人里面，有些从你们这里的某些人那里听到了关于这个小伙子的英勇故事。而现在，我向你，和你们的人正式告别，我们就此别过。”

于是高德里克爵士和他的队伍踏上了他们自己的征途，当那些新加入的战士得知高德里克爵士的目的地之后，就为大家指了一条近路。在他们走出村落之后，出现在他们眼前的是一片连绵的乡间丘陵，如同围墙般守卫在平原的边界。接下来，他们就向着南方行走了整整三天，途中只看到了零星的几个村民，除了通常建在马车上的牧羊人小屋，并无一栋房屋。这三天过去之后，他们就来到了群丘中的一座山谷前，一条细流横过山谷，向西南方流去，把丘陵分割成两半。他们跟随着牧羊小屋的指示，走出了这片丘陵，现在他们置身于一片耕地与牧场并存的土地，其上建造了许多房屋，但更多的是单个的小庄园，而不是村居，尽管村民的小屋也不少。纵然这些村民因他们的到来感到有些拘束，但是看在钱的分上，也许还有他们过分的威胁，他们歌颂着这些骑兵们对他们有多么的友好。次日，他们骑马来到另一个和前一天所见别无二致的村庄，但见草地上屹立着一座美丽的小镇，四周砌着白墙，其上延伸出许多山墙和尖塔，高高耸立着，直插云天。然而，当他们走得更近一些，离日出还有一个小时之际，他们发现这些白墙除了美观之外还有他用，那就是把他们拒之门外，令他们不能夜宿在这里——因为大门都是紧闭的，而城垛之上，枪尖和头盔闪着寒光。所以高德里克爵士带着一把小号，和奥斯伯恩一同拍马上前，表示希望求得和平友好的机会，并和这些卫士的首领谈一谈。

接着一个高个的男人站在了门边，全副武装，每一寸皮肤都被保护在纯白的盔甲里，并有两到三个持有武器的男人护在他的身边，另有一个人手持上满了弦的十字弓准备着。这个高个的男人大吼道："不管是号手还是别的什么人，你们都给我滚，我要看到你们中的最后一人离开这里！我知道你们是谁，你们是长林来的丧家之犬。对你们来说，我们没有更快地打到你们的家门口，已经够幸运的了。所以你们快滚吧，等着我们打上门来！”高德里克听完，爆发出无法抑制的大笑，并拨转自己的马头。但是和他一同上前的还有奥斯伯恩，他是一个目力极其敏锐的人，眼尖地看到十字弓手已经拧动了机括。不过红衣小伙手上那用矮人的技艺打造的弓也已然拉成了一轮满月，因此，在十字弓手射中爵士的肩头之前，他喉头上就中了一箭，他稀里哗啦地跌落下去。随即奥斯伯恩迅速地催马，赶上他的主人，在身后甩下六支利箭和瞄向他的方镞箭，却毫发无损，伴着从城门口传来的无比大声的喝骂。

现在奥斯伯恩又回到了他的长官身边，后者对他说道：“红衣小伙啊，红衣小伙，某种程度上，一支利箭就相当于凶狠而刺耳的回话。下一次，他们未出手前，你不能先动手射箭。”

“不，大人，”奥斯伯恩说，“要是我这次非等到那个时刻再出手，你可能就已经中了远方汉子的方簇箭了。”他把自己所看见的告诉了爵士。而后高德里克爵士开口：“既然如此，那是我说错了，你做得很对，而且我还要好好感谢你为我发的那一箭。我早该知道你总是很睿智。”

于是他们来到距之前的城镇足够远的地方，得以绕过它。两个小时的骑程之后，他们在一座小树林里稍做歇息，并且彻夜警惕和守卫。不过并无一物前来打扰他们。

由于不想挑动更多村里人与自己的队伍为敌，他们在牧羊人的指引下转向山中。实话讲，高德里克爵士为他们四面树敌，甚至在这个离自己领地这么远的地方都能发现反对的旗帜感到忧心。他们在山里骑马整整走了五天，因为道路崎岖，他们不得不慢行，在此期间，他们也和一些村民有所来往。正因为他们放慢了脚步，队伍需要补充一些粮食，也开始想念比他们此时的宿处要好上许多倍的住所。所以，当他们见到一座宽阔壮美的平原被人们很好地用来建设与耕作、其中平坦的道路四通八达时，他们就知道这时他们已经极其接近无主密林了。他们做好了冒险的准备，奔驰下山，来到那里，却并未遭遇任何恶事。反之，村民们既不害怕也无敌意，还欣然摆出市集迎接骑兵们的到来。他们花了两天穿过那座平原，在第二天的晚上进入了一座繁荣的市集小镇，除了木头的栅栏，那里竟毫不设防。他们在当地休整了足足一日，不过还是非常小心，因为尽管小镇的庄园里没有任何受雇的武装部队，却有许多强壮的乡下人，他们的腰间都挂着长长的兵器，而且看上去他们暗中把钩镰和弓箭放在自己手边很近的地方。不过最终并没有爆发任何冲突。

Chapter 41

他们与费雪骑士比拼

因此，他们在前两天不停地策马扬鞭，穿过田野和乡村；到了第三天的清晨，终于在小山坡上望见了一座美丽的白色城堡。城堡之下的原野上有一群全副武装的战士驻扎着，旗帜在他们的头顶上飞扬。于是高德里克爵士指挥自己的手下列队待命，自己则谨慎地向前迎去。尽管前方人马不足二十，但是他心知肚明，对方的身后必然有一支大部队守备在城堡里。当他们接近到不足半矢之地时，奥斯伯恩看见他们的蓝底旗帜上绘着两条彼此相背的银鱼。城堡的军队中，一个传令官越众而出，当他来到高德里克爵士的近前时，他说道："如果我能知道哪位是骑兵的首领的话，我会把我的主人——鱼堡的雷诺德·费雪爵士的问候带给他。""首领在此！"高德里克爵士说道，"雷诺德爵士要如何接待他？"

"是这样，"传令官回答，"不论何时，只要我的主人看到有超过十人的武装骑兵来到此地，他们就会在这里停留片刻与他比试，我们两边各出两个斗士，拿着锐利的长枪往来冲刺拼杀，直到一方被挑下马背，或是受到重伤。这是我们鱼堡的习俗，已经延续几百年了。因此，现在报上你们的大名吧，骑士阁下。”

“这习俗未免太过邪恶，”高德里克爵士说，“我基本没下过这样的命令，因为我经历了太多战斗，在战场中拼斗对我来说实在是痛苦不堪。但是既然你们的领主已经设下了这样的规矩，我也只好保护自己，与他对抗，就像我与其他任何傲慢无礼之人或是强横的贼人对抗一样。去告诉他，厌倦了争斗的骑士会带一个出色的属下一同前往，向你们展示他的战斗技艺。”高德里克爵士怒火高涨。

当传令兵转身离开之后，高德里克爵士转向奥斯伯恩，对他说：“红衣小伙，你怎么说呢，这和你可有半点关系？”“事实上，此事和我关系密切，大人，”奥斯伯恩说，“纵然我不像您那样愤怒难抑。”骑士的神情缓和下来，友好地看着他：“你没有义务上阵冲杀，红衣小伙。锋利的长矛就像令人不快的凶兽，而面前的这些战士毫无疑问都是战技精湛之辈。”而奥斯伯恩说：“这只不过是我今天的工作罢了，大人，我发誓不会让他们击倒我。”

“好吧，那就让我们带上自己的头盔，快点结束这桩事情。”高德里克爵士答道，“可叹智者总得去取悦愚人。”

于是他们两个拍马向前，并发现对方已经准备迎战他们。费雪骑士对阵高德里克爵士，而一个非常高大结实并全副武装的男人对阵奥斯伯恩。一切都发生得很快。高德里克和费雪都撞折了他们的长枪，但是出于某种原因，城堡来的骑士的脚从马镫中松脱了，尽管只是一点点，却最终导致他摔倒在地。至于奥斯伯恩，他手上的枪被他拿捏得妙到毫厘，枪尖穿过那个高个子男人的防守薄弱之地，恰恰刺进了对方手臂和肩膀相连的关节处。长枪毫不留情地贯穿了对方，将高个子带倒在地，他伤得非常严重，疼痛难忍。接着，不得不松手放枪的奥斯伯恩从他的鞍上抽出一把短斧（因为他不能拔斩案剑），停顿着思考接下来该做什么。费雪骑士叫喊着要手下为他和高德里克爵士呈上新的长枪，他们必须重新比试。这一次，费雪骑士的枪击中了高德里克爵士，而后者举起枪杆把费雪骑士撞下鞍鞯，尽管费雪骑士的两层盾牌无比坚固，高德里克爵士的枪尖还是扎入了他的胸膛。

然后高德里克爵士拔出他的枪尖，扔到一边，把头盔的面罩掀开，环顾四周，看见奥斯伯恩还坐在他的马上，他高个子的对手躺在同伴的怀里，于是大喊道："现在这变成了一件蠢事！这就是耽搁我们的骑士锦标赛，一个两个算不上我们敌人的人毫无意义地被杀死或是受了重伤。喂，你们，把枪拿给我的人！至于你，红衣小伙，在他们进一步伤害我们之前，快跟上我离开吧。"

但是随即费雪骑士坐起身来，在找回他的意识之后，他大笑道："这儿来了一个多么暴躁的人啊！为什么更强大有力的你们反而抱怨得更多，仿佛你们的境况比我们还糟糕似的。现在来吧，你们全部，不管是什么人，都到我的屋子里来，和我们一起喝一杯，洗去你们心中因鱼堡的可怕风俗而产生的恨意。”高德里克爵士摇着头，但是怒火已经从他的心中退去，他说：“骑士阁下，你们无忧无虑地进行这些愚行，我托你之福遭受此无妄之灾。我们会很乐意接受你的邀请，只要你不强迫我们在你的城堡停留，浪费我们赶路的时间。而且，我也很抱歉打伤了你的骑士，我希望他能痊愈得完好如初。”

“此话当真？”费雪爵士说，“现在我要告诉你，等他痊愈，只要愿意，我就会派人把他送到你们那里，让他成为你们的一员。因为我听过你们的大名，我知道你是长林那边的领主。至于我的勇士，他恰恰能很好地适应你们那里的生活，因为他像你一样脾气暴躁，又特别高大结实。”

于是三人不由得都笑了起来，同时也在此轻松的氛围里向彼此告别辞行，因而离开时他们都很愉悦。一行人继续骑马而行，那天余下的时间都过得波澜不兴，最后他们在一个小村庄受到了非常热烈的欢迎，并宿在了那里。

Chapter 42

他们从黑脸人的手中解救了小村庄的居民们

他们在那片人口稠密的美丽土地上骑行，前三天并未发生什么值得讲述之事，直到这一天，他们沿着路况良好的大道骑行。在他们左手边有个陡峭的河岸，或者说那是一座小山，而当他们绕过这座小山时，展现在他们右手边的是一望无际的平原，他们看到了新动态。那时刚到正午时分，在他们道路前方大约一英里半远的地方，有一个规模庞大的村庄，几乎算得上是个小镇了，但镇上却没有任何防护，虽然这当中不少房子以这儿的标准而言既好看又大气。不过现在，那儿的一切都将好景不再，因为他们看到浓烟和火焰从很多房屋的窗户和屋顶往外窜，一阵混乱的哭喊声和尖叫声夹杂在风中传了过来，眼尖的奥斯伯恩觉得他看到了乡民，有些骑在马背上，沿着大路朝他们飞奔而来。这时高德里克爵士惊呼道：“策马前进，我的好手们！这事延误不得，来者都是黑脸人，若我们不加快步伐，所有一切都将被付之一炬，只剩铁块。”

于是他快马加鞭，奥斯伯恩则紧随其后。然而，在他们接近村庄时，此处并没有反抗，只见那些村民们拼命地往大路上逃窜。其中有些人，不分男女老少，纷纷向着新来者挥舞双手，好像在祈求救援。他们身后有一群身着粗陋盔甲的士兵一边嚎叫一边厮杀着，虽然他们并不同于河谷居民在岔裂之水交手过的那些人，但是他们却令奥斯伯恩回想起了那些恶棍，他立刻知道那儿发生了什么事，他内心燃起了愤怒之火，因为在他看来这就像艾希德又一次被迫离开他一样。他解开斩案剑的拴绳，拔剑出鞘，剑刃嗡嗡作响，声音穿透晴空，清晰可闻，他奋力地策马前行，把所有人都甩在身后。

不过，黑脸人在看到这些骑行者狂奔而来时，并未停止追逐，零星有几人停下来用手中的短弓射箭，但这根本没什么杀伤力，于是他们又赶紧撤回到小村庄，有几个跑在最前面的直往田地里冲去；那些逃离者们则退到左右两旁，向这个好心的骑士和他的随从们表示感谢，等这一大群人从中间走过后，才小心翼翼地跟在后面向着他们已被摧毁的家园走去。而当高德里克爵士和他的人马来到村落里时，他们发现那儿有很多黑脸人（之后他们掩埋了两百具尸首），只见村舍周围乡民们横尸遍地，几个死者的手中尚有武器，而大多数则是妇女和儿童。当高德里克爵士和他的人马杀死了他们从路上赶进来的第一个强盗时，骑士高声喊道：“小村的居民们，我们帮你们杀死这群残忍无耻之徒，你们快去灭火。”于是那些骑行者们去到哪儿，村民们就拿着桶跟在他们后面往那儿跑。有一条小溪自街道中央潺潺流过，虽然那天的溪水被鲜血浸透，但还是照样可以用来灭火。与此同时，高德里克爵士和他的人马开始干起活来，情况不是非常危急，因为强盗们都是三三两两分布在各处，大部分都在忙着掠夺、杀人和放火，因此若说他们有任何防御的话，那就是如同老鼠防御小猎犬一样。简而言之，半小时后，除了少数几个卸兵弃甲、骑马逃窜而走的人外，这群强盗已不剩一个活口了。随后骑行者们又去帮助村里的居民们灭火，两个小时后他们控制住了所有可能蔓延的火势，剩余的则任由其焚为灰烬。

这时高德里克爵士准备打道回府，可村里的穷苦大众苦苦挽留他留宿到明天再走，他也不忍心拒绝他们，于是乡民们把此次破坏之后能够收集到的物品送给他和他的人马，倾其所有、毫不吝啬。此外，第二天早上，五个年轻的壮汉恳求他带上他们，随他去作战，因为他们现在也不知道该如何生存，因此，他毫不犹豫地答应了他们，并让他们骑黑脸人的马匹（那可都是些上好的货色），还给他们穿上他们带来的铠甲，这些铠甲比较干净，体面的人可以穿。他们把剩下的马匹和装备留给了留守在村里的人，用来帮助他们更好地抵御难缠的事。

随后他们启程离去，同一天之中他们先后路过两个村庄，但都不如之前黑脸人的村子大，这两个村庄现在均被彻底摧毁，里面连猫狗的踪影都看不到，只有一户人家里住着两个小孩——两岁和三岁大的两个小孩，他们出于同情带上了这两个孩子。

第二天，他们来到一个市集小镇，小镇的城门紧闭着，有城墙围住、全副武装，显然是惧怕黑脸人。而当高德里克爵士去跟看守城门的统领谈话，并告诉他他们这几天的遭遇以及杀戮黑脸人的事后，统领满心欢喜地打开了城门，并热情地欢迎他们的到来。爵士一行在那儿休息了三天，因为他们的马匹需要休息。

Chapter 43

他们来到了无主密林边

此时，他们从那儿启程继续前行，两天的时间里他们来到了一个破败不堪的乡村，到处是小丘陵和山脊，四周围绕着参差不齐的杂木林，里面几乎不见人影，也鲜有民居，在那儿的人不是狩猎人就是牧牛人，四处一片荒蛮，这段路花了他们三天多的时间才走完，不过他们对此早就了然于心，在上个小镇也提前做了准备。

第三天临近结束时，他们来到一个地方，那儿有一段狭长的绿草地和几亩荒原，中间有一条小河穿流而过，其上是一片高地，地势陡峭，三面悬崖高耸，只剩一面筑有一座高大的城堡。待他们越走越近之际，奥斯伯恩看见最高的塔楼上插着一面旗子，于是那位骑士对他说道："红衣小伙，你看看那旗子是谁的？"

"我不知道。"奥斯伯恩答道。

“你能看到旗子上面的纹章吗？”高德里克爵士问道。

“能，”另一个士兵答道，“上面有一只白鹿，其颈上戴着系有金链条的金项圈，守在一片绿地上。”

“确实是这样的，”高德里克爵士说道，“现在从你的肩位往后看看。”奥斯伯恩顺势照做了，只见他们的随从中有一人举着一面旗子，上面有着一模一样的纹章，这时他才回想起来之前从未见高德里克爵士展示过他的旗子。他一边笑着一边一副匪夷所思的样子，又有些微窘，于是他说道：“爵士，这里是长林吗？”这回是骑士自己笑了起来，说：“什么，你觉得这并不独具贵族气派的城堡是位及男爵、谋士和领主之人的宅邸吗？不，你再看看，然后告诉我你看到的是否是长林。这里叫林翼，这里住着一个我的将领，名叫爱德华·布朗，我们在前往无主密林前会在这休息下。如果一切顺利的话，从这儿去长林需要十二天。”

奥斯伯恩听了这番话后内心无比高兴，因为那无比荒凉之境确实条件太过有限，难以容下他的主人——这位勇猛的高德里克爵士。

这时所有的门都敞开来，人们衣着华丽、全副武装前来迎接他们的爵士和他的新朋友们，走在最前面的是爱德华·布朗，一个矮小结实的男人，不过此人外表坚毅，头发剪得很短，他有着一双棕色的小眼睛和低矮的鼻子，因此看起来有些像一头熊；但他是一个勇士，也是一个可靠的人。

随后他们在那儿尽情宴庆了一番，别有一番宾至如归的滋味。他们出发前在那儿住了七天，尽兴地狩猎和用鹰行猎，每个晚上屋子里都有人表演吟游技艺或是讲故事，这当中必定有由奥斯伯恩来讲述他所知的东集坪战役和有关河谷的事情，既有他这一代的故事，也有他父辈那一代的故事。因为他是一个讲故事的好手，所以每个人都听得无比欢喜。

他和高德里克爵士也交谈甚多，尤其是关于黑脸人让他思绪万千的事情，他一直在内心将这些恶徒与他在岔裂之水交过手的那些人比较，他无比确信，正是这些人夺走了艾希德。有一天他就此询问了高德里克爵士，问这两群恶棍是否在某种程度上与之有关。奥斯伯恩将整个战争的事情都告诉了他，还给他描述了敌人的装备和列队的样子，以及他们的马匹、铠甲和武器，他们的尖叫声和口中含混不清的拉丁文。

随后高德里克爵士说道："我来说下我对你那天所遇敌手的看法，他们可能跟这些黑脸人是同一个种族，但却来自不同的部落，所以他们被称为红脸人，但是不论是红脸人还是黑脸人，剥皮客[1]的称号都不是他们自取的，这只不过是人们有鉴于他们的卑劣行径而给他们起的一个象征恐惧的名字。还有一点，虽然红脸人比任何其他人都要恶劣，但是他们还不及黑脸人恶劣。换言之，他们要多一些人性，不太如那些直立行走的恶狼一般，也就是说，他们并不会立刻摧毁所有的东西，而是把东西都留下来，从中获利。比如，他们不会杀害或是撕毁所有的俘获之物，不论何物，而是把那些他们觉得可以拿去卖给

① 原文为skinner，意为剥皮工人、皮革商、骗子。红脸人原文为red skinner。（译注）

下人们的东西留存下来。现在，就你所认为的你的敌人就来自这群人这个问题，我更倾向于自己的想法，因为你给我真实地描述了他们的情况，但那主要是在他们常出没的洪流另一边，虽然我们是在岔裂之水接近无主密林的边界那里遇到他们的。而且我必须告诉你，虽然我提及了黑脸人和红脸人，但并没有说到他们其实是和很多不同民族的逃亡者们混杂在一起。因此，无论是何种糟糕、邪恶或歹毒之徒都会涌向他们，我不知道这些人是否会比他们的亲族更糟糕，抑或是他们会否更为恶劣和吝啬。但是有一点我可以确认，那就是他们都是受到这帮人的指使，才会胡作非为的，为他们侦察密探，强取豪夺后又将物品卖给这些人，他们有充分的理由这么做，因为他们跟其他民族有诸多相似之处，又懂他们的语言——但是，红衣小伙，你看起来脸色苍白、神情焦躁，是什么让你苦恼呢？你愿意将内心所思告诉我吗？”

“好的，”奥斯伯恩答道。于是他尽可能言简意赅地向爵士讲述了他与艾希德之间发生的一切，以及就在他们牵手相会或对面相逢之前，她是如何消失的，还有他是如何推断她就是被这群红脸人的同族给掳去的。当他讲完后，高德里克爵士说道：“可怜的孩子，原来这就是你如此渴望跟我一起征战的原因啊！你做得非常明智。首先，你有一个非常忠心耿耿的朋友；其次，即使你永远也补救不了这事儿，或再也见不到那个少女了，那也可以肯定，你现在的所作所为会减轻你内心的忧伤，到了最后，这于你而言将不再是伤痛，而仅仅是一段往事而已。此外，加入我的队伍，你算是来到了你唯一有可能碰巧打探到她音讯的地方了；因为我们就在跟这批人打交道，有时候也会在讨价还价中跟那些管制他们的人打交道。而且，如果我们打败了任何一个红脸人，你到时候可以去拷问他们，为了保住性命，他们会告诉你一些线索，有助于你进一步寻人。那么抬起头来吧！因为你现在确实正在全力做这件事呢。”

因此，奥斯伯恩必须振作起来，将自己的苦恼跟高德里克爵士这个良友倾诉过后，他心里确实轻松了不少。

Chapter 44

他们到达了长林，奥斯伯恩得到了他的新名字

七天以后，一众人马向着他们了然于心的地方——长林宅邸出发了。他们花了两天时间骑行穿过一条崎岖不平的道路，那是通往长林的必经之路。一路上所见人家除了猎人和捕禽者的三个小房子，别无其他；他们告诉奥斯伯恩，此处直往长林，就是无主密林的起点。之后他们进到了一片树林，高大可用作木材的树木之间布满了林草，另有一些灌木丛；对奥斯伯恩来说，这里是世上的一块宝地。在林中跋涉了三天后，他们来到一片凹凸不平的山地，那里生着交错的灌木，但并没有乔木。他们在其中骑行了两天，许多奔走的野鹿让他们精神为之一振。之后树木越来越少，平地渐渐多了起来，一条清晰可辨的道路穿过其中。他们到这里的第一天正遇见一群人坐在草坪上吃饭，一共十五人，都带着武器，但高德里克爵士和他的人马出现得

非常突然，那群人没时间起身逃跑，只能坐着等待机会。他们有几匹好驮马，使人一目了然：虽然他们有武器，但并不是士兵而是商人。高德里克爵士用礼貌诚恳的语气询问他们从哪里来、到哪里去，向他们打探消息。他们说，他们来自岔水之城，没有登船走水路而是骑马穿过林子是因为这样安全得多，因为他们一定要去一些市集小镇——那些高德里克爵士不在意的地方。他们说城里现在一团祥和，那里的主人与世无争，附近都没什么冲突与战争。最后他们恳求骑士和他的手下与他们同坐，在绿树下同享大餐。高德里克爵士欣然同意，与他们相处得非常愉快。事实上，他们假装不认识他，从不提他的名字；但他们非常了解他，并有些害怕他，甚至非常高兴他没有提起自己的名字。因为他们是行会的人，几乎不同长林的人做朋友，而如若战事打响，长林需要的就不仅仅是一些援助，而是需要他们倾尽所有。

当他们吃完饭，饮酒时，爵士把他们之中三个最聪明的人与奥斯伯恩叫到一旁，直接问他们知不知道有一个来自红脸人部落的商人最近领了一个美丽的佣人回去，他让奥斯伯恩告诉他们有关艾希德的细节，他给他们讲了，显得有些尴尬。但当他讲完后，商人们交头接耳，并问了其他一两个同伴，但没有什么相关的消息。

随后他们离开了，高德里克爵士一行人在植被纷繁的树林里又骑行了六天。在一个明亮的下午，他们骑行经过一片平坦、没有太多乔木的林地之后，又用了大约五个小时穿越了一片茂密的树林，最后，他们来到了平原上的绿地。宏大的河水将草地一分为二，绵延低矮的山脊上有许多果园和花园，还有许多建筑、塔楼、石头墙，对于奥斯伯恩来说，眼前的这些看起来仿佛是一座发达的城镇。所有人依照高德里克爵士的命令停了下来，站成一排，举起公鹿旗，高德里克爵士对奥斯伯恩说："你看，红衣小伙，我在长林的宅子，那是我们穿过的杂木林，你喜欢这座宅子吗？"

"是的，已经超越喜欢，"奥斯伯恩说，"这分明是座城镇。"

"是的，"高德里克爵士说，"因此如果我有足够的食物储存，并有足够多的强壮勇士供我差遣，这里就永远不会被攻陷。"

奥斯伯恩又看了一眼，看到塔楼和城墙的正中是一座巨大的议事厅，甚是宏伟，装点着可爱的小塔尖，窗户像是用雕刻过的象牙装饰，伫立在它旁边的教堂更是精美。在它的前方，山脚下的两旁是林立的高塔，固若金汤，没有雕刻或装饰的痕迹。这里有许多这样的高塔，一个挨一个，沿着山势而立，一直到下面的河水边有一座外墙，没有比这更坚固巧妙的设计了。高德里克爵士说："你看，小伙子，曾经我们端坐在这片我们热爱的土地上时，那些坚固美丽的建筑是和平的象征，几百年前它们就已经矗立在这里了。后来战争打响了，需要我们在那边修建冰冷、光秃秃的塔和墙，那是许多双手夜以继日的劳动成果。现在，但愿和平之光能再一次降临，让我们有足够的时间给这些沉重的战争之墙雕刻上花环和花冠，或者让它们等待土崩瓦解的一天。但目前最好还是讨论和平比较重要。你过来，红衣小伙，加入进来，领导这场战争吧，战争已在这些墙中扎根，即便手工业者和商人现在仍和平地住在小镇上。你看，他们从最高塔白鹿塔里冲了出来，狂风大作，号角响起，向他们致意。”

然后号角响起，他们向着城堡的外墙前进。那足有五千名武装士兵，一旁还有在等待他们的妇女和民众，他们中大部分都住在长林宅邸中。

于是一场盛会在这巨大的议事厅里召开了，这里的一切在奥斯伯恩看来要比厅外更加完美和高雅。红衣小伙被领到一处重要地点，接受众人景仰，他的主人觉得他的英勇事迹应该被人熟知，让大家对他有好感。

在高德里克爵士归来后的几个月里都没有太多事情发生，可以说是源于他与邻居的和平共处。他让奥斯伯恩当了一群人的首领，派他去处理几个有些危险的差事，他都精明干练地完成了。还办了些其他事，比如同十个十人的队伍穿过树林，去了岔裂之水上的一个港口，保护那些为庄园带来许多物资的商人和其他一些人。这是他离开河谷后第一次看到这壮观的河水，奥斯伯恩惊叹于它的宏伟壮观，当他想到他和这奔涌的河水自克洛文山地河湾走了多远时，心中的悲伤又被搅起。但他没有空闲时间悲伤太久，他的悲伤就像在沉睡中的人感到的伤害一般。他问了那些商人和其他人许多有关艾希德的事，他们讲了很多红脸人的事和他们的丑恶行径，但看似都与他的心上人无关。当他们满载货物（货物非常多，足够用上很久）往回走时，一群劫匪对这批货物设下了陷阱，这群人听说守卫的首领只是个刚接触战争的年轻人，但他们真不应该劫这批货，因为奥斯伯恩已经觉察到了他们。长话短说，奥斯伯恩设计埋伏了这些伏击者，把他们困在陷阱里，统统杀光，这些人死不足惜。在奥斯伯恩的战斗生涯中，他的手下第一次脱口而出他的名字，大喊着“红衣小伙！红衣小伙！”不久以后，这便成了让敌人闻风丧胆的口号。

Chapter 45

红衣小伙打散了男爵首领的部队

初冬时节，长林一片祥和。

若要讲述长林的战争故事确实得花不少笔墨，光是奥斯伯恩跟随高德里克爵士这几年的事情也得长篇大论。只因这位骑士不仅是战场上、武器纷飞的混沌中的一个无畏的英雄，还是他的时代中、他的土地上最聪明的领导者。他率领的部下，一百人能抵过五百人的军队。若非必要，本书也不会对他进行长篇的描述，然而此书的目的正是为了帮助读者更好地理解奥斯伯恩与他在洪流西边的朋友们的事迹。

首先不得不提的是，从那年秋天到入冬，奥斯伯恩一直忍着没有询问每一个他认为可能有艾希德些许消息的人；即使讯问之时，他的语气中也满是沉重与悲伤，在每次得到答案之前他的心就已经不抱希望了。但总算，他从一个人那里得到的答案还不算一无所获，那个人说几个月前（就是奥斯伯恩与高德里克爵士第一次在东集坪见面的时候）他和他的两个同伴在岔裂之水的另一端游玩，在上游很远的地方，他们遇到一个镇上的人贩子，这个人跟他说如果他肯出好价钱的话，他就有机会得到一件好货，然后带他们去看了一个少女，美如画中之人。这个少女跟奥斯伯恩描述的一样。然后这个人贩子说他是从红脸人那里买到她的，红脸人从很远很远的乡村把她运过来，应该就是岔裂之水附近。那个人说他不是从乡下人那里买到她的，因而价钱非常高，不是他们能做的买卖。

这个故事是他在圣诞节之后几天听一个商人讲的。这个商人那时要穿过树林和洪流回去（因为气候温和），奥斯伯恩寻问商人是否能带他一起上路，也许他会在那些地方发现线索。这个商人并没有不愿意，这样至少看起来有一个强壮的战士与他做伴同行。然后奥斯伯恩请求主人同意他离开，爵士没有阻止他，因为没有人来侵扰，但要求他带三个他的朋友一起离开。他们上路了，在圣烛节的前几天穿过了洪流。当他们一到河对岸，就开始在当地以及商户们的住所挨家挨户寻问。他们还去了很多城堡和大房子——那里通常有很多佣人在服务，而且那些佣人多半是以昂贵的高价购买的，在那里他们谨言慎行。就这样，他们花了二十天沿着洪流向上游推进，与河岸保持不远的距离。但不幸的是，即便他们在那里没有受到很大的损伤（虽然他们经历了一些艰难的行程，时间关系就不提了），情况也没有得到好转，他们没得到一丁点比以前更多的有关艾希德的真实消息。

奥斯伯恩回来后，一屁股坐下来，情绪低落，但又立刻被一些事情占满思绪，暂时不去想其他。圣母玛利亚节过后没几天，他回到长林，并且听说一场大仗已经爆发。对于土地大多集中在长林东、北方向（虽然在西南方他们也有帮手）的两个男爵来说，他们都因高德里克爵士阻止了他们的暴行而对他非常痛恨，并且，他们对伟大之城的国王和王室的给予没有丝毫感激，即使他们都为之效劳，至少他们都曾经为之效劳过。之后他们遇见了彼此，成立了一个联盟，立下誓言要消灭高德里克爵士和他的长林宅邸。全世界都觉得他们会成功，除了国王的爪牙和专政的王室，但他们不会公开表明立场。

现在高德里克爵士叫来了奥斯伯恩，与他促膝长谈，最后高德里克爵士派他去完成一件差事——找到男爵阵营中的一个首领（他就住在最北边），以最快最凶猛的气势突击他们，把这个首领击败，以便他能全速对总将领进行攻击，并且侧翼不受他们的侵扰。爵士想这么做的原因是他认为男爵会觉得长林军将忍受对方军队的到来，只要奥斯伯恩的队伍在那儿把该首领困住，就会得到国王和王室的全力相助。

奥斯伯恩听到这些立即明白了，全体人员整装待发，据说有一千三百人，他没有任何拖延，带领他们从隐蔽之处小心前进。在指挥他们之前，他就已经在前方替他们开好路了，让他们在树林里不至走散。长话短说，他的一千三百人对对方的六千人造成了重击，将他们如风吹般驱散，以至于他们永远都无法重新集结，对方的弹药和行军后勤补给也被全数破坏。然后红衣小伙掉头继续行进，不是向着长林方向，而是去他认为会有大战发生的地方。当天傍晚，他就回到了高德里克爵士的营地。当他带着夺来的旗帜进来时，大家都高兴地欢呼起来，这个战利品完全值得他用马匹带回来，而在那之前，他是高德里克爵士阵营中唯一一个确信胜利是属于他们的人。至于奥斯伯恩，他也因此得到了所有人的赞美，高贵的骑士在所有将领面前拥抱了他，说道："如果我遭遇不测，这个人将领导你们。"

即便如此，计划仍在往下进行。男爵们和手下的士兵个个结实强壮，勇猛无比，人数三倍于高德里克爵士的人。但他们知道他们不该期望会得到帮助：在战争打响之前，他们就经历了旗帜被抢走的奇耻大辱，其他人还火上浇油地取笑他们，让他们去为这个和那个旗帜效劳。因此没过多久，他们中不少人就开始想，我们究竟是为谁而战？当我们在这儿浴血奋战时，我们那些伟大的城堡和主要战斗力却只是待在我们的身后袖手旁观，让我们一点一点向后撤退，到我们的城墙后面，再在那边一点点集结力量。但很快，男爵们就发现他们没有撤退离开的机会了，只有被打得四下逃窜的份，因为他们的对手早已深入他们，在许多地方打乱了他们的排兵布阵。并且他们的旗帜已经倒下，将军之令无人听从，最后他们之中没有一个人与敌方正面交锋，只是一堆堆地挤在一起，都不知道该往哪逃或者该攻击谁。这是一场无与伦比的胜利，刚到正午，在晨祷时他们最高大优秀的首领就一个也不剩了。

现在国王和王室的目的被打碎，他们必须冷静下来什么也不做。不，只要小型手工业者不趁此时机起义、发动攻击，他们就心满意足了。但是事实证明，这些人很清楚自己的机遇，并擅于抓住时机，之后你就会明白了。

五月第一天的那场战斗打得酣畅淋漓，还没过半个月就迫使男爵的阵营派出使者来长林求和。高德里克爵士立即发出回应说他同意男爵的请求，但是条件是男爵的人马要完全缴械投降，留在长林，不然他不会兑现承诺。使者带回了这个消息，但目前男爵们仍然傲气不减，又发回了他们的挑战：即使他们当前形势不容乐观，不足以和长林的军队在战场上抗衡，他们还是想保存实力，拖延时间，直到国王和王室变得足够强大，向他们伸出援手。这条消息传出，高德里克爵士听到后立刻站起身，命令一名首领去攻打男爵最坚固的堡垒，损兵折将后在十天内拿下了。继而，他前往攻打了男爵第二坚固的堡垒，以较少的人员损失攻克了它。与此同时，红衣小伙去了北面，另一个将军去了南面，他们驾马四处奔走，若听到哪儿有战斗打响，就前去阻止他们集结。这是个艰苦的差事，打的都是大仗，但他们都严格地遵守命令，好让高德里克爵士攻打要塞的行动顺利进行，为他扫清障碍。所以在冬天到来之前，高德里克爵士便达成了所有目标，最重要的是在长林俘获了两个男爵。此外，他安排自己的部下把守一些要塞，还有一些地点则被废弃。

那年他们在长林度过了非凡的圣诞节，与其他伟大的战士同桌进餐。但在节后的一两天，有一个使者骑马穿过雪地（那是个艰难的时节）前来拜访，他代表男爵阵营那些剩下的人祈求和平。高德里克爵士说，如果他们所求的是和平就会得到和平，否则就是战争，但条件是他要留着他的战利品，至于俘虏可以接受适当的赎金，否则他们就得在长林度过下半生。由于得不到任何的援助，那些人只好接受条件，庆幸情况没有变得更糟。

从此长林恢复了和平，一切都非常平静，直到圣母玛利亚节过后。奥斯伯恩有些想去密林中探寻那些在林中分散的势力和房屋，以及通往岔裂之水的边缘地带，但未成行：一部分原因来自他心中的悲伤，好像问题提出以后得到的答案永远都只有一个；一部分原因是有许多任务落在了他的肩上，应接不暇——要他去查看那些俘获的要塞，看望那里的武装士兵和将军，还有其他类似的事情，因为现在他是最能读懂和最了解高德里克爵士的人。

Chapter 46

奥斯伯恩进入岔水之城

因此，如前所述，时光流逝，一直到圣母玛利亚节结束后才有了新的消息，小型手工业者和弱势的平民百姓们联合起来反抗王室和国王。他们直抵城北大门，坚守在那儿以及城外的营地里，跟国王的军队打持久战。这一消息已经核实，因为是三个织布工连夜快马加鞭赶到长林给高德里克爵士报的信，这三个人跟他相识甚久，都是信得过的人。

既然如此，那么现在的形势真可谓左右为难，一方面，战争在即，而长林尚未做好充分准备，但另一方面，没有比这个消息更令高德里克爵士期待的了。于是他决定速战速决。他把自己的一千五百名精兵悍将交到奥斯伯恩手中，命他骑马去大城和城北大门，看看城外的战场如何。第二天一早，红衣小伙和他的人马策马离开长林，还带了两个之前所说的织布工人同行，剩下的那个人则留在高德里克爵士那儿。

红衣小伙此次的领路人非常让人满意，他熟知所有的通道，而奥斯伯恩也无比勤勉，随行都优秀可靠，因此，第二天日落时分，他距离北大门仅五英里了，他和他的手下们掩藏在附近稀疏的林地中前行。

奥斯伯恩随即派了十个密探前往城市，去打探前方的消息，如果密探没被杀害，再回来告诉他有关的情形。他们立刻出发，运气非常好，全都安然无恙地回来了，以下是他们所讲：小型手工业者表面看来并不紧迫，因为他们的旗子还挂在北大门、周围的墙上以及塔上；可城内却整日都有反抗的激战。此外，一群敌人自东大门出来，目前都杂乱无序地守在北大门周围，他们一点儿都不想冒险，只想在北大门里活命，并且认为对这些人而言，他们手里的事情已经多到够他们在城内忙活了，所以他们一点儿也不想外面有任何战斗。

随后，红衣小伙召集来他的将领和领队们，向他们询问计策，并要求他们的计策简洁了当。至于是该把消息带回去告诉高德里克爵士，还是优化队伍部署，在明天直接攻打这些人，大家也是各持己见。不仅如此，有些人认为在得到高德里克爵士的消息之前，他们都应该按兵不动，在此驻守。

而当他们各抒己见之后，红衣小伙说道："各位，你们提的很多建议都值得一试，也有一些不太适宜，但我深知我们被派来此，决不能无所事事。那么现在如果你们愿意的话，请听从我的计划，现在已近天黑，再过两个多小时，天色将一片漆黑，到那时城墙外的这些人就会去休息了，高地外面将没有任何看守或是戒备。因此我说，我们就将马儿们都留在这里，卸下身上厚厚的铠甲，这样走起路来会轻盈一些。这么做是因为，如果我们赢了的话，我们将会有其他的马匹和装备，如果我们输了的话，我们也用不着这些东西了。不过在我看来，如果我们行动敏捷迅速的话，我们完全有把握拿下他们。”

这时大家一致认为此举可行，于是他们开始部署行动的队伍，一小时内他们就出发了。在巧妙而又悄然无息地行进了两个小时后，他们来到了敌军之中，并开始按照之前的计划行事。当他们彻底混入敌军之中并杀了不少敌人后，他们开始吹响号角并大声呼喊：“红衣小伙！红衣小伙！长林来援助小型手工业者了！”而此时双方都无人去援助王室，主要是他们远离东大门，而且他们是在北大门听到号角声和呐喊声的，还在猜测这些声响所为何事，于是他们点燃火炬和篝灯，向朝他们嚎叫的敌人进攻，结果除了几个人乘着夜色掩护逃走了以外，王室的人均被俘获。随后城门被打开了，红衣小伙和他的人进了城，也许你已经在猜想，城镇的居民对他们的到来是否表示理解和欢迎。可清点完人数后，奥斯伯恩发现有三名手下失踪了。等到天亮，他就派遣了一队人把他们的马和铠甲取了过来。这样，奥斯伯恩第一次来到了岔水之城。

Chapter 47

广场之战

第二天早上，城镇的首领们与奥斯伯恩及他的将领们会面协商，他们建议对方谨慎行事，不要孤注一掷。他们还觉得，如果可以的话最好现在就给营地加固护堤、修筑城墙，因为高德里克爵士人还未到，敌军的势力不容小觑，他们随时都应提防着。红衣小伙对此并无异议，因为他深知城墙背后的这群人有多么的勇敢和顽强。他说："现在，勇士们，你们越是肯花时间来干这些挥锹舞锄的活儿，形势就将越有利于你们和你们从事的大业。所以我提议你我双方各挑几个最得力的干将，一起把挡在通往你们营地的道路和十字路口上的敌军除掉，腾个地方出来，好让你们去城外办事。高德里克爵士来这儿时，肯定会带不少人手来，他们会帮助你们搞定更多的事情。还有，实话说，趁着敌人还没从昨晚的事变中惊醒过来，事不宜迟，此刻行动是最佳时机。"

大家一致觉得他的建议不错，于是吃了饭、列好队，他们就向着街道出发了。这是他们头一回走在真正属于自己地盘的道路上，可就在一天之前，他们还觉得自己不够强大，难以驾驭这整个区域。而此时，在他们心中，这里已经是他们防御工事的一部分了。红衣小伙和他的人马一路小心翼翼地前行，留意着身后的动向，以防被拦路切断。最后他们到了一个大广场环绕的巨型十字路口。他们将士兵们集中在这儿，面朝着敌人一字排成长列队。因为镇里的居民个个都是超级精良的弓箭手，所以他们也都配备好了弓箭和各式其他的射击武器。

一开始只有他们在广场上和十字路口，此外别无他人，但过了一小会儿，自东西两个方向来了一队弓箭手，开始向奥斯伯恩他们射箭，然后又撤退。王室的弓箭手们不敢在红衣小伙面前露太多脸，却又成群结队地聚集在广场的各个入口。红衣小伙自言自语着“让我们干掉这群蠢蛋吧”，遂命令部下们放箭，接着又下令让手持矛和剑的人左右骑行夹击敌人。那些弓箭手们立马四下逃窜，可他们速度不够快，还没来得及逃到狭路窄道上，红衣小伙和他的将领们就已长驱直入到他们当中，前后也就十分钟的事情。但就在骑手们追杀弓箭手的时候，他们听到南边传来响亮的号角声，随后又是一阵马群的嘶叫声，不久后，从南边的大道冲来了一大群全副武装、配备精良的士兵，红衣小伙的手下人都急着向他们开战，但他命骑手们暂且按兵不动，等着敌军塞满整个广场。他们没等太久，镇民们一直在拼命地攻打敌军。敌军离得如此之近，即使身着铠甲，还是有不少士兵连人带马地倒下了，可他们都强撑着直到广场上挤满了他们的人，因此人数看起来比实际上多很多。他们负隅顽抗，可因为离得太近，几乎挥动不了兵器。红衣小伙的手下们大声嘶喊着“长林的红衣小伙”，然后向前冲过去奋力拼杀，逼得敌军的前线阵营开始尽力掉头转身，但他们没法掉头，那些还没阵亡的人也逃不走。他们不得不被困在原地努力回击，还放言他们的人比奥斯伯恩的人要多很多，但他们很难施展拳脚，因为那些前线战败的士兵挡住了他们的去路。这时镇民们扔下手中的弓箭，拿着短刀大斧冲过来，砍杀敌军无数，毫不手软，似乎若不把敌人统统杀死在这广场上是决不会收手的。

你大概也能想到，这时的奥斯伯恩冲在所有人前面，迎面的敌人都不由自主地后退，他的黄发垂到轻钢盔之下，而他的红色长外袍已被撕成长条，破烂不堪，在风中飘舞。他手里握着出鞘的斩案剑，上面满是鲜血，他脸上神情庄重，但并不穷凶极恶，如他所愿，这一天的屠杀结束了。他举起斩案剑，面前是一个高个子男人，身着镀金的铠甲和明黄色的丝质外衣，他的铠甲有些破裂，手中的宝剑丝毫无损，他无疑是个强壮之士，但此时内心深处却无比恐惧，因为混战中的大杀戮，也因为几乎无人能从此处逃脱。所以他一看到挥舞而来的斩案剑就大声呼喊：“噢，红衣小伙，噢，红衣小伙，噢，你是探路人，请放我一条活路吧，我会告诉你一切，让更多的人活命！”

奥斯伯恩收回了斩案剑，顺势垂在手腕处，伸手去扶那个穿着镀金铠甲的人。可就在这时他的手被猛力推开了，因为很多人正在那如痴如狂地大肆杀戮：一个矮个头、黑皮肤、长手臂的织布工艺人，身上并无任何武装，手里只握着一把笨重的短剑却冲到最里面，杀到身着镀金铠甲的那个男子的战马旁，反手在他的脸颊和脖子上挥舞着剑刃，在他落马之际一同摔倒在地，狠命砍死了他，接着又从乱马群中站起来继续战斗。而奥斯伯恩，他看为时已晚，就开始大声哀号起来，不过并无人留意他，因为于他们而言，这不过是伤员的哭叫罢了。于是他又一次举起斩案剑，用尖厉的声音喊道："红衣小伙，为了长林和手工业者的红衣小伙！冲啊，向着他们冲啊！"两边的士兵都听见了他的喊声。敌军不再往前逼近，战士们也不再出击，纷纷撤离，剩下的人从空出来的地方往四处逃窜，几乎没有留下什么，可即便如此，却也给那些追捕者们留下了很多空间，广场上除了一些死伤人员，空无一人；追杀一直延续到十字路口，无比的疯狂和凶残，出击的多数是镇民，他们都认为国王和王室欠他们的太多。

奥斯伯恩和他的手下都不愿意撤离那个十字路口，不过听了他的建议后，镇民们修建了战壕和城墙，加固了这个十字路口的防御。连续三天，国王的人都不敢在那儿对他们发动进攻，只能远远地朝他们射箭，不过这也伤不了太多人。

次日，高德里克爵士带着一大帮子人过来援助镇民们，在众人的欢呼声中他骑着马到了城北大门。而后第二天他们就投入到战斗中，开始出击。这之后他们连续奋战了三天，高德里克爵士不愿让红衣小伙上阵。"因为，"他说道，"你已经赢了，可这会儿没我们什么事了，这都是木匠们该做的活儿。所以我命令你即刻去休息。"奥斯伯恩笑了笑并在北面的大本营候着，高德里克爵士和他的手下不慌不忙地开始清剿河对岸的各大营房。虽然他们找到国王和王室的人后，对方并没有怎么负隅顽抗，但这还是花了他们四天时间。

奥斯伯恩则不遗余力地维持秩序和鼓舞士气，他们一丝不苟地加固各个据点，并确保一旦下令，他们前方的任何一个据点都已做好迎战的准备。

Chapter 48

高德里克爵士被选举为城市的执政官

但是到了这四日里第三天的凌晨，有一个人来拜访了奥斯伯恩，并告诉他，守卫东门的人对工作不怎么上心，因此在之前的一战中死伤甚重。于是奥斯伯恩准备去确认此事，他带了三百精兵，穿越沿途的大小道路，在日出后少顷来到了城镇尽头，之前提到的那座门前。门是半掩的，他们在门前没有引发太多的骚动。他们把几个守卫赶回城中，并小心地跟随着这些人。长话短说，他们最终以很少的代价取得了极大的胜利，而东门里的所有人，其数量已经不足三百，尽皆被他们杀死或俘虏。现在你大概会认为，对高德里克爵士来说，这也许是一个好消息，因为他们原本需要在东门布置大量的人手，而且他在打下岔水之城东侧的时候，付出的代价也不小。

他们取得了此般胜利的同时也把战争扩散到了岔裂之水的西岸——国王和王室的主要力量所在，因为那里耸立着国王的宫殿和金碧辉煌的市政厅，都是防御性的建筑。此外，他们还充分控制了那里的所有港口和船只，因为他们占领了码头、停泊口岸和仓库。无论是大海还是河流，都为他们所用。洪流之上，有两座用巨大的驳船接连而成的桥梁横跨于此，一座靠近港口，另一座处于更佳的地理位置，桥的两头都有宏伟而壮美的城堡守卫着。不论是国王还是他的手下，没有一个人想要毁坏这两座桥。

当高德里克爵士和小手工业者行会在各处迎接奥斯伯恩和其他长林军队的长官时，似乎还有一件大事有待他们处理。如果说胜利曾归于他们，似乎那场伟大的胜利也必将属于他们。所有人都心知肚明，要是在去年，他们最终没有击溃男爵的军团，会发生些什么。不过现在，对高德里克爵士和那些小手工业者来说，最大的好处就是对方无论如何都缺少人手，特别是那些最优秀的战士。所以，尽管城中的商人将他们拒之门外，整个乡村地带却因为他们是长林的骑兵而毫无保留地向他们全面开放了，他们不会再遭受食物短缺的危机。无可置疑地，国王手下全副武装的战士们正乘着迅疾的快船横穿岔裂之水，而他们将在东岸二十到三十公里处登陆，并劫掠和摧残这些乡民，或者时不时地向东边的城市索取几车食物或者其他的物资。他们之间爆发了多场激烈的战斗，将高德里克爵士那一方的声望拔高到无与伦比的地步，因此人们说国王手下的素质也不过只比剥皮客高一点点而已。更有甚者，尽管不常被提及，这些掠夺者常常与长林的骑士或武装的乡民们狭路相逢，然后大败一场，而就像掠夺者在此种情况下享受的待遇一样，除了树上的绞索，他们什么收获也没有。

因而，这两支军队随后在岔裂之水的两岸遥遥地两相对峙。当然了，要不是那些手工艺人比绝大多数人都要勇敢坚定，他们早就丧失信心一蹶不振了，因为战争并非是他们擅长的。阵线上爆发了许多小型的冲突与战斗，当此时机，高德里克爵士就会聚集起他们所有的小舟与驳船，把它们推进港口中，并驾驶着其中一些出色的船只，奋力逼向敌船。他们有时一无所获，有时则大获全胜。即便如此，国王的手下还是会在他们的船上放火，破坏他们的行动，并且不时地派出船舶横渡洪流，咬上对岸，冲击东边的阵营，但他们能得到的很少，他们的物资反而被东岸的战士烧毁，战士也被东岸的战士砍杀或俘虏。于是战事就这样发展下去，时不时地有一股士兵冲到东岸来，却没人能给这种事态画上句号。

最后，在九月即将走到尽头的某一天，国王的子民们高高擎着底色雪白绘有纹章的盾牌，来到了上层桥梁的正中间。为了实现大家对和平的诉求，三个人上前举行仪式，他们一个是做见证人的老骑士，另两个是王室的参议官。这盟誓获得了承认，所有人都来到北门，小手工业者行会的主席也走了进来。他们在那里完成了他们的使命，总结起来就是对他们来说和平相比战争与毁灭更有益处，他们选择维护和平。小手工业者们很好地完成了他们的任务，并询问其他人会停留多久，这样他们便可以带回和平条约。信使们说他们不会很快离开，其他人则说第二天中午他们就会送三人回去，带着和平的契约穿过洪流。然后，许多信使被派回去面见各自的主人，而大手工业者的首领未能成功地废除议会中高德里克爵士和其手下长官的席位。

现在，他们订立的其他契约已经不必再提，总之整件事的关键就在于：首先，那些小手工业者的头领们应当在城市中的大议会里占据足够多的席位，让他们在议会中能够获得应得的地位。由于战争的爆发，他们曾怀疑自己不可能再得到这一切。而另一件事相对而言要困难许多，那就是，人们需要选举并任命一名执政官来治理这座城市，因此，这位执政官需要具备统领一支出色的守备军队的能力，又要把这项任务纳入他本身和整个议会的意愿。同时，这位执政官还应当由所有行会共同投票决出，而非由大议会自行决定。所以，随着选举流程的运行，最终的决定权将交到小手工业者的手中，因为，尽管他们相较大行会不够富有和强大，却占据着数量上的优势。整件事情看上去似乎有些难以置信，这意味着要把国王放逐出他自己的土地。虽然已有人察觉到王室的力量已经超越了国王本人，若真是这样，国王自然不得不让出位置。在这方面，他们毫无疑问是正确的。但是另有一件让他们始料未及的事发生了，并且把国王与王室推向了和平共处的模式。这是因为，有一个来自海外的君王遣来使者挑衅奚落了这边的国王，同时他的大军已经到了不远之处，国王和王室都明白他们可能根本找不到人手来应对，所以之后意见发生了分歧。于是次日，那君王派出的三名使者带回了和平的契约，他们只等了一会，就带着数量足以和高德里克爵士和小手工业者行会发放的相媲美的安全通行证回去了。高德里克爵士和两个手工艺者被选出，待他们一同径直横穿水流回去，然后又马不停蹄地参与到国王和王室的议会之事中。在那里，他们很快弄清楚了发生的事情，看上去他们的使命不费吹灰之力就能完成，因为国王一方都急于和他们达成和平协议，并把长林的战士争取到自己这边，好对付那些海外的挑衅者。国王一方对小手工业者提出的所有条件都毫无异议，只是加上了一条，那就是长林的领主必须加入他们那边，帮助他们守护城池，抵抗海外人的侵略。对于这点高德里克爵士也深表同意，因为他也从未想过让城市被海外人侵占，遭受他们的暴政，让自己为城中小手工业者进行的全部战斗都变成无用功。

紧接着的那日，按照上面所说的流程，和平的契约被签订并盖上印章。而在三天之后，王室和军队准备选举他们的执政官。意料之内地，高德里克爵士被选中了，但有一点大家始料未及，那就是除了他之外，再无一个人被提名，大大小小手工业者，都只提名了他一个人。

Chapter 49

城池的国王与海外的君主

于是，此时在岔水之城里，盛宴不歇，普天欢庆。大门敞开，桥梁四通八达，乡民们群拥而入，集市里熙熙攘攘，笑语不歇，友邻们亲密地谈天说地。除了国王与他的一两位廷臣，再没有一个人会为外面的敌人有片刻的担忧；因为他们所有人都充分地信任高德里克爵士，认为他一定会守护好这座城市。但至于高德里克爵士，他就像任何一位多智的将士那样，从城堡到市镇，甚至是港中的船舶，他对每一处堡垒都不懈巡视，以确保它们都不能更安全了。

而那个海外君王在正要带着军队登船出击时突然染上了疾病，并未在今年完全抵达，于是战事就被推迟到了明年春天，也因此高德里克爵士获得了充足的时间，他得以对整座城市的防御工事进行加固。尽管出于懒散，他再没做什么额外的准备，但是他已经把整座岔水之城打造得固若金汤，不能更坚固了。

于是，各色事件在这里轮番上演：曾经的敌人已经化敌为友，除了国王及其扈从痛悔曾将自己贱卖。

置身于这种种事务之中，比起待在城里，奥斯伯恩花了更多的时间在长林和无主密林的边界巡逻。他向无数的乡民问了他的那个老问题，也得到了不无二致的回答：他们对此一无所知。况且随着时间的流逝，对他们来说，事实上似乎还是知道得越少越好。因此，奥斯伯恩最终变得有些郁郁寡欢，不再和其他人多作交谈。

接着，春天来了，紧随其后的是那个强大的海外征服者。然而他的生平事迹可以用这样一句话概括：他除了总是要忍受这样那样的损害，其实从未征服过任何事物，只是一直与世隔绝。但他的军队却如此庞大，以至于直到秋天，他们才千里迢迢地跋涉到这里。如同之前一样，在征服者刹停他的军队之前，他获得了一个战利品，城中的国君逃到了征服者那边，并成了他的盟友。他们两个走到一起，为着来年的伟大目标而努力。用他的话来说，那就是要夺回原本属于他的土地。

当他将后背转向曾经的下属，同一时间许多人都开始深思：或许当他们抛弃过去被国王加诸在自己身上的命令之后，他们所做的每一件事也就都不再需要这个国君了。这种想法开始生根发芽，直到人们最终召开了一场盛大的会谈并且提出，由于岔水之城已然有了王室和大议会以及一名优秀的首领，国王的朝廷已经没有什么存在的必要了。因此，首先在一致的协调下，他们把那些逃兵交付给公众处理，因为他们知道公众一定会站在他们的反面，并且宣告那些曾经收留逃兵的人也一定会收留王室。而下一步，他们决定驱逐国君的朝廷，他们并没有受到多少反对，大部分人甚至对此感到如释重负。如同过去一样，这座城再度兴盛发展起来。接着，这一年也随之走到了尽头。

下一年，两个君王真的组织起了一支大军来对抗城镇居民。他们不仅包围了这座城池，还轻而易举地拿下了东面二十里处的一块土地。但那实际上是高德里克爵士带着身后庞大的议会，有意放任他们这么做的；因为他认为最好能一次便给予对方足够沉重的打击，所以他从自己的手下里选出了一支精兵，而受到所有人崇敬的红衣小伙在其中占据了重要的地位。

随后，高德里克爵士凭借他的睿智为战争选择了合适的时间与地点，其他人也依照他指定的时间与地点加入战斗。这一场战争打得如此惨烈，幸存下来的人大概这辈子再也不会挥刀收取别人的首级了。那个统治岔水之城的年老君王绝望地投入战斗，却在第一场战役中就被红衣小伙夺走了性命；另一个国王见此情形，拼了命地策马狂奔，加之他最勇武的骑士的悉心照看与拼死守卫，终于逃脱，保住性命。他一回到自己的船上，不做片刻的停留，就迫不及待地离岸而去，驶回自己的国家。在他回到自己的土地上之后，再也没有来打扰过岔水之城的和平。

Chapter 50

红衣小伙与高德里克爵士的私下谈话

这件事发生在四月。在四月末的一天，奥斯伯恩来到高德里克爵士面前，想跟他借一步谈话，高德里克爵士也非常亲切地接待了他，私下里问他，他想要说什么。奥斯伯恩说："主人，亲爱的朋友，你现在已经成为比大多数国王都伟大的主人。我们两个都很忙，因为事情不等人，因而我们许久没有像朋友那样交谈过了。即便如此，我仍然能感受到您对我的爱护，就像我对您的一样，因此此刻我必须说的话也让我很苦恼，但我却不得不说，现在就是我们离别的日子了。"

高德里克爵士说："如果我真的是伟大的统治者，你是我的战士，我想这世界上就没有别人能超越我了。事实上我现在对你的爱并不比那些艰苦动荡的日子少。你也确实度过了一些艰苦动荡的日子。这让我常常想起我自己，像一个管着黄牛的老国王，他的热情和他的命令，都在河水边广阔的绿色山谷中

（就是我们第一次去长林穿过的那个地方），即使这片土地没有为我提供庇护，我也能适应它。我觉得你非常伟大，我爱着你，你也有权做出自己的决定，我最不想做的就是阻止你做你想做的。也许我们会再一次相遇。现在你能告诉我你想要去做什么吗？”奥斯伯恩说：“心怀希望。这是真的，主人，到现在为止已经五年了，我遇到了形形色色的人，他们中的一些人告诉了我一些我想知道的消息，但我仍然毫无头绪，现在我必须说我已经失去了我心爱的东西。但首先，在我完全放弃之前，我要去长林，在那里待一阵，在那片树林中寻找一个月，这是我最后的机会，如果那时还是没有消息，我就骑马回到在岔裂之水旁边的河谷，回到我的亲人身边去，在那里活着直到满足地死去。我会这样做的，我的朋友，那里有白茫茫的草地和长长的房子、来回走动的山羊和野兽，以及庄园里的父老乡亲们，那大厅里闪着黑色木材的光芒；这些东西出现在我面前，我的心就会变得柔软。您难道没有注意到我在后面这些天变得有多痛苦和暴躁吗？”

“我注意到了你的悲伤。”高德里克爵士说。

“不，”奥斯伯恩说，“情况比那要更糟，但让它去吧。现在我要告诉您另一件在我心里萦绕的事，您恐怕会认为这极其疯狂愚蠢，但事情是这样的：当我又一次回到我的河谷时，第一天早上起床后，我立即快步向以前的约会地点走去，向着河水对岸望去，然后也许上帝会创造奇迹，我会看见我的少女出现在她的老地方，我们将不用再被分隔两地，即使我们都已不在人世。”

高德里克爵士说：“这个希望并不好，也不像是会发生的事。你就想这样离开你的同伴和朋友吗？还有你的名声又会是怎样呢？”

奥斯伯恩大笑。“啊，是啊，”他说，“我现在知道了，都是名声，当我们一起面对敌人，我们的人大喊‘红衣小伙！红衣小伙！’，没有一丝犹豫，以致敌人的队伍在颤抖，就像风从地面向上吹过林子里的树一样。然后当我攥着斩案剑，骑着马向前冲时，连箭都因为恐惧而飞开，路也自然为我敞开，我们冲了进去，发现那里什么也没有，他们已经溃败到绿草地里去了。是啊，这就是名声，许多人都认为这是好的。但每当宁静的夜晚降临，我的战友们好像都死去了一般，我的赞颂者们也不再发出声音，我又独自一人，那时，我就觉得我被打败了，倍感挫折，这与你我的敌人无关，我的朋友。不，还是让我回到我的乡民那里吧，那片我熟知的土地，我知道它一定会包容我，当他人都离我而去时。在那儿我将会接受我的宿命。”然后他说：“还有，这就是我在长林的最后一个月了，谁知道会发生些什么呢？我承诺我会时刻提高警惕的。”

“啊！”高德里克爵士说，“但要小心，红衣小伙，要小心啊！你知道你与林中恶人打交道引来多少对你的仇恨。一定要知道那些对你设下的陷阱，要仔细观察，不要走进去！现在我要与你说再见了！也许会过许久才能再见到你的脸，但我仍觉得会有这么一天。我跟你说，目前为止我从你身上收获的已远远超过我需要的，还有罕见的愉悦。也许有朝一日我也能帮到你。”

他们互相亲吻，告别。奥斯伯恩没有再和其他人道别，然后就像他所说的那样在长林待了一个月左右。因此告别完，他就骑马上路了。

Chapter 51

奥斯伯恩被罪犯欺骗

奥斯伯恩在那里暂住了下来，目前他每天按照一个特定的道路（就在树林内的边缘处）行进。他会走将近一整天，有时去更远的地方，有时做短暂停留后又继续上路，所有人都知道他，有时他除了在长袍下系着斩案剑外不带其他武器。

今天是他开始走上这条道路的第十三天，他走到了比平常更远的地方，开始想着要往回走，这时一个人从树林中向他走来，对他致敬，他也向他打招呼。这个人穿着黑衣，背上有个圆盾，剑和匕首系在身侧，头上戴着白色轻盔。这是一个长鼻子、黑头发的男人，没有蓄胡须，嘴唇很薄，眼睛长得贴近面颊两侧。他看起来好像是什么商人的佣人。

奥斯伯恩等着他经过，往一旁站了站。但这个人停住脚步，说道："哦，伟大的战士，一个无用的乡下人能在这个中午跟你聊几句吗？"

“有何不可？”奥斯伯恩笑着说，他永远不会将自己抬高到粗鲁地应付一个普通人的地步。这个乡下人说：“你今天远离了首领，看起来也并不生气，因此我斗胆想说你看起来不那么快乐，勇士。”奥斯伯恩说：“我有苦恼，许多人都知道。”

“你能告诉我是怎么一回事吗？”这个乡下人说，“也许我至少能告诉你，你该找谁。”

奥斯伯恩带着些许怀疑和担忧端详了他一会儿，最后说：“是这样的。五年前，一个少女从我身边被人掠走了，我去过很多地方寻找她，但仍没有听到有关她的任何线索。”这个乡下人说：“您还记得在伟大之城十字路口广场上的那场战役吗？那个人在无所不能的您举起的双手前大喊着求您饶命，他可以告诉您有关那个少女的事情，然后您打算饶他一命，但在您赐予他您的宽容之前，他被一个乡下的织工杀害了。”

“是的，”奥斯伯恩说，“我记得。”

“现在，这个乡下人说，“我就不拐弯抹角了，我要告诉您那个人就是我现在主人的兄弟。他让我给您带个话，他说他的兄弟知道的，他也知道，还知道更多，您的少女现在还活着，他能告诉您怎么找到她，如果您仍想的话。而且他就在离这儿不远的地方。”

奥斯伯恩看上去有些激动，他一把抓住这个乡下人，大声说：“好伙计，现在就带我去见他，我定有重谢。”“不，”乡下人说，“在那之前还有一件事，我的主人是个商人，以卖东西为生，而不是白给。他要您两百个金币，然后他再告诉您他所知道的，我们也可以把这钱当作是杀他兄弟的赔偿金。”“好的，”奥斯伯恩说，“但我的钱袋里没有这么多金币。”

“那这样吧，”乡下人说，“我明天还会回来这里，您想后天也行。”“哦，不，不，”奥斯伯恩说，“你就在这儿等着，我这就去城堡里拿些金子来。”“那也行。”乡下人说，接着他就坐在路边，从包里拿出粮食和酒，开始吃起来。

奥斯伯恩则集中精力，以最快的速度走回他的临时住所，从宝箱里拿出金子，放进一个袋子，又急速赶回来，在同一个地点找到那个乡下人。“您倒真是身手敏捷啊，”乡下人说，“但恐怕您以后就不能经常跑得像现在这么快了。您都上气不接下气了，难道不用坐下来缓一会儿吗？”“不，”奥斯伯恩简短的回答，“我要一鼓作气。”“那好吧，”乡下人露出一抹笑，说道，“让我帮你拿包袋吧。”“拿去，”奥斯伯恩边说边递给了他。乡下人接过袋子，说：“大人，这鼓鼓的钱袋只有两百个金币在里面吗？”“里面有更多，”奥斯伯恩说，“那是给你的礼物。但现在就给我带路吧。”这个乡下人开始带路，他们在树林里不同的小路上走了大概两个小时，然后听到有水向下流淌的声音。乡下人说：“我的主人说他就在这个峡谷下面等我。”然后他就开始向着峡谷下面走去，那里有许多灌木和树，有些陡，奥斯伯恩在后面跟着他。他们到了底部，在一小股清泉的下方是一片美丽的绿色草地，但并不见有人等他们。

“你的主人在哪里，好心人？”奥斯伯恩问道。“他应该就在不远处，”乡下人说，“我叫叫他。”随后他就把两个手指放入嘴里，吹起响亮的口哨。

奥斯伯恩跑去城堡又跑回来，再加上两小时的步行，此时已经精疲力尽，非常口渴，他跪了下来，从清泉下面的清澈水池中喝了点水。现在，天色渐晚，高大的树木遮天蔽日，峡谷变得昏暗起来，奥斯伯恩喝着水（他喝得还不是很着急），他面向清泉，背向峡谷方向，泉水的叮当声和洒溅声使奥斯伯恩的耳朵除了特别大的声音外听不到其他的声响。他就在那儿喝水，没有怀疑什么，但突然间，他感到身体左面一阵剧痛，在他还有知觉之前他可以肯定有人在攻击他，一波又一波，他滚到草地上，躺着不动，有三个人站在他旁边：一个是那传话的乡下人，另一个跟他差不多，第三个人穿戴着白色盔甲。

“红衣小伙的末日！”传话人说。“不，”另一个乡下人说，“拔出你的剑，刺向他的头，主人，要确定杀死他了。”穿盔甲的骑士从剑鞘中把剑拔出一半，但又停住手，颤抖地说：“不用了，不用了！我们走吧。你还没看见吗？有个人就坐在他身边！”“那只是暗处的灌木，”另一个说，“给我你的剑。”但骑士唯一的回应只是快速地逃向峡谷深处，剩下的两个人畏畏缩缩。这个受伤的男人身边真坐着一个人，就像他们认为的那样；他身穿一袭红袍，头戴钢盔。他们拔腿就向着他们的主人跑去，最后，这三人都爬上了峡谷的一侧。

在离那里大概一英里的地方是个隐居处，那里是一片空地，当夜色渐深时门关起来了。当隐居者开门时，他的面前是一个正义凛然的男人，身穿深红色的衣服，带着明亮的钢盔，臂膀中的另一个人看上去不是死了就是身受重伤。高个子男人说：“你能治治他吗？”

“是的，”隐士说，“我尽我所能。”

“看这里，这个男人身受重伤，但还没死。我已经做了我可以做的一切，我为他止了血，但我认为他需要长时间的医治才能完全康复。现在我就不进你的房子了，请接收他，把他放在你的床上，尽可能地照看他，如果你能治愈他，你将蒸蒸日上，要是治不好他，你将面临衰落。”“好的，先生，”隐士说，“我不需要你的承诺或者威胁，因为上帝和万圣的爱，我将尽我所能医治他。”

这是一个强壮高大的男人，他从钢头的手中接过了奥斯伯恩，把奥斯伯恩放在床上，脱下他的外衣。他查看了包扎处的伤情，抬起头说：“因为这个人还没死，我认为不是致命伤，若有圣徒的帮助，他可以得到救治。”钢头说：“你说的这些有关神圣的东西，我的朋友，我一点也不了解。但我谢谢你，如果你能医好他，我就觉得你是圣人。我现在要离开了，但明天中午前我会回来，了解他的进展。”

“一路顺风，上帝和万圣保佑你。”这个隐士说道。

“好，好，”钢头说，“我们不用争论这个，但我会照看好我自己的。”说着就大步走进夜色中。

然后就是奥斯伯恩长时间地与死神搏斗，当他开始好转时，心智也恢复正常，开始记起在峡谷中被罪犯攻击的事，但他丝毫不知道当时钢头及时赶到，因为钢头命令隐士对他的存在只字不提。这个隐士是个正直善良的人，医术高超，不久后奥斯伯恩就开始快速恢复。他还能再恢复得快些，然而，希望突然破灭带来的伤痕让他伤心不已，他觉得现在所有的希望都已失去，即使河谷和威特莫尔的人在不断地呼唤他回去。

Chapter 52

奥斯伯恩与艾希德的相会

最后，距离那次袭击差不多过去了六个星期之后，奥斯伯恩又重新上路，在接近隐居者小屋的树林里徘徊，现在，他开始思忖：一定要把家安在长林，之后他就与一个值得信赖的向导住在这远离河谷的地方。因为他的力量已经差不多回到了他的体内，隐士也没法说他什么。

有一回，他离开小屋，到四周打转，他把斩案剑也悬在腰上，以便对付任何邪恶之事。在太阳升起、白昼来临之前，他走到了平常的活动范围之外。现在已是五月的尾声，树枝上的绿叶郁郁葱葱，正是最繁盛美丽之时。天空一碧如洗，鸟雀争鸣，仿佛天堂妙音，他根本不想过早地回到阴暗的小屋里，能在外多留一会也是好的。于是他又走得远了一些，更远了一些，直到他注意到前方的沼泽地中有什么人站在那里。当对方拉近了两人间的距离时，考虑到对方的年纪，他觉得自己看到了一个个头高挑的妇人。她也并未衣着褴褛，而是得体地身穿一袭黑色长袍，头戴白帽。不过，奥斯伯恩现在正如老话所言，一朝被蛇咬，十年怕井绳，所以他准备对她视而不见。但是这位女士却没有让他这样做，对他问候道："向您致意，高贵的先生，你从何处而来？"她的声音干净而优美，他也没有从她的脸上寻到任何恶意，尽是一腔诚挚。于是他说："也向您致意，女士。我是从一张病床上来的，狡猾和罪恶害我受伤，让我不得不躺在那里。"

"好吧，"她说，"不过，除了狡诈与罪恶，还会有很多别的东西存在，不是吗？"

"我不知道。"他简短地说道。

"我至少也见过一次其他的东西，"她说，"我见过真实、忠诚、不变与不求回报的希望，五年的时间也未能将它们消磨。"

"哈，"他说，"那是一个男人吗，一个战士？我觉得我知道一个这样的人，除了希望那一条，其他都符合。"

"不，"她说，"那是一个女人。"

"那她又在期盼些什么呢？"他发问。女士回答道："如果你愿意跟我来的话，她和我住在一起，就在不远的地方。"奥斯伯恩说："但是她是对谁保持着那样的信义呢？或者说她长久而又充满希望地等候的那个人是谁呢？是她的父亲，兄弟，儿子，姐妹，或者其他？"那个女士说："是和她定情的男人。确确实实，不论是我还是她，都认为那个男人值得她的等待，或者曾经值得她等待。"

奥斯伯恩笑了起来，并且说道："善良的贵妇人啊，要是事情真是这样，那我去看她的话能有什么好处呢？我又不是和她定情的那个男人。而且要是像你说的那样，我对她来说应当和树林里的一棵树没有什么两样。”“你会有好处的，”那个女士说：“你将有幸见到上帝所造出的最美丽的生物。”“但这点好处还是太少了，”奥斯伯恩说道，并且又一次发出了嘲笑，“如果让我看见她的美丽，又受到她的诱惑，那么在这片林地上又将流传新的故事了。你似乎觉得我年纪不小，但是实际上我还是个年轻人，只是因为饱经战事与死亡、曾在遥远的战场上身负重伤，所以显得有些憔悴而已。”随即他掀起了自己的兜帽，而那个女士也上前几步逼近他，仔仔细细地打量他的面孔，不过她一言未发。然后奥斯伯恩又说：“夫人，我简单点和你挑明吧，我曾经被人骗入陷阱过一次，所以会尽量告诫自己，我不会上第二次当。现在，我对你是什么人一无所知，只晓得你可能是我的敌人们用来对付我的一个诱饵，甚至你本身就有可能对我做出恶事。不论你磨破嘴皮说多少我应当同你前去的理由。”

她此刻依然站在他的近前，又伸出手放到奥斯伯恩的胸前，说道：“我再说最后一句，你必须重视。如果你现在不跟着我走，你会为此后悔，而且这一次，就是你余下的全部人生。”

他看着她，皱眉思考了很长时间，最终还是答应了下来。“我觉得自己不太可能在这里送掉性命，而且也许能发现什么消息或者蛛丝马迹。我会和你一起前去的，女士。但是也仅此一次。”他喃喃自语道，“希望不会再有下一次。”

“你的选择是明智的，”那个女士说，“让我们不要再白白浪费时间了。”于是他们就此动身，在或崎岖或平滑的道路上忽上忽下，直到树林变得非常黑暗，当他们来到一片开垦出的林中平地时，星辰已经高悬在他们的头顶。五月的夜晚，宁静得如此迷人。最后他们看到面前有一星灯火在闪烁，在他们察觉到之后，没有多久这灯火就随着他们的接近成了一扇小窗户，黄光亮眼，光芒投射在茵茵绿地和一条水流汩汩的小溪上。

接着，他们来到了一座小木屋前，它的顶篷上铺着林地里拔来的芦苇，看上去打理得很好。奥斯伯恩准备上前敲门，但是那个女士伸手拉住了他，说：“现在还不是时候。请您在这里等上一会。”她本人则绕着房子走了一圈。她足足绕了三次，同时奥斯伯恩也一直白刃在手地戒备着。

最后，那个女士走向他，附在他的耳边小声说道：“现在你可以随意行动了，河谷人，进去吧！”她用手拉着他，打开了大门，出现在他眼前的是一座小厅堂，就像所有其他小屋会有的那样，但更为干净、温馨和舒适。此时，奥斯伯恩又把兜帽拉了下来，遮掩了自己的面容，环视着四周。就像常常发生的那样，当一个人走进房间的时候，他最后才会注意到亚当的后裔——其他人类的存在。那一刻他不禁后退了一步，站在那里浑身颤抖。这完全是因为，在房间里简陋的家具边，有一个少女站了起来迎接他。她个头高挑，身形苗条，裹着一袭深蓝的长袍。她有着浓密的深红色头发、灰色的眸子、圆润可爱的下巴，脸颊有一些凹陷下去，里面盛满了恳求，惹人怜爱。她站在那里，害羞地注视着新来的客人，她只能看到他面孔的一部分。那个女士看上去并不准备提醒她和奥斯伯恩，而只是用一种喜悦的声音喊道："现在，孩子，如果我比之前所说的时间回来得要晚，那全是因为我为你把这个客人带了回来，让他来看你。这是一个出众的骑士，由于敌人的恶行，最近曾一度徘徊在死神的门前，但是现在他又重新恢复，斗志高昂。所以，让我们好好招待他，呈上好肉好酒，和他需要的一切。"

于是她们两个就开始着手准备了，而奥斯伯恩依旧愣愣地站在他最初进入房间的地方。他根本不知道自己身在何处，只是向下盯着门板，仿佛河谷的岔裂之水还横亘在他和少女中间奔腾不休，因为其实在第一眼见到她的时候，他就认出了那是艾希德。而在这两位女性开始准备晚餐的时候，门板被粗暴地敲响了，同时门闩被拔起，登时走进来三个全副武装的男人，其中的两个穿着无袖的皮上衣和轻盔，手持圆盾，佩着长剑和匕首，第三个人则是穿着白色的甲胄，外罩雪白外套的骑士。这动静把奥斯伯恩从梦幻中拉回了现实，他坐在了更里面一些的凳子上。那个骑士喊叫道："噢，夫人，我看见你有一个客人，现在就又多了三个啦。我们已经把马拴在你们的棚屋里边了，所以现在你只要给我们准备晚饭就好，而且要给我手脚快点。对了，坐在这儿的高个乡下人是谁？"

在这些人踏进门的时候，奥斯伯恩就认出了他们，他们正是在峡谷里击伤他的三个残忍的家伙。他并未作答，只是把兜帽遮在自己的面前。"罗杰，"那个骑士说，"还有你，西蒙，你们就不能撬开这个没用的懒汉的嘴吗？"罗杰抬起脚，粗暴地踢向奥斯伯恩，而西蒙则伸手去拉奥斯伯恩的兜帽，然而却发现奥斯伯恩抓得如此之紧，他不能撼动分毫。奥斯伯恩用一种嘻哑又空洞的声音说："我可是一个大活人，你们最好不要来惹我。"

于是他们立刻爆发了冲突，但与此同时，艾希德也正好拿着一个装了一大半酒的白镴①容器走了进来，那些新进来的人都目不转睛地盯着美丽的她看个不停，屋子里安静了约一分钟。接着，骑士取下了他的轻盔，闲散而又轻佻地说："这真是我们期待的饮料，不过我们之前可没想到能有这样一个送酒人。现在的话，比起酒水，我更乐意享受送酒的姑娘。美丽的少女，为什么不在倒酒之前先来亲我一口呢？否则我可不会有喝酒的心情。"他站了起来，走向少女，而对方莫名地站在原地，微微颤抖着，面色刷地变得苍白如纸。但是奥斯伯恩也站了起来，迅速地一个转身，站到了白衣骑士和艾希德中间，背对她，面朝着恶人们。

"你想干什么，杂种！"白衣骑士喊叫道，"你想让我们把你丢出去，再用系马镫的皮带抽掉你背上的一层皮吗？"奥斯伯恩缓缓地回答道："这已经是你过去几分钟里问的第三个问题了，你实在是太啰唆了。你可要留心点！"他把兜帽从头上甩下，斩案剑也在同一时刻被他牢牢地握在了手里。那一刻，这三个人颤抖着大叫起来，是红衣小伙！是红衣小伙！随即，他们像一阵风一样冲出了小屋。但是斩案剑远比他们的动作更加迅捷，其中一个跟班在刚一跨出门槛的刹那就丢了脑袋。骑

① 白镴：铅锡合金。（译注）

士绊倒在溪流边，而且再没能爬起来。信使则拼命地向灌木丛深处逃去，但是现在月亮已经升起，来自河谷的飞毛腿没迈几步，信使就被斩案剑取走了性命。

那两名女性站在一起，盯着敞开的门看了好一会，少女才声如蚊蚋地颤声说道：“妈妈，那是什么？发生了什么事？告诉我，我该做些什么？”“嘘，别说话，我亲爱的。”那个女士说，“别发出声音。都等了好几年了，不在乎多等这一分钟。”同时，坚定的脚步声响起，一直来到门边，奥斯伯恩悄无声息地跨过了门槛，脱了帽，径直面向艾希德，兀自等待着。而她凝视着他，最后她脸上显露出吃惊的神色，不过其中满满的全是重逢后甜蜜与喜悦的爱意。她叫道：“哦，我亲爱的，你以为我们还是被分隔在岔裂之水的两边吗？”于是他们热烈地拥抱着彼此，这是他们许多年来第一次拥抱。

Chapter 53

拜访威特莫尔的陌生人

现在故事转回威特莫尔，向大家讲述在仲夏节次日的傍晚时分，奥斯伯恩告别此地五年之后，乡民们再次相聚在一起在屋外走廊上乘凉的情形。对曾经辞行而去的人，这些留居在田野中的乡民们此时并没有一分的思念。让我们来看看彼时聚集起来的所有人。那边坐着庄主，与其说他老了，倒不如说他更有统领一方的领袖气概了；另一边坐着庄主夫人，她一如从前那般慈蔼可亲，而且几乎是不能更慈祥了；旁边坐着布丽姬，在这五年里她衰老得不多，她永远坚信着自己喂养大的那个小男孩会安然无恙地回到她身边；再那边坐着饕餮史蒂芬，模样聪慧而富有创见，就好像他在等待一些即将发生并将给予他极大改变的事情一般；再边上是那些乡下汉子和女人们（他们中还夹杂着几个五年前并未出现在这里的孩童），在奥斯伯恩离开河谷之前，他们都很熟悉他。现在天色已晚，暮光缓缓地爬过多云的穹空，此时那些乡民们看见新来者穿过村舍外的小路，并直直地走向他们聚集的门廊。他们只有三人，当他们接近时，可以看到，尽管夜晚还算温暖，他们却穿着厚重的斗篷，戴着头巾。其中一人很高，看上去也很是健壮，另一个则身形苗条，步态优雅，像是一个年轻女子，而第三个，她倒是没把脸藏得那么严实，看着像是一个七十岁左右的村妇。

乡民们没有人动弹，除了饕餮史蒂芬，他站起身来，仿佛是要欢迎客人的样子。接着，那个高个男人用一种奇怪的高音说话，就好像声音是从他的后脑勺上发出来的一样："请问贵地能收留我们这三个行路人一晚吗？因为我们从很远处就看见了这座庄园，而它看上去很是富饶，屋舍众多，我们猜测它应当会愿意收留客人。"饕餮史蒂芬说："向你们致以轻松又热情的问候！你们应该先吃点什么填填肚子，再用我们的杯子喝点水，最后你们就可以像我们一样舒舒服服地躺下来休息了。喂，你们这些乡下人！现在你们最好回屋里去，因为我们的客人应该已经又累又饿了。"

于是他们都走进了大厅，三个来客也被带领着参观了大厅里的一处宝地，因此所有人都能看见他们。之后他们坐了下来，高个男人坐在最里头，最接近高台，年轻女人坐在他的身边，而那个老妇人坐在最外面。紧接着，丰盛又上好的肉菜端了上来，当所有人都饱餐完毕，饮料被呈了进来，高个男人站起来，为威特莫尔的健康与永远兴旺敬酒。但是有一些人却陷入了思考，当高个男人举起他的手，将酒杯送到自己的唇边时，他的斗篷下，有什么明亮的东西闪过光芒。同时饕餮史蒂芬也在为这些行路人祝福。之后各人各自喝着自己杯里的东西，所有人都满心喜悦与欢乐。

但到了最后，史蒂芬站起来并开腔说道："威特莫尔的食物、饮品和住所对任何来人都是免费的，而且通常来说，就像现在这样，我们的祝福能随之传递出来。不过在我看来，由于我们的这些朋友来自消息更为灵通的海外或是其他国家，要是让他们给我们讲讲故事作为回报，他们一定会欣然颔首。因为我们现在已经不再忙于大杯痛饮，在这样的仲夏之夜，在夜晚与白昼在整整二十四小时中都紧紧相牵之时。"

然后那个高个子、高嗓门的男人站了起来，说道："我很乐意由我们三个人，不论长短，为大家讲点什么，让威特莫尔的诸位乡民们开心起来。因为他们对我们这些过路人非常友好，仿佛我们是这片土地的主人或者国王那样，而他们的话语都是发自肺腑的。现在，我希望母亲您先开始，最后再由我来结尾。"

接着他坐了下来，而那个老妇人说："我无比乐意给大家讲点什么，我觉得我可以讲一些你们从来没有听过的东西，并且能够打动你们每个人的心。不过现在我必须请求你们耐心，因为这个故事对于厅堂中的夜宴狂欢来说，实在是有些长了，不过在这个晚上还是可以讲完的。侧耳倾听吧，诸位！"

Chapter 54

老妇人讲起了她的故事

曾经有一个上了年纪的妇人，不过还没有老到腿脚不便，她住的庄园紧挨着一条大河，此河无人能通，无论是搭桥、涉水徒行、还是乘船都不行。可她并非独居于此，这房子也不是她一人独有，因为和她一起住在这儿的还有一个十多岁的少女，她才是这所房子的主人，但她孤身一人、举目无亲，因为她的父母家人都已过世。所以看起来，好像是老妇人搬过来和她一块儿住，她疼爱少女并愿意服侍她，为她做一切有益之事。这也就不难理解，这个少女长大成人后是如此的漂亮动人，出落成一颗集所有美丽于一身的珍珠，她开朗又善良，特别有爱心。因此，只要是个正常人，见了她后没有一个不喜欢她的。

那么你也许会问，既然她如此完美，难道没有青年才俊为她神魂颠倒、陷入她的情网吗？我必须告诉你，她们居住的庄园非常偏僻，几乎没什么人会过来。可我并不否认，住在附近的年轻人中，不止一人想来这座房子跟她坐着聊聊天，而且如果胆够大的话，绝对会有人想亲近她。可他们都不敢，因为这些人里没有一个令她心动的。虽然她对他们每一个人都温和又友善，但她的一言一行丝毫都无法让他们觉得她会愿意接受来自他们的情爱。实话说，少女曾经有过一个爱人，一个俊朗健壮的小伙子，一个无与伦比的男子汉。他们一起聊过很多，但从未触碰过彼此的手，也从未吻过彼此的双唇，因为他们之间横着一条举世罕见的大河，桥不能至，足不能涉，船不能抵。没人觉得这两个人会有机会触碰到彼此。可这个见多识广的老妇人却有一种直觉，即使河水汹涌为障，这两人有一天终会相见。

说起来，大部分时间里少女都能耐住性子，开开心心地住在岔裂之水边上。可有时烦恼也会令她忧心忡忡、不堪重负，那时她就会离家到小树林或是田野里去，在那儿哭上一阵，悲叹一番；有时她也会坐在屋子里向着老妇人大声哭喊着呼唤自己的爱人过来找她，向着天地之间的万物，是的，向着众天使之中的上帝祈求帮助，哪怕只是一次，在她有生之年，能让她有一次机会感受到她的爱人用臂弯拥她入怀，脸颊紧贴着她的脸颊。

又或者，她会像过去那样再一次讲起那些故事：预言是如何昭示着他们会最终相遇，双双变老，相互拥吻，然后携手步入福乐天堂，他们在那永不逝去的春日里、永无烦忧的乐土上重获青春。她会坐在那儿哭泣，仿佛她的泪水之泉永无止境一般。

每逢此时，老妇人就会为她悲伤，也会竭尽全力安慰她，给她一些有希望的预言，这个老妇人内心深信，他们二人会在彼此都青春美好的年纪里相逢；除此以外她就不再告诉她任何别的事了，唯恐她内心的力量会消退。日子就这样在耐心与绝望中、在欢乐与悲伤中流逝着。

最终，在少女年满十八岁的夏天，村落里发生了一些大事。有一天，村里来了一群外来掠夺者，这些人被称为红脸人，专门抢劫和掠夺所有他们觉得不是很危险或是太沉重的东西，并把所有他们带不走的东西全部报废和毁掉。但是，本土的乡民们坚持抵抗，那些居住在汹涌河流对面的朋友们也竭尽全力地用箭雨帮助他们。屠杀来势汹汹且冷酷残忍，这是场艰苦卓绝的战役。

这时，少女和老妇人都在她们的屋子里，她俩一时之间也难出对策。少女主张逃往邻近的庄园，大约距此四英里，而老妇人却主张待在原地不动，唯恐她们在路上被抓住，她觉得要是她们离开屋子极可能会有此遭遇，最终她们采取了老妇人的计策，听天由命。

很长一段时间里，没有一个敌人来到她们这儿，而最后，在战争最激烈的时候，三个男人带着两匹未配鞍鞯的马策马而来。这三人风度翩翩、身着红脸人的装束，老妇人站在门口迎见他们，开口对他们说："你们是什么战士？为何不去战场与你们的同伴并肩作战？"一个人回答："因为我们的使命在这儿，不在战场那儿，那些人也不是我们的同伴。我们是那个好心商人的仆人，他不久前在此做客，并非常乐意风风光光地买下这个少女，而你们却对他的一番好意报以嘲笑、愚弄，采取卑劣的手段。因此他安排了这些掠夺者来对付你的乡民们，并派我们随他们一同前来找你们。我们来此有两件事，一是分文不给把少女带走，二是杀掉你。哈！你喜欢吗？”

这时，老妇人回想起了他方才所提及的这个商人的来访，以及他是如何无耻又贪婪地向少女示爱，他甚至还不顾她的反抗要非礼她，幸亏当时这个老妇人百般劝阻才打消了他的邪念，并将那个厚颜无耻的家伙打发走了。

就在此时她压低嗓子喃喃自语了些什么，双眼盯着这些人并用手指做着手势，然后大声说道：“那么就赶快把我杀了吧，趁你们在这儿，因为我也生无可恋了。”他们想挥动自己的武器，却动弹不得，他们都坐在自己的马鞍上望着老妇人，仿佛呆住了一般。这时少女从屋内跑出来，双臂护住老妇人，哭喊到：“不，不！你们不能杀她！因为她像母亲一般待我，除了她之外，没有一个人如此待我。我求你们发发慈悲，将我的这个母亲一并带走，因为没了她我也活不下去。而且，如果我想念她的话，那我将无比痛苦和绝望，这对你们所说的那个好心的主人也将一无用处。”

老妇人亲吻并拥抱她，继而转身对他们迎面而笑；他们这才如梦初醒过来，其中一个说：“好，那就这样吧：我不理解为什么我们不能像在这杀了她一样把她带回去再杀？既然这个少女要求这样做，那我们就带上她一块儿上路吧，让少女去跟主人协商，看他是否会被她的甜言蜜语说动。那么，过来吧，你们两个都上马来！因为时间紧迫。”

于是她俩上了马背，那些人快马加鞭骑着马离开了河谷，往身后的高原驶去。每当她们想要勒住缰绳或是扬鞭策马，都不得不看着那些人是如何骑马的，因为他们的坐骑都是无比强壮有力的良种马，而这两个女士骑的却是常见的小矮马，那种大路上随处可见的马种。

过了一会儿他们来到了高原脚下一块陡峭不平的山地，所有人都不得不放慢速度骑行，这时老妇人骑着马悄悄地贴近少女，看到她的脸色苍白憔悴，便问她是不是病了。一开始她回答得有气无力，而后声音愈发清晰响亮："因为我在想念他，担忧他的痛苦；此时的我深知，一旦战争结束，他又会站在那儿越过洪流遥望着战场，好像要在敌人的一片横尸中寻找死去的我。明天他会来河水边，而那些死尸还将躺在那儿，他会站在那儿等候，看看我会不会过去找他，就像我这么多年来一直做的那样。明天的明天，他还会来，是的，很多个明天，直到他的内心因为期待和悲伤而精疲力尽，然后他会离开河谷去逃避悲伤，但却丝毫也逃脱不了这悲伤。我如何才能知道他将去往哪里，或是去往哪里漂泊寄居呢？而我，而我，我正与他渐行渐远。"

老妇人见她如此伤感也不禁悲从中来，于是说道："噢，我的孩子，我祈祷你的内心能振作起来，不然我担心你会因悲伤而丧命，撑不到相逢的时候。谁知道你是不是正与他渐行渐远呢？不，我认为你正在越来越接近他，他也正在朝你奔来。因为如果你一直住在老房子里，而他也待在原来的地方，你们永远也不能在一起。"

但是少女哭了起来。这之后她们由一个男子领着往前骑行，期间他用自己的矛敲打老妇人的双肩，命令她安静点儿，别像一只疯狂的母鸡一样扑翅前行。

于是他们骑着马前行，穿越去往高原地带的道路中最狭窄的路段，这时夜幕降临（时值四月时节），那些士兵们选了一个水草丰美、分布着三处荆棘丛的地方，将那儿作为藏身之所。他们费了一番周折，将他们的矛插入土地中，然后把布块铺在矛和一个荆棘丛中，为少女搭建了一个栖身之所，至于老妇人呢，一如既往，他们毫不在意她。不过她在她亲爱的养女随叫随到的距离范围内安安稳稳地躺了下来，低头之际还在喃喃自语："无论如何都得在这儿把事儿给了结了，得快；先让我们离开这山里。于是他们都睡去了，是的，即使是少女也在悲伤中睡着了，因为她是如此疲惫。第二天早上他们继续上路，不过在这之前他们短暂地停留了一会儿吃了个早餐，他们把手中最好的食物给了少女，却一丁点儿也没有给老妇人。尽管如此，当她的养女将手中丰盛的食物分给她时，他们并没有制止。

这一天风平浪静地过去了，没什么好讲的，临近日落之时，他们走出了山地，来到了一片绿油油的草原，那里牛羊成群。虽然附近有不少牧民的房子，他们并没有到其中任何一所房子里去，而是在溪边的小灌木丛里栖息，嚼着他们带来的肉。此外，两个男子还跑到草地上赶回来一头奶牛，给少女挤牛奶喝。

第二天他们骑马越过草原，沿路时不时遇见一些牧民；但他们之间几乎没有问候，而且乡民们看起来非常庆幸这些士兵没什么要跟他们谈的。夜幕降临之前，他们已经离开草原，来到了一片没有小山和溪流的地方，那儿大部分都是绿草地，但是处处都是小耕地，还有很多房子，不过这些都是农夫的木屋。这一天他们长途跋涉到很晚，是的，直到天空一片漆黑，只剩一轮明月挂在空中。最后他们中的一个人对其他人说道：“我们今晚不再行动，让我们休息下，等明天早晨再出发。”于是他们又在树林和田野间栖息了一晚，第二天他们又准时起来继续骑行，往前赶路。

Chapter 55

蓝衣骑士买下了商贩的少女

他们在山林的缝隙中骑行了约三小时后，地势变得愈发陡峭和逼仄起来，树林尽处是一个极其狭小的山谷。这儿绿草丛生，一股清澈的溪流自其中涓涓流过，山谷中央搭建着一个纯白的大帐篷，而其上并无任何覆盖物。这时，其中一个男子向老妇人说道："瞧，老太婆，你觉得我们主人的驿站如何？我想一个小时后你就该踏上黄泉路了。"其他的男子全都大笑起来，但老妇人并未搭理他们。

他们朝那儿骑行，快到的时候看见一个黑胡子的男子站在帐篷门前，他们立马就认出此人正是在他们家做客时那个无比粗野的商人。少女一看到他就颤抖起来，脸色发白。老妇人压低声音跟她说："别怕，我们不会跟这个人待太久的。"这时他走上前来迎接他们，而在看到老妇人时，他愤怒地向手下们吼道："为什么你们这一路千山万水地把这个万恶的老巫婆带了回来？现在必须把她砍死，让她的尸首在我们的门口烂掉。”那些手下一言不发，都坐在马鞍上呆呆地望着他。老妇人则死死地盯着他的脸，然后又一次一边喃喃自语一边双手来回比画着。商人好一阵儿没说话，随后他用低沉的声音开始讲话了，整个人看起来也不再那么趾高气扬，他说道：“好吧，毕竟，少女也需要有个女的服侍，这个老太婆目前可以为我们代劳。喂，你们！过来扶这些女人下马，领她们到帐篷里去，给她们些吃的，安顿她们休息吧。”随后两个腰间佩着短剑的仆人走上前来，领着老妇人和少女穿过大帐篷，来到一个稍小一点的帐篷，在那儿给她们提供水清洗双手，又给她们提供吃的和喝的，毕恭毕敬地服侍她们。老妇人大笑着说：“瞧，我亲爱的，我在这儿并没有沦为一具腐臭的尸体，反倒成了一位尊贵的客人了。你看，我这老太婆还是有点用的，永远服侍你、帮助你，我亲爱的。”少女顿时泪水盈眶地去亲吻和拥抱老妇人。连日来赶路的疲惫加上内心的忧伤使她在床上躺下后很快就睡着了。老妇人则坐在一旁密切地留意着周围发生的一切，她双眼注视着帐篷布块之间的隙缝，对面大帐篷里的一举一动和外面的一切都能从这儿看得一清二楚。

现在必须得说说那位商人了。他仍强烈地渴望着得到少女，就如当初在她家看见她时那样。当他望着她从老马上下来站在他的帐篷门外时，那种欲望却减弱了。长途跋涉确实令她疲惫不堪，而更大的原因是悲伤过度，这令她看起来苍白而又憔悴。他自言自语着说，除了眼神里尚有一丝神韵，她身上所有的美丽都已荡然无存。不过他又暗自思忖：让她休息一会儿，如果她愿意，就让她独自待一会儿，愉快地享用些好肉美酒，无忧又无虑；我会克制住欲火的灼热，等过了这一两天，一切都会恢复如初的。于是，他命令手下像刚才你听到的那样款待她，并听任那个老妇人与她做伴。

这之后，大概中午时分，商人和他的手下看见有乡民骑马过来，于是他们望向自己的武器，就在此时一个身着锃亮铠甲的骑士和两名士兵骑马冲到帐篷前来了，他们全都训练有素。骑士的铠甲外穿着一件蓝底、镶有白色纹饰的罩衫，他看起来一表人才。

他在帐篷门口勒住了马，却见那里的人个个拿着武器严阵以待，他看起来并不想跟他们开战，而只是说道："大家日安。哪位是你们的主人？"随后商人走上前来，放剑入鞘说道："我正是，骑士先生，长话短说，我既非战士亦非好斗之人，我只是一个商人，走城串巷赚点小钱。我的包裹里有那么一些上好的珍品。恕我冒昧，请问您想从我这儿拿些什么？"

骑士这时下马了，笑着说道："好吧，首先给我们三人上些好酒好肉来，再给马一些食物，因为我们今天上午骑了很远的路。其次，我觉得，鉴于你刚才所言，我要翻阅下你那些大老远高价购来的物品，倒还是有助于消食，即使我连看一眼都必须得付钱。"

这时商人脸上堆满笑容，满嘴和言细语。他亲切地邀请骑士到他的帐篷里来，并命手下们去准备上佳的晚宴。骑士进了帐篷，脱掉他的钢盔，展露出清秀的脸庞，他有着一双无比锐利的灰色眼睛，满头都是浓密卷曲的黑发；他的面容并无凶残卑鄙之相，神情里倒是透着一股将士的英气。于是他们坐下来吃肉，一边吃一边聊着；他们之间大部分的对话是关于长林的骑士高德里克爵士的，关于他的起义，关于他降服所有敌人的概率有多大；商人说，那些敌人势力强大、人数众多，要比高德里克爵士知道的还更甚。他说："如果他被制服了，我会非常高兴的。因为他作为一个爵士，如此自命不凡地抵抗势力强大而又身份尊贵的人，为了一帮农奴和手工业者的利益发动各种暴行，究竟是要做什么！"他望着自己的客人，以为这么说会令他开心，但是对方却摇头说道："如果这样的话，那我可就不高兴了；因为高德里克爵士既无畏又机智，对那些需要帮助的人有着一颗仁爱之心。不过我拿不准他最后会不会被打倒，他现在面临的敌人的势力实在过于强大。若是他真的能找到两三个像他这样的人，是的，哪怕只有一个，那他兴许还能扛过去，但是他上哪儿去找这样一个人呢？"

商人说道："如果你对此人抱有如此爱慕和敬仰，那你何不毛遂自荐，做个像你说的那样为他效力的人？"骑士笑道："商人，"他说，"我只是一介光会杀敌的莽夫，而他的麾下，我必须跟你说，绝非莽撞屠夫，全都是英勇无畏、训练有素的战士。他所需要的是一个久经沙场、富有智慧的人。是的，还需沉着平稳，如此方能知道何时该把握机遇，何时该毅然放弃，何时该与敌军殊死搏斗，以及何时该退攻为守。我没有这样的智慧，我只知道在战斗中拼命杀敌，面对面地打硬战。此外，虽然我有点希望他好运，但这也不过是对于敌人的好运的寄望罢了。因为我必须告诉你，我跟男爵是同一路人，都是反高德里克爵士派。不过我也知道，如果他最后战败了，那也是他一次又一次地把我们逼入绝境之后的事。”

这时他们聊起了其他的话题，不过这一切都被老妇人听见并牢记于心，她心里暗自思忖，也许以后可以听到更多有关高德里克爵士的消息，或许可以把几件事情拼凑起来，最终她可以将之用来达到自己的目的。

他们吃了晚餐之后，商人当着骑士（在这儿被唤作蓝衣骑士）的面打开了一些他的藏物，骑士以低价从这儿买了一个扣环、一个指环还有金链子什么的，以及一匹撒拉逊丝缎，诸如此类不作详述。骑士当场就以真金白银买下了这些物品，因为他身上带了一大袋子钱。他说道：“你瞧，我有大把的银子可以花，因为去年秋天我在一场硬战中拿下了三名骑士，因而得了一大笔赎金。”

就在他坐在那儿移交自己的货品时，突然有了一阵声响。在认真观察了那个骑士的容颜和仔细聆听了他的言论之后，老妇人觉得这个人可以将她们从这个偷走少女的卑鄙之徒手中解救出来。于是，当他二人仍在桌旁之际，她唤醒了自己的养女，极力将她打扮得得体大方，把她的头发梳理得柔顺光滑。当蓝衣骑士在忙着整理自己所购的物品之时，她带着少女来到两顶帐篷之间的入口处，让她站在那儿，随后她将门帘往左右两侧拉开，少女就像站在一幅画里一样站在那儿。骑士抬头看见了她，大吃一惊，好一会儿说不出话来；商人沉下脸来，但却不敢说半个字，因为他不知道骑士对此将作何反应；至于骑士，他身子向着商人倾斜，语气轻柔地跟他说话，眼睛却片刻不曾离开少女，他说道：“商人，你能告诉我，这个女人中的珍宝，是谁？她是来自遥远国度的女王，还是巫术变来的幽灵？”那个商人，被出其不意地问倒了，一时之间也想不出好的谎言来圆场，于是他说道：“这是我战场俘获的奴隶，她在我这儿待了有三个小时左右了。”骑士开口了，语气仍旧轻柔：“你的奴隶！那么你打算拿她怎样？告诉我，你是不是不打算卖掉她啊，连卖给我也不干？”

商人有些迟疑着做答，因为他惧怕骑士，他不敢因为内心的欲望而搭上自己的性命。此外，他也知道这事容易滋生是非，因为如果他不卖掉少女，那个厚颜无耻的骑士定将从他手中夺走少女，到时候他将人财两空。另外，他突然想到，如果他把少女卖了，今后他还可以另寻机会再次将她偷取回来。于是他语气坚定地说道：“我俘虏她并非为了将她再卖掉，而是打算留着她，给我当家仆。”

“是吗，”骑士说道：“难道你不打算领着她去教堂，带着戒指和圣书在牧师面前娶她吗？”

商人没有做答，骑士也沉默了一阵；但过了一会儿，他温和地向少女说道：“亲爱的少女，我想跟你说说话，你能移步过来点儿吗？”于是少女离开帐篷的帘子，举步过来站在他面前，眼里毫无一丝惧怕。

骑士说道：“告诉我，美丽的女孩，这个男人方才所言，你是他战场上俘虏的奴隶，这话是真的吗？”她答道：“三天前，我在自己的家里被这个男人的手下掳了过来，当时我那些勇敢的乡民们正在与一群来到我们境内的掠夺者们殊死搏斗。

我们两个毫无战斗力的女人如何抵挡得了三个全副武装的大男人？”

“那你们在那天之前是奴隶还是自由的，女孩？”骑士问。她顿时激动得红了脸，说道：“世世代代以来，我们那片疆土的族人从来都没有一个人是不自由的。”骑士说道：“那你现在在这个男人的帐篷里，如果他向你发誓把你带回家并且老老实实地待你，你会心甘情愿、死心塌地跟他走吗？”她的脸又激动得红了，“但他不会老老实实待我的，大人。”她说，“如果不是迫于无奈，我是绝不会跟他走的。”“你怎么知道他不是一个大丈夫？”骑士说道。“尊贵的先生，”她说道，“您有直视他那张脸吗？他现在满眼都在直勾勾地注视着我。”

骑士沉默了一会儿，随后他开口了，不过言语并不流畅：“那么跟着我呢——如果我发誓全心全意待你，你会心甘情愿跟我走吗？”

“愿意，”她说道，“或者你先不要起誓，等我跟你说了这句话，你再考虑是否还愿意做出同刚才一样的提议。这句话就是我深爱着一个年轻又优秀的男子，他也同样深爱着我。而我现在失去了他，我不知道该如何去到他身边，但是我会走遍天涯海角去找他，直到找到他为止，他也会如此这般地来找我。如果我找不着他，那我这辈子不会投入到这世上任何一个男人的怀抱。现在你有什么要说的吗？”

骑士站起身来，来来回回走了一会儿，时不时往商人那儿看了几眼。最后，他走到少女身边，低声对她说道：“我要做同方才一样的提议，并以我父亲的宝剑，就是这把剑，向你起誓。”她望着他，就在他的身影映入她眼帘的瞬间，泪水就盈满了她的眼眶。不过她说道：“还有一点，那就是请带上我的养母和你们一起走，她就在这儿，如果可以的话，她会和我一起同甘共苦。”“那就这么爽快地定了。”他答道。随后，他让少女坐在自己的椅子上，说道：“不用害怕，我会把这件事情处理好的。”

于是他转身，向着那个此刻正坐在那儿为少女的事而闷闷不乐的商人说道：“现在，商人，你愿意像刚刚卖那些珍宝给我那样，将这个奴隶卖给我吗？”对方良久未作答，于是骑士又说道：“不，对我做苦脸是没用的；不管怎样，这事总得尽快解决了。要不这样，这是你战场上俘虏来的奴隶，那我也以同样的方式把她变成我的。这儿武器够多的，你有五样，我有三样，你可以带上你的武器，我会卸下我的短外衣，扔下我的剑，让我们去外面的草地上，为少女一决高下。”商人说道：“我看你执意要带她走，那么，你开个价，不过你听好了，我并非被迫要卖她。你可是跟我吃过肉喝过酒的呢！”

“如果可以的话，我真想把你那些糟心的食物全都吐出来，”骑士怒言道，“因为后来我才知道，原来你竟然会在别的乡民们殊死奋战之际，趁机从他们的家里将那些自由的女人掳走。不过，我不会再跟你说那么多了，除此之外，你得卖两匹马给我，这样我们每个人都有马可骑，才能尽快离开这儿。嘿，罗伯特，你去挑两匹好马过来，即刻给它们装上马鞍。”

这时商人开了个价，要价实在是不菲，都赶得上一个伯爵的赎金了；而那个蓝衣骑士则当即点头称是同意了，商人说道：

“我猜你的包袱里并没有那么多金币，不过，你且将这个便宜货领走，就如你刚刚待我那般蛮横无理，限你在一个月之内将钱款如数送至离这儿不远处的西集坪小镇上的伍尔帕克客栈，到时候叫你的挑夫管格雷戈里·哈斯洛克要收据即可。但是，你刚跟我做的那几桩糟心的交易，我是不会给你开收据的。”

骑士立马说道：“我会按你开的价将钱如数送达。”随后，他转身，手牵着少女从帐篷里走出来，老妇人则跟在他们后面。于是他们骑上马背，启程上路了。不过，因为老妇人骑马跟在他们后面，就在他们刚走了几码路时，商人手里拿着一把弯弓和一支上弦的箭跑到帐篷门口，向着老妇人射过去，此时老妇人离商人仅十码远的距离。然而，不知是因为商人这个卑劣小人箭术拙劣，还是因为老妇人使了巫术，反正肯定是其中一个原因，那支箭远远地飞离了它的目标，而老妇人则一边大笑一边骑马兀自前行。这样，她们两个人可算是摆脱了那个恶棍。

Chapter 56

蓝衣骑士与少女的对话

蓝衣骑士与少女并肩骑着马，看得出来这一路上他都非常尊敬她，尽可能地照顾着她。但是他少言寡语，甚至有一段时间少女也不敢开口。但在旁边观察了骑士一段时间后，少女发现要是她提点什么，他还是挺高兴的。现在少女认为自己已逃离了被俘虏的苦境，也开心了许多，并且不知为什么，她相信骑士是个勇敢友好的男人。她说："正直的骑士，您还没有告诉我我们这是去哪呢。"

"是的，"他说，"你说的没错，我实在是太粗心了，还请您见谅。我们正要去布鲁克赛德的城堡，是我的首府庄园，但并不雄伟。我们今晚还到不了，还要走许多天。如果你要问我那里有什么，我会告诉你除了佣人、一些士兵、中士和三个侍从，你还会见到我的母亲，因为我还未成婚。"

听到这里少女又陷入沉默，她在想着骑士的母亲到底是怎样的人，会如何对待她。但眼下她先把这些问题放一边，开始询问骑士一些其他事情，比如说村子里都流行些什么、城堡周围的村民都是怎样的人，骑士都轻松地一一解答。最后骑士开始问少女有关她的家乡和乡民，还有她的生活方式的问题，少女也都毫无保留地回答了。只是对那个她深爱着的男人只字未提。每当谈话进展到不得不提到此话题时，她都会就此打住。他也不说什么，不问她为什么不继续她的故事，只是等待着让交谈顺其自然地进行下去。

就这样一天过去了，他们骑马穿过了一个美丽的村落，那里主要从事农业生产，没有成片的房屋。一路上也没有村民前来多问是非，直到太阳落山时，他们来到一个城墙和护城河环绕的优美农庄。蓝衣骑士说："要是我们不在此借宿，就只能睡在田野中了，夜深前我们不会再看到其他的房屋。"他骑到屋前，下了马，她们也都跟着下了马。"欢迎来访，马克爵士！"有一个五十岁上下的人上来迎接，他高大亲切，寒暄几句后大家便进到了大厅，厅中宽敞大气，装饰精美。他们受到了主人和他的儿子们以及村民的盛情款待，因为这个主人早已听说过这位马克爵士号称蓝衣骑士的威名。到了时辰，少女被带到一个上好的房间，里面有张舒服的床，她在那儿一夜安眠。这天算是有个好的结束，比开始时强多了。次日他们早早就上了路，主人派他的两个儿子和三个手下与他们同行，他们都随身携带着武器；因为虽然这个地区人流量较大，但有时也会有强盗出没。在路上，蓝衣骑士向少女表示歉意，要忍受他的这支队伍。他说："小姐，你看，要是我的两个随从在这儿，抑或我是一个人骑马，我就会命令这五个好心人待在家。但我是为你担心，唯恐我们人太少，会让恶人起歹心，要是他们接近了我们，真不知道会发生什么？要是万一有谁伤到了你，我直到死也不会原谅自己。”

少女冲骑士友好地笑了笑，说道：“骑士殿下，不用为您的行为感到抱歉，相信我，我也不想跟谁打仗，感谢您这么为我着想。”

骑士欲言又止，脸色通红，拉住缰绳，让其他人先走，他随后赶上。人们先出发了，少女也准备走，但骑士说：“我恳求你和我待在一起，在我们今天启程之前我有些话想跟你说。”少女奇怪地看着他，感到有些羞愧，但还是转身听他说。他笨嘴拙舌地说道：“你感谢我为你着想，但我想的还不够。我告诉过你我们要骑马去我在布鲁克赛德的房子，我现在问你，那是你想去的方向吗？”

“怎么会不想呢？”她说，“从您的言语中我觉得您不会残暴地待我、让我难堪，或是指使他人祸害我。”

“万圣啊，我当然不会那样做。”他说道，“我问你，你直截了当地告诉我，你是否想回到河谷的老家。我恳求你告诉我你的想法，要是你想回去，我们就立刻调转马头，去那生你养你的庄园，然后我会与你道别。但是！那并不是永别，我会时不时地去拜访你，我向你发誓。”

少女脸红了，眼泪盈眶，她带着一丝悲伤地看着他，说道：“您真是个善良的人，但在河谷中惜别并不必要，因为我不想回去。厄运已经降临，我已无家可归。我要去寻找我失去的东西，即便要远走他乡。所以要是您能让我在布鲁克赛德住上一阵子，我会非常感谢您、为您这样一个高尚的人祈祷，就像一直以来的那样。”

骑士垂下头长吁了口气，好像心中的一块大石落地，他说道：“让我们带上各自的过去上路吧。”说着他抖动马缰，两人一起上了路，赶上了其他人。

那晚他们在一户农家的小屋中过夜，那里没有为两个女人准备的多余房间，所以男人们就只能以天为盖，这也正好能让少女清静清静。翌日，庄园的村民与他们一起骑行，大部分时间，他们都必须要穿过茂密的树林，他们紧跟着彼此，把少女护在中间；蓝衣骑士则走在一行人的最前面，尽可能地小心。就算有强盗埋伏在灌木丛中，也不敢贸然挑衅这样强壮、有组织的一伙人。他们安全地穿过树林，来到一个长满青草的山谷，不久后太阳就落山了。那里虽然牧草丰富，水源充足，但看不到任何房屋。这里离树林太近，他们不能冒险与那些灌木中的恶人们为邻，不能拿他们的行李还有性命冒险。所以这晚，所有人，全部的男人和女人，都必须放弃睡在简陋的屋檐下的想法，尽管他们为少女和她的养母准备了类似帐篷的东西。

第四天，他们骑行在青草茂盛的山谷，快到中午时，他们看到远处有一行人骑在马背上，人数比他们还多一些。他们看了看身上的武器，继续平稳地骑行，没有犹豫，免得那批人马认为他们想逃走。至于那批人，当他们看出这些都是有身份的人后，便继续前行，没有上来寻衅滋事。他们骑着马几乎穿越了山谷，快要出山谷的时候，由于道路狭窄他们不能并肩骑行，于是跟得并不是很紧密，但他们及时发现了陌生人（不论恶人或其他任何人，他们都不惧怕）。蓝衣骑士和他的人马勒住缰绳，微微转向陌生人前来的方向，当那些人从他们身边走过时，让他们知道自己并不害怕。蓝衣骑士骑在最前面，手握长剑，但是那些人并没有吼叫嘲弄，只是匀速地骑着马继续前行。

三小时以后，他们看到不远处一英里的地方，山丘上有座美丽的白房子，周围点缀着塔楼，还有小河环绕。骑马紧跟在蓝衣骑士身边的少女问他们是不是到了布鲁克赛德，他笑了笑说："还没，还得再骑五天才能到我家。但这个叫哨塔的房子，属于我的一个朋友，在那儿我们将受到宾至如归的款待，不过只要你满意，我就高兴。"然后他沉默了一会儿，又说："告诉我，女士，你是希望那五天已经过去了吗？"

"不，"她说，"事到如今这些对我来说已经不重要了，实话讲，我倒是非常喜欢骑行在这样美丽的土地上。"

他叹了一口气，慢慢地说："好的，对于我来说这五天好像五十天。""为什么？"她随意地问道。他红着脸说："既然你这么问我就必须告诉你了。这是因为我已经习惯看到这些人和你母亲在你身边。看到这些人礼貌地看着你或者跟你说话，我都不在意。但当我们到了布鲁克赛德后，就不只这些了，那里有许多人，也许有些还会与你成为朋友，我的母亲也会在那里。看看你，那里的每个人都和我一样，想要了解你的全部。

现在，我说了这些你生气了吧。”

“不。”她说道，但她不知该再说些什么，偷偷地看着骑士，看到了骑士内心的悲伤和痛苦，她为他感到难过。但她内心对自己说，我痛心啊，还要再过多久才能见到我的爱人！

Chapter 57

他们来到布鲁克赛德

不久后，他们就到了哨塔，那儿的主人站在他们面前，向他们致以友好的问候。他叫阿尔温爵士，年纪很大，已过花甲之年，但仍是个强壮朴实的骑士。他拥抱了刚下马的马克爵士，因他们交情甚好，然后敏锐地看了少女一眼，拉着她的手，领她进门，对她毕恭毕敬。在晚餐之前，当她跟着女佣出去后，这个骑士抓住机会问蓝衣骑士过得好不好。蓝衣骑士说他过得很好，谢谢他的关心，以及他给予的所有礼遇、她值得拥有的所有尊敬。

现在少女坐在了桌前，这个爵士和蓝衣骑士的旁边，她倾听着他们的谈话，两个人主要是在谈论那个伟大的战争首领——长林的高德里克爵士。她看出来他们两个人都认为他智慧过人，决不仅仅是运气好，他们害怕爵士会对男爵联盟的人做什么，因为他们都属于男爵联盟。阿尔温爵士又告诉蓝衣骑士他对从岔水之城传来的消息的担忧，说那个国王在高德里克爵士这样的人面前简直不值一提，要是把剑放在他手里，马放在他胯下，他还能唬唬人，但他头脑混沌不清，顽固不化，冷酷无情。阿尔温爵士说即使这个国王拥有全城最优秀的人，比如王室和大型手工业主的支持，他仍然动摇了。然后他又说：“是的，有人还说小型手工业者想起义反抗王室和国王，当然，如果他们得到高德里克爵士的支持，这也不是不可能，这样他们会取得优势，到时候国王就吃不了兜着走了。”

马克爵士笑着说：“有一件事对我们有利，就是这里不可能再出一个高德里克爵士了，他的人都英勇无敌，只是因为被他所向披靡的运气鼓舞罢了。”

“是的，”房主说道，“但我的脑海中浮现了一个几乎和他一样出色的人，也许会和他偶然相遇。是啊，这人比他还出色，完全弥补了他身上的缺点。能给自己打气，就像将军一样，还能跟人打成一片，又能有智慧地跟他们保持距离。”

马克爵士说：“我一两天前也是这么说的。这样的人还是很少见的。”“的确如此，”阿尔温爵士说，“但这样的偶然也要靠运气。”

说到这里，话题停了一会儿，但那个老妇人，被安排在一个不远的上座上，听到了这些，对自己说：我怀疑这个老骑士是一个智慧的先知，他跟我心中的想法完全一致。后来，第二天清晨，当只有他们两个人时，老妇人站得离主人很近，老妇人对他说：“大人，我一个年老虚弱的妇人能问一个问题而不受到斥责吗？您是不是因为一些事而烦恼？”他深深地看着她，说：“夫人，我发现你能预见将要发生的事，并且你和我来到这世上的年数差不多，因此我可以对你说一些我不会对别人说的话，我会在战争中落败，在这场战争中我们的后背将会转向敌人，我们的脸会冲着外面的世界，这些会在自现在起的十八个月内发生。”老妇人谢过他，然后各自别过。

但对少女来说，她也仔细地倾听了两个骑士的对话，有一件事引起了她的注意。他们说到有关见到这个伟大首领的同伴，她对自己说，啊！不是他还会是谁！所有见过他的人都会为他折服，所有敌人见了他都不抱有胜利的希望。在东集坪的战事中，还只是一个孩子的他，就展示了他的聪明智慧、清白正直。这难道不是我的爱人在寻找我吗？

一大清早，他们带着从哨塔这里得到的祝福离开，下人们则返回各自的家中，对他们来说，阿尔温爵士的根据地如同抵抗林中强贼的一道屏障。剩下的一行人向着布鲁克赛德的方向去了，他们的旅途平淡无奇，大多都是在农夫家做客，或是去某个地主家和乡下人的家里做客。所有人都欣然款待了他们，让他们留宿，但可怜的马克爵士为此也出了大价钱。

最后，在第九天，几近黄昏时，他们在一片丘陵上骑行，草地上都是参天大树，以至于他们都看不到前面的路，只能看到前方半英里处一座毫不起眼的山坡，坡前有一条小河，上有一座优美的石桥，就在那山坡上还有一座长形的建筑，被几个布局合理的塔楼和高墙守护着，这很难说是个要塞根据地，但它是个不错的定居点。然后马克爵士抬起手指着他，对少女说：“女士，那就是布鲁克赛德，我的寒舍，这就是我想留你居住的地方，只要你愿意。”说着他取出他的号角，说道：“我们对他们奏响歌曲，他们就会派一些人骑马出来迎接我们，我不能拒绝他们的这番好意。”随后他把号角放在嘴边，吹出又长又响的声音，旋律中还夹杂了奇怪的变化和转音，这也许是布鲁克赛德为人熟知的旋律，不久，高塔中伸出一面印有蓝白色波浪的旗帜，城堡大门里出来了十二个骑马的男人，轻快地骑马来到桥上。

然后马克爵士说：“现在我们下马，就在这片美好的土地上见见其他人吧，他们会更想到我们这里来，好好地看看我们，即使这里有一点树荫，但在夜幕降临之前这里很凉爽，在这种美好的天气里，任何草地都让人感到愉快。”

他们按蓝衣骑士说的下了马，桥非常近，所以从城堡出来的人骑着马不用几分钟就到了他们面前，少女立刻就看到了他们快乐的面容和华丽的衣着。骑在最前面的是两个年轻人，其中一个身材修长，一头浓密带着波浪卷的褐色头发令人愉悦，他开心的脸上未蓄胡须。他下了马直接跑向蓝衣骑士，向他致敬，牵起他的手，亲吻它。骑士把手放在他的肩膀上，将他摇来转去，亲切地看了他一会儿，然后大声说：“啊，罗兰！圣克里斯托弗[①]保佑，你一定很高兴见到我吧，小伙子！这里一切都好吗？”

“一切都好，马克爵士，”年轻人说，“并且我非常开心

---

① 圣克利斯托弗，基督教历史中的圣徒，以旅行者或游子的主保圣人角色为人所知。他最有名的传说是曾经帮助耶稣所假扮的小孩过河。（译注）

看到你完好健康地归来。谁知道您在外面能被什么蠢事缠身，也许有一天您会被人从什么地方带回家，在外面一切还好吗？”

“听听这谨慎得像个圣人和白胡子说的话，”马克爵士大笑着说，“还有我必须要告诉你，我经历了一次冒险。现在轮到詹姆士和他的问候了。”那里还有一个年轻人，他从容地跳下马，不疾不徐地来到主人面前，他瞄了少女一眼，少女也想见见新来的人，她只是单纯地站在那里，有些羞涩。这个年轻人注视着她，脸变得通红，随后移开了眼神。他不像另一个年轻人那样英俊，他高大又强壮，红头发剪短到贴着头皮，但看着也没有一点坏的气息，他有灰色的眼睛和坚毅的嘴唇。骑士友好地牵起他的手，与他打招呼，然后转向少女，用手各牵着两个年轻人，领他们到她面前，说：“美丽的女士，这两个人是我的侍从，不久之后就会成为骑士。他们绝对爱戴我，都是真诚的好人，我不想至他们于战争的危险之中。现在我请求你尽可能好地待他们，像我一样教导他们，让他们为你跑腿，并给他们一点他们想要的。”说着骑士便笑了起来。

詹姆士跪在她的面前，想亲吻她的手，但她没伸出去。如果说詹姆士第一眼看到她就已经感到窘迫，罗兰又表现得怎么样呢？他的确整个人都变红了，也没有对她行礼，只是站在那里双眼发直地盯着她。

其他人也围过来，问候蓝衣骑士，老实讲，他们也想看看这个少女。当大家用友好的话语问候骑士时，他以大家都能听到的音量说：“我的侍从、中士们、重骑兵们，这是我所经历的冒险，我偶然遇到了这位女士，她当时在一个卑鄙的人手里，当她的亲人和同胞们被战争缠住时，一个窃贼偷走了她，然后称她为战争夺来的奴隶。因为他是个懦弱的人，不敢为她战斗，我从他手里买下了她，即使我提出要公平地为她而战。我很庆幸他没有接受，因为杀死这样的狗只是件脏活。但听着，虽然我出了一定的价钱买了这位女士，但她仍然是属于自己的，并不属于我，她也是自愿来此地的，到我家来的。但我觉得在来这里的路上，她已经用她的善良和荣誉成为我的朋友，我认为当她与我们居住在这里时，她也会成为你们的朋友，并且，如若谁待她不友善，你就可以去远处的林子里砍树了，我这里不留你。但我告诉你们的所有这些，都不是为了诽谤和中伤谁，或是认为谁是邪恶的。是的，这个故事没有欺骗和秘密，所有一切都清清楚楚，可以直言。”

人们开始小声议论，同意并赞扬他的所作所为，在少女看来他们应该是爱戴和信任这个骑士的。随即，他们每一个人都来到她的面前，向她跪下行礼，少女也满是友好地看着他们，因为她认为这些都是开心快乐的事。然而她对自己说如果我将心爱的人忘怀或停止找寻他，那么有一天当我醒来发现自己一无所有的时候，我将怎样咒骂我自己！之后少女听到蓝衣骑士说：“詹姆士和罗兰，我想让你们先于我们，去到城堡，去我母亲的房间见她，告诉他我是怎么回来的，还有告诉她你们知道的全部。”但少女有些奇怪，因为她看见马克爵士的脸色变红，眉头紧锁。

两个侍从上了马，轻快地向着城堡前进，尽可能地不发出声响，其他人都以正常的步速跟在后面。

他们很快来到城堡下面，进了前院，周围的建筑既壮观又精美，不过略显陈旧。许多武装士兵在这个庭院里驻守，他们一起上前欢迎他们的主人和他的同伴，他们用矛和盾发出咔咔的声音，把剑高高举起，大声呼喊着，少女的眼睛闪烁了起来，心跳也开始加快。

当他们一下马，马克爵士就立刻牵着少女的手，领她进了大厅，随行人等则前往聚餐之所。这个大厅虽不高却宏伟宽阔，廊柱粗壮，门拱突出。人们喜欢这样的建筑胜过花园式建筑，因为它满是古老气息和至高荣耀。同样古老的，还有其他装饰物，装饰它们是为了向特洛伊的故事致敬：剑与盾之间，士兵与国王一丝不苟的列队走在命运大道上，尽显庄严与肃穆。

Chapter 58

在布鲁克赛德城堡中的平和日子

骑士领着少女上了台，跟着的还有侍从、牧师和女士们。马克爵士的母亲也在，她的座椅非常精美，就在爵士荣耀的宝座边。他们上台后，这位夫人站起身来迎接他们，她的胳膊拥着骑士的脖子，亲吻了他。然后转向少女，说道："我们也欢迎你的到来，还有那个跟随着你的老妇人，因为我的儿子已经接受你来到这里，他的房子里。但我还是希望你能顺从他，珍视他的荣耀和利益胜过你自己。这样我就会给你应得的礼遇，你也会发现我是个信守诺言之人。"

少女在她面前跪了下来，亲吻了她的手，但这位夫人没有再多看她一眼，只是看着她的儿子。夫人是个年过半百、高挑精致的女人，鼻子如同鹰嘴，双眼锐利，她深色的头发如同波浪起伏，仿佛这座房子甲胄外的战袍。她的话语并不轻柔友好，甚至对她儿子也是一样，少女在那里很是害怕，她的心里想着她爱着的男人，正在寻找她的男人。眼前所有这些环绕着她的，即使是勇敢慷慨的骑士，也都只是过眼云烟，从未在她心中占有一席之地。

一个女仆走过来，领她进了一个独立的房间，服侍她沐浴，帮她穿上美丽的衣服。随后又按照蓝衣骑士的命令，带她回到了大厅。

至于那个老妇人，她被带到了一个不错的房间，警觉地坐在那里，认真听着大家的交谈，看着所有发生的事情。她对自己说他们在这里过不了多久，她就会从那些为她姑娘定的规矩中得知她是否能从此开心生活下去。

次日，城堡女主人带着她的儿子来到大厅的窗边，开始对他说话。老妇人就在不远处，听到了他们对话中关键的部分。这归功于她灵敏的耳朵以及在倾听这件事上丰富的知识。

城堡女主人说："哎，儿子，你带一个平民回家，一个粗人的女儿，和我们住在一起。你能和她做些什么？你难道要带着牧师和戒指娶她不成？""不，母亲，"马克爵士说，"但您不能称呼她为粗人的后代。我在山下的河谷中遇到她们，她们两人都高贵忠诚，仿佛身世显赫。""是吗？"城堡女主人说，"但她既不是贵族，也没有骑士称号。我问你，你要娶她吗？""我不会的。"马克爵士红着脸，皱着眉头说。"那你要与她做什么？"女主人说。他说："她将会住在这里，受到一切高尚和友好的待遇，想住多久就住多久。""那么我也会如此对她，"女主人说道，"因为这是你的意愿，只要你的意志一直这么坚决。但如果你变心了，我们便另行计划。"两人间的对话就此打住。

少女的新生活就此开启，这里并不是说一点邪恶也没有，除此之外她们只能忍受着将希望推迟。城堡里倒是没有人给这个可爱的姑娘脸色看，除了那个女人，马克爵士的母亲。但事实上，她不给任何人好脸色看，即使是对她的儿子也鲜有笑脸，但她心中还是很爱她的儿子的。并且她对少女也没做什么坏事，或者颐指气使，没有私下里说或者做让她伤心欲绝的事，她好像做到了她许诺的。那两个年轻的侍从，罗兰和詹姆斯，找尽一切机会与少女共处谈话，少女也只是因为觉得他们并无恶意才勉强与之相处。对少女来说，他们只是年轻英俊的少年，他们的生活与她并无一点交集，他们应该去和那些她从未听说过的人打交道，去其他的地方谈情说爱——那些离生她养她的河谷很远的地方。

至于对马克爵士，少女的态度与之前有所不同，因为她欠他许多个感谢：感谢他的出手相助和他一如既往的友好；还有他坚定不求回报的爱，或者说是不求可怜施舍的爱；他的诚恳与欢乐；他善良的心地，他愿意和与他惺惺相惜的人交谈（所有人都认为他是一个问心无愧的人，没有任何痛苦能腐蚀他的生命）。她欠他太多，在我看来是这样，而她也乐于欠他人情，同时她十分愿意倾听、面对这个朋友，以致她几乎没有考虑自己的生活，即使他在某种程度上只是个过客。

春夏交织之际，布鲁克赛德的一切看起来是那样的平静，少女和老妇人分享了许多欢乐的日子：她们在草地和树林中伴着老鹰和猎犬骑马，在远离尘世的美丽土地上用餐；流连于仲夏节和米迦勒节[1]时，城堡和布鲁克塞德城镇之间举办的集会；花两三天时间骑马去到十五英里外坐落于村子边上的市集小镇，那里美丽又富饶。此外，许多人来城堡作客，因为这里热情好客广为人知。来城堡的有朝圣者、商人、骑士，还有士兵，他们骑着马去各地办差，因此在这里能听到一些有关其他国家和地界的消息。

① 米迦勒节：基督教节日，纪念天使长米迦勒。（译注）

Chapter 59

有关长林和男爵部队的消息

米迦勒节的集市开始了，从远道而来的智者们身上，老妇人全心全意地了解着一切她可以了解的讯息。她还从商人们的手上购买了些物品，用于招待士兵和其他人，因此她失去了一条精美绝伦的宝石项链。项链属于少女，据说是矮人赠予的礼物，征求少女同意后，老妇人卖了项链上的三颗宝石，之后她们就不用为钱发愁了。

现在，来说说老妇人听到的消息：他们说的大部分是长林高德里克爵士的事迹、他的势力崛起的相关消息，还有那片土地的男爵是怎样无法忍受高德里克爵士的行为与骄傲，开始发动战争反对他的。他们说他们确信明年的春天，他们就会与高德里克爵士打起来，并且，他们要组成一个联盟，希望岔水之城的国王可以加入，同时，这个联盟已经有相当雄厚的兵力了。还有，就目前的状况来看，布鲁克赛德的主人已经确定要加入这场战争，西面和北面的人也会加入。所有消息都围绕这件事展开，但有一个人，在与老妇人谈话的人中间，他不是最年轻的，也不是最笨的，他说："还有，夫人，我认为长林的骑士会给这个联盟造成重创，将其瓦解，因为高德里克爵士是一个非常聪明的人，还有许多聪明幸运的同伴。现在，他又为自己招了一个新的首领，一个从遥远土地上来的年轻人。虽然他来后并没有迫在眉睫的战事，但这个新加入的年轻人已经证明自己是个真正的勇士。就从我听到的和在长林居住过的七天所观察到的来说，他会成为高德里克爵士的左膀右臂，这就意味着这位骑士认为他不仅仅是个战士，更是一个有智慧的人。还有，我见过这个年轻人，就从在他身上所观察到的，我认为他的眼神里透着一种幸运。我自认为是很会看人的。"老妇人听到所有这些和其他的消息后，在心中细细地掂量着，觉得改变即将来临。

一个月后，冬季还未降临之前，一个骑士和他的两个侍从骑马来到了布鲁克赛德，他们为蓝衣骑士带来了一个特别的消息。蓝衣骑士以最高的规格和友好的态度接待了他们，听他们说完要说的话，恳求他们在他这里歇歇，因为他们骑马从遥远的东南国土而来。但他们只肯住上一晚，不能多做停留，因为他们还要去更远的地方。待到他们离开，马克爵士公开了这个信息：男爵的联盟将在河水之东向南很远的地方开战，就在圣母玛利亚节之前的一个月；他们请求他效忠联盟，集结一切可以集结的人马，要武装到牙齿。不过他的答案是他已经准备好了，出于他的责任，他将会倾其所有地发挥力量。

少女听到这些后便心烦意乱起来，询问他认为打胜仗的把握有多少，他说："少女，那天我和哨塔的主人讨论过此事。我必须告诉你，虽然我会欣然前往加入战争，尽我所能，但我认为能从这场纷争中活着回来便是这天底下最幸运的事，而我可能无此幸运。""但是，"她说，"那些男爵的部队，他们不是勇猛无比吗？并且所有人都说他们的联盟固若金汤，所以最糟不过是无法击垮长林的骑士，但还能团结一致，与他抗衡。"

"少女，"他说，"就我看来，如果我们不能给这位勇士致命一击，他将会瓦解我们。只要还有力量在手中，他就不会像其他人一样蛰伏远方，不会只是用木棒牵着凶狠的牧羊犬直到牧羊人回来。最后，因为我这是在对你说，而不是其他人，我认为此行前去援助，我若能从战争中安然无恙回来，便是万幸。"

"对于我们所有人来说日子都将是黯淡无光的，"她说，"如果你不能完好无损地回来。"

"你能这么说，我的心里充满希望。"他说，"我还要让你期盼着，盼着我们能打败这位智者和骑士。我再强调一次，必须是彻底打败，不然就一无所获，要让他的悲叹比我们这群人的更多，没有另一种结局。"她说："我建议你去帮助他，而不是对抗他。"骑士友好地说道："亲爱的少女，你以后绝不要再对我提起这些话，你知道我是出于自己的意愿选择了立场。"

她没有再说话，只是点头看着他，就像一个理解他、为他着想的人。他又开始说："那个远方来的骑士的信使告诉我（夹杂在他的话语中他提到），他的通行权曾使他到达离长林只有一天路程的地方。在那儿他从一个满腹牢骚又大嘴巴的人那里得知，长林的高德里克爵士最近又为自己找到一个首领，此人非常年轻，就像大卫在消灭腓力斯丁人之前的那般模样。还有，这个发牢骚的人说，尽管这个年轻人身材高大，结实健壮，但他没有经验，甚至把在长林骑士身边鞠躬尽瘁、早已证明自己的长者晾在一边。简而言之，这个抱怨者继续着他的故事，一场对抗他的主人、发泄不满情绪的行动正在长林酝酿着。我们的骑士认为他说的皆为实情，觉得他们的根基会被动摇，我们会更有胜算。而我知道（并非推测），情况正好相反，我看这个才华横溢的年轻人简直就是上帝派去帮助我们对手的礼物，恐怕他会在很短的时间内就结束战争。但现在，让一切顺其自然吧，这些不在我的掌控之下。”

少女仍然保持沉默，但她的脸变得通红，眼神开始闪烁，心头被这个年轻勇士的故事击中，思绪万千：那么，谁又能去拯救我的爱人呢？两人的谈话也就此结束。

Chapter 60

蓝衣骑士聚集人马，离开布鲁克赛德

时光匆匆流逝，冬日降临，尽管这个季节的天气并不是那么严苛，却几乎没有什么人会为了赶一段长路路过乡村。可即便如此，蓝衣骑士还是为了召集人手以及充实男爵的同盟军而忙得脚不沾地。等到三月触手可及，路面变干，冰雪消融，蓝衣骑士不需要更多的消息就知道时机已经到来了。他告知所有人，在这个月第一轮太阳升起之前，他就会出发上路。他还特意将这一消息告知了少女，而在此刻，少女除了接受这一既定的事实，别无他法，因此从她的脸色变化中并不能读出多少信息，尽管的确有，却也只是鲜少的讯息。

他们的准备过程非常繁重，在此过程中也是喧声连天，不过当黎明到来的时刻，一切都已经准备就绪。在桥下的小平地上，成队排列着的战士和他们的战车以及并未完全出鞘的刀剑，看上去没有任何事物能击倒他们，他们每个人都是如此的刚毅坚强，行动又整齐灵活，仿佛出自一人。在他们敲响少女的房门时，太阳还未露出脸庞，少女却已经穿戴完毕，从窗边（在那她能看见所有的队伍）凝视了很久了。她走到门口，打开大门，看啊！那是马克爵士，除了头部，他已经全副武装。她向他伸出双手，说道："你已经对我告过别了。看，我的手上还保留着你那时的话语。所以很快就会轮到我对你说'欢迎回来'了。"

他握住了她的手，多次缠绵地亲吻着她的脸颊，她也任他亲吻。之后他说："噢，我是何等的感激啊！但是，好好听着，如果有那么一天，我再也不会归来，死讯也已经确凿无疑，我衷心劝告你，那时你不要再做任何迟疑和逗留，尽快离开吧，你和你的养母二人，从布鲁克赛德美好的房屋里离去，直奔灰衣修道院，你见过那幢房子的，只是次数并不多，它坐落在树林和水流之间，沿河而下七英里的地方。你对他们说是我送你去那里的，并且令他们务必使你开心。如此，他们就会尽心尽力地为你办事。我还有不计其数的话想说，我也知道你一定愿意细细倾听，但是我必须克制自己，以免在今时今日，我的心如百炼钢化为绕指柔。"

随即蓝衣骑士转身离开，但是在一眨眼的时间里他又转回来，彼时少女还站在门边，蓝衣骑士对少女说："我告诉你，在我结束战争，回到家里之前，当我的士兵还在走向战场时候，我还有点事要办，不多，只有一点，但是我非做不可。"之后他再次转身，走远了。

于是少女走到窗边，为朋友的离去低低啜泣，老妇人因此走到了她的身边，和她一同眺望远处，注视着和下属们一起驰下山坡渐行渐远的骑士。然后整支队伍都震荡起来，战士们相互敲击手中的兵器，铿锵作响，为他们的长官回到他们中间而爆发出喜悦的呼喊。在其中有两个年轻的侍从，他们身着刺绣的外衣，兴高采烈地冲到主人两旁就位，而勇将罗兰则手擎着在风中猎猎作响的大旗。接着，太阳出来了，马克爵士拔出他的剑，高高地挥动，罗兰跟着晃动了大旗，让它在明澈的空中舒展开。号角吹响了，整个队伍一同上了桥，向着东南走向的道路拐向北去的那个节点径直前行。整齐有序的军团里最光辉夺目的部分就此离开。而正当他们安静地远去，那两个女人从窗前转过身离开，接下来的日子看上去将是空虚而又无趣的。

但是少女把蓝衣骑士对她说的那些教她在对方战死后逃到灰衣修道院去的话悉数转述给了老妇人，她们两对视了好一会，无须说出口，两人都明晰了对方心中所想。要知道，马克爵士是担心他身在他处，无法遏制他骄傲又恶毒的母亲，不知道她的母亲会做出什么事情来。不错，他的母亲为了排解自己巨大的悲痛，会使用愤怒与残酷的手段去发泄，以聊慰自己的内心。

Chapter 61

少女和老妇人逃向灰衣修道院

现在，三月已经过去，一切都无比的平静安宁，但马克爵士却杳无音信，事实上，在很早以前，就已经再没有人见过他。蓝衣骑士曾在布鲁克赛德留下三十六个武装的战士，交由一名老骑士带领，这个老骑士曾在艰苦的对抗中获胜，赢得了他的长矛，也拥有能用于战争的超凡智慧，但现在他有些年老力衰了。不过这一切看上去都没什么关系，因为没有人认为会发生任何战争，只有强贼会集群而来，进行骚扰，但是盗贼也鲜少会选择挑战布鲁克赛德的坚壁高墙，或者即使这么尝试了，也会立马被扔到老远。管家把大门看守得很好，除了中午的几个小时，门都关得紧紧的，并整日整夜地严密监视和守护城堡。而且除了熟悉的友邻，和一个时不时游荡过来的行商，再没有别的什么人需要进入城堡，即便是这个行商也的确曾经有过在太阳升起之前被关在门外的经历。然而这些人中没有一人曾露面说带来了战争地带的消息。不过到了四月的中旬，终于有了那么一些音信，如其所言，男爵的盟军用全然恐怖的军队力量和旗帜扬起的狂风把长林的那一位赶到了战场之外，而高德里克爵士把队伍紧闭起来坚守。对此他们加速逼近，岔水之城的国王带领他的军队加入了男爵那一方。当那些城堡住民听到这个消息的时候，他们仅仅是怀疑长林的主人要倒台了，并为此感到非同一般的喜悦。但是那个少女，尽管她还对她朋友完好无损地回到此地报有期待，却依然变得闷闷不乐，她很难说出这是为什么，老妇人也没有为此责备她。

但是再一次，差不多到了五月中，不止两三个行商走贩传来了消息，告诉他们一切都了结了，长林被攻占和摧毁，战士们被杀死或驱散，高德里克爵士被带往君主治下的城池，会被送上斩首台。现在布鲁克赛德城里洋溢着莫大的欢乐，他们举行欢庆的盛宴，城堡女主人坐到了高桌上，裹着一袭金色的长裙，出席了一场自消息传来的第八天开始日日举行的荣耀酒宴。但是当老妇人看到少女因此露出的悲伤时，她对少女说道："不行啊，不行，我的孩子，你应当展露欢颜，振作心情。因为每一个消息在下一个被讲述之前都是那么的美好。我也必须告诉你，最后两个带来讯息的人，他们一个是走贩一个是教员，我仔细地向他们询问了情况，开始是两个人一起，后来又单独询问了，因为我觉得他们可能比我们知道的要多上一点，但是即使在我们最想要了解的方面，他们却也只了解一些捕风捉影的事情。我倒宁可他们再告诉我们一次关于亚瑟王[1]和他麾下的高文爵士[2]的故事。”

少女因为她的话而微笑起来，她的内心也变得轻松愉悦，因为不必再去思考那个优秀的骑士——曾被他的朋友在她的面前盛赞的高德里克爵士，可能被人击败甚至被敌人杀死。在这之后，直到五月末，她再没有得到什么别的消息。之后没有过多久，当最后六月到来的时候，城堡中的人充满了恐惧，生怕有什么不祥的事情发生。

最终，在六月一个炎热干燥的午后，当老妇人和少女一起离开大门的时候，她们看到一个骑手从门另一边的树林里冲了出来，他的头定定地朝着城堡的方向，接着是又一个骑兵，之后再是两个。当他们驰到近前，她们可以看到他们憔悴不堪，衣衫破烂，队形更是七零八落，骑马的速度也非常缓慢。她们两个注视着这些人，直到再没有别人前来，同时思考着他们究竟是什么身份。但是最终，当他们逼近桥梁的时候，对于他们破烂的旗帜和其中两人熟悉的面容，少女和老妇人看得实在是太清楚了，她们认得这是布鲁克赛德的武装部队成员。两个女人如石头一般一动不动地站立在那里，不知道该做些什么，而这些男人也奔到近前停了下来，其中一个，也是她们最熟悉的一个，用一种苦涩的声音对她们说道：“上帝知道，我们尽力

① 亚瑟王，传说中古代不列颠的传奇君王，因拔出石中宝剑而成为英格兰之王。他麾下有著名的圆桌骑士团，与他共同抵抗外族的入侵并寻找圣杯。（译注）
② 高文，亚瑟王的侄子，也是他的圆桌骑士之一，是一位受人尊敬的英雄，风度出众。（译注）

拼杀战斗，好让我们中有那么一两个能活得长一点，活到结束以后对他人传递消息的时候。虽然现在我们不知道他们会不会因为我们苟活着回来而杀死我们。但是现在我们管不了那么多了，因为我们肮脏恶臭得就像野兽，饥饿难耐得也像野兽，精疲力竭得还是像野兽。请让我们这些曾经一度是布鲁克赛德的战士的野兽们通过吧。”

“可怜的人啊，”少女温声说，“你不需要损伤自己的嘴唇来告诉我这段故事，因为我已经知道了，要知道其他人被砍削杀死，你的主人在战场最激烈处英勇地战斗。唉，我真为我的朋友伤心啊！”然后她哭了起来。

那男人狂乱地看着他，仿佛被她那从未用过的甜美嗓音石化了。于是少女说：“进来吧，我带你们去见你们的同袍。也许他们现在已经起床了。”接着她引领着他们回城堡，那男人一言不发地跟随着，其他人也跟在后面，他们从门拱下穿过了大门，而在那时已经有至少十二个乡民聚集在厅堂里，因为他们已经越过高墙或是通过窗户看见了这些骑兵的到来。但是看啊，现在少女用双眼搜寻着老妇人的身影，却一无所获。只有一个又一个的男人群拥上来迎接这些奔波者，一些人放声痛哭，把遭受的一切都说了出来，立刻说了出来！尽管他们是成熟的男人，脸上蓄满胡须，他们还是忍不住一边讲述，一边当场哭泣起来；有些人仿佛是木棍一般直挺挺地站在那里，陷入他们失败的绝望中，两眼发直地盯着前方。目睹此情此景，少女推开旁边的人，走到路边默默地打扫起来，直到她发觉有一只手落在她的肩头，那是老妇人的手，老妇人说："现在就上马，我们要照你那牺牲的朋友所叮嘱的去做，因为再也没有什么人能留住我们了，这些马匹都是我们自己的。现在让我们上马出发吧，今天我们大概能骑到灰衣修道院那边，明天能跑到更远的地方。"

Chapter 62

她们偶遇三个商人

第二天，布鲁克赛德的女主人派了六个武装士兵前去灰衣修道院，命令那里的修女交出老妇人和少女，如果她们在那里的话。但修女们说她们前一晚确实来过，在这里留宿了一晚，但一大早便走了。然后武装士兵问是从哪条路走的，修女们说她们向北面高地和山区去了。武装士兵没有多做停留，转身向北骑去，一路上快马加鞭。他们骑行了一整个昼夜，第二天又骑行了一阵，但无论是疾是徐，他们都没遇上老妇人和少女，连一根头发都没找到，无奈只能空手回到布鲁克赛德。当他们告诉女主人这些时，她暴怒，开始诅咒那对母女的蠢行和忘恩负义，并说现在她们错失了她心中想对她们所有的好，因为她们和她的儿子，已死去的儿子，是如此亲近的朋友。但无论以前怎样，老妇人和少女不会再回布鲁克赛德了。

实话说，这对母女绝不可能往北面骑行，但去南面还有些可能。修女们友善地招待了她们，给了她们每人一件庶务修女的长袍，还说这样穿着，就不会有太多人干涉她们。随后院长为她们写了封信，盖上她的印章，祈祷她们一路上遇到的修道院都会帮助她们，因为她们是值得尊敬的女士，拥有美好的生命。母女二人谢过她们，祝福她们，给她们每个人都送上了一份精美的谢礼，就是之前提到的那串项链上的红宝石。

她们花了两个多星期的时间，骑马穿过一个民风淳朴的宁静村庄，在那里她们被视为上客，不论是在修道院里，还是农民家里，都受到了友好的款待，没有什么不好的情况——除了有次她们被几个骑马的人追赶，但她们逃了出来，逃到一个老骑士的城堡里，他赶跑了那些马贼并好心地接待了她们。但老骑士的心情有些沉重，因为他的儿子前去参加战争，被长林的主人俘虏，还未归来。

在这之后，她们来到一片岩石遍布的恶劣荒地，但她们还是化险为夷地穿过了这片土地：因为老妇人善于捕捉小鹿、兔子和其他一些动物，于是她们得以为生，继续前行。

一天日落时分，当她们刚刚调转马头就遇到了一群人，六个男人在绿草地上吃晚饭，就在她们面前。他们中的两个人起来上了马，向着母女的方向骑来，在少女和老妇人看来那两人的马几乎已精疲力竭，分不清该向哪里转弯。母女俩勒住缰绳立在原地，等候新来的人上前，他们恭敬地对待她们并邀请她们一同吃些东西。两人不得已答应下来，并得到了很好的款待，那几个男人说他们是行商，要去大山之外人多的地方，从他们的行囊和包裹来看也确实如此。即使如此，在他们躺下睡觉前不久，少女就对老妇人耳语："母亲，恐怕我们遇上强盗了。这就像我最早被劫掠时的情形，那时还没有好心的骑士将我赎回还我自由之身。""是的，我的心肝儿，"老妇人说，"杂草就是杂草味儿。但你不用害怕，如果有什么事，我会把你送出去。"到了第二天清晨，天色晴朗，那些商人来到老妇人和少女身边，他们的三个头目中，有两个年轻人看起来不像邪恶之人。

老妇人跟三个中比较年长的那个说话，谢谢他的食物和酒水，还有照顾，此外，现在是她们该离开的时候了，时间紧迫。商人说："不，夫人，还不到时候，你们离了我们这些有武器的男人怎会安全？您应该以安全为考量，夫人，因为跟您在一起的可是瑰丽的珍宝。"老三，也就是最年轻的商人说道："您需要跟我们一起走，直到我们看到您的小姐到达一处安全之地，还是您想对她做什么？"少女说："哦，我的大人，这是我的养母，事实上也是我唯一知道的母亲。我是自愿让她带领我的，我求你让她做她想做的。"她伤心地啜泣起来。

"随他们去吧，"老妇人关心地说，"如果这些大人愿意成为我们的向导和保镖，就让我们亲切地感谢他们，开心地跟他们一同前行。"商人们敏锐地观察着她，但没发现她的话语中有些许不恰当的地方。他们便相信了老妇人，准备部署一些离开的事宜，看起来他们对新的征程充满了喜悦。至于少女，她还在小声哭泣，当老妇人有机会（在其他人都在忙碌时这并不难）和她单独说话时，这个让人怜惜的人边哭边说："哦，我的母亲，我不知道该怎么承受这些，在经历了这么多之后，我还将成为一个奴隶，被卖给别人，一个我不知道的人，并且我将被藏匿在一个让寻找我的人找不到我的地方，我也无法找到他，以至于我再也见不到我的爱人。即使现在，也没人知道他是多么想念我！”

“不，我亲爱的，”老妇人说，“别气馁，你不会成为这些商人的奴隶的，我可以向你保证。但让他们先带我们安全地到达山脚处，我们要尽可能地利用他们的假情假意，相信我，我会一直观察着他们的。”少女停止了哭泣，但这些天她都非常腼腆谨慎，唯恐这些贼人的身体和灵魂让她沮丧。

两晚过后，当他们在黄昏休息时，藏在树桩处的老妇人偶然听到这三个商人在争辩着什么，她正好听到年长者说的最后几句话：“詹姆士大人最少会为她出两千个金币，他家里没有像她一样美丽的。”“以后也不会有。”老二说道，“要是我，我不会为了分那两千个金币放弃她。”老三是这三个人中最强壮，看起来也是最勇敢的，他说：“你们！你们不能这么做！你不是跟我说了吗？从一开始到最后都是我拥有她，不卖给任何人。”“是的，是的，”年长的带着嘲弄的语气说，“我们该怎么做？”“你们把她卖给我吧，”最年轻的说。“不，卖给我，”老二说，“你们俩的那份我出了。”“你们说得容易，”年长的说，“实话讲，我不知道你或者他去哪搞这么多金子。所以眼下你们能做的就是拿我出气，把我杀掉，然后你们俩一决胜负。谁胜出就能回到我们的乡亲们那里，然后他们会立刻杀死那个人——当他们发现其他两个人的尸体时。你们怎么说，我的大人们，你们觉得这样有意思吗？”

他们坐下来愤怒地看着他，但都没说话。然后他说："既然大家都说开了，老实讲这也在我的意料之中，因为你俩都是爽快的年轻人，这个少女又是如此的美如珠玉。我有一个提议，我们把她带到一处平和之地有信仰的人那里去，然后我们三人都到牧师（那个代表着上帝的人的面前）祈祷：如果我们不直接把她带到詹姆士大人那里，拿到最好的价钱并平分那些钱，成为最忠诚最愉快的商人的话，厄运不会降临到我们身上，腐化我们。你们怎么说？"他们觉得似乎也没有什么好说的。并且事实上，这位老妇人心想，要不是他们的手下还活着，她此刻就想让他们互相厮杀。最后他们回到了同伴中，这时老妇人又跟了他们一小会儿。

Chapter 63

老妇人施法术，她们从商人手中逃脱

第二天晚上，他们再走一小段路就能出山地了，可以看到耕地和人头攒动的土地就在他们面前，这天白天他们并没有走太远。这一整天，三个头目骑着马，与彼此保持着距离，黄昏时都几乎没吃什么，然后全部人都早早地躺下睡觉了。老妇人骑马时悄悄地跟少女说了些话。“我亲爱的，”她说，“今晚你要做的就是留心我说的话和暗示，并照着做，一切都会好起来。”所以她们两人躺在离乡下人有些距离的地方。半夜，少女醒来，月亮遥远又明亮，她看了看左边，老妇人之前躺下的地方，并不见她的身影，但她并没有害怕，因为她已经被告知会有事情发生。她尽可能慢地移动身体，眼睛四处观察露营地，看到老妇人从头目们的帐篷中出来。他们三人一起睡在里面，手下人都随意地睡在外面，披着斗篷，以天为盖，那时很干燥，天气还不错。老妇人偷偷走到三个头目那里，对每个人做了些不知名的手势，都完成后，在他们之间站了起来，高声大笑。然后大喊："哦，我亲爱的，我要为了这世上最伟大的战士保护你，就像保护无价的珍宝，你醒着还是睡了？大声回答，不用害怕，因为他们从现在起就会像木头似的躺在这儿，直到月亮消失，太阳闪耀很久之后才会醒来。你看到的这些乡下人，两个头目躺在他们的帐篷中，至于第三个，那个老的，被我引到灌木丛中，在那里睡着了。所以他不在这边，其他人必定要去寻找他，这会延迟他们的行动，并会让这些游民互相争吵。"

少女轻轻地站起来，用清亮的嗓音说："我的母亲，我醒着，并准备好上路了。"说着她走向老妇人，两人一起去到马匹边上整顿行囊，带了一些必需品，然后不多耽搁，搭上马鞍，安静地沿路骑行。

她们一直骑行到下午，出了山地驶向一片牧场。然后她们挽动缰绳进入牧场。在一处树丛包围的篝火边，她们勒马停下，把马匹拴在芳草地上。老妇人说："现在我必须睡上一觉，看看会发生什么。"说着她就把包袱举过头顶，从里面取出一个羊皮袋子，然后把脸贴在草地上。少女坐在一旁看着她。

她躺了一个小时，熟睡着滚来滚去，随后便醒了，坐了起来，大汗淋漓，精疲力尽，她用微弱的声音说："我看到了什么已经发生，什么即将发生。这是现在我能做的，并且所有愿望都会成真。商人们已经醒了，并已开始寻找我们，两个年轻的一起，然后是两个年轻的和那个老的，因为他被我狠狠地嘲弄了一番。现在他们又再一次上路了，即使我们可能在避难所得到保护，也还是尽量不要冒险。至于什么将会发生，我一直看到我们的路程明天会转向东面，会引领我们前往一座完善的修道院，有处优质的客房，在那里，修道院院长会力保我们的安全，我也将给予圣徒和管家礼物，我们会准备得当，踏上我们的路。但现在我要做的是当你看到我倒下，躺着像个死人时，不要害怕，但当我回过神来，往我脸上撒一些水，倒一杯酒送到我的唇上，我就会完全恢复，我们就能吃饭、喝水，然后上路。”

老妇人沿路走着，两手捧满了泥土和小石子，把它们装进一个袋子，然后躺在路上，把袋子放在胸襟下，孕育它，像母鸡孵蛋一样，一边发出咕噜呻吟的声音，对于她来说，这是漫长的一小时。然后她起身，松开她的头发，一头雪白的长发，在这样的装扮下，她在马路中央来回地穿行，脸始终朝着大山，同时抓起大把的泥土洒向那片地区，不久之后她大喊：“让模糊和黝黯，困惑和恐惧，阻挡在我们的敌人面前！让我们的身后建起一堵墙，他们无法穿过！黑暗在我们身后，光明就在眼前！”她一直重复着，直到袋子完全空了，然后她向后倒在路上就像死去一般。少女做了她应该做的事，没有去干预她。最后，有一个小时过去了，她开始恢复意识，少女在她的脸上撒了一些水，给她喝了一些酒，这时老妇人站了起来，完全恢复了意识，甚是愉快。她把袋子装好，拿出食物，她们一起平和愉快地用餐、饮酒。

在日落前的三小时之内，她们又一次上路了，但为了防止迷路，天黑后她们就不再骑行了。那晚她们除了草地和树木还有绚丽的天空外没有任何庇护，但所有这些对她们来说已经足够美好了。

翌日，她们早早出发，很快就来到一处有着一些小房子和农庄的地方，看到人们在田地里劳作，到处都是与她们友善相待的人。一群农夫和乡下的粗人，有男有女，从耕地的篝火那里向她们打招呼。他们正在享用午餐，想邀请两位一同分享，她们很开心地去了。高地的人看起来惊讶于这个少女和她的美貌，对她甚是崇敬。老妇人与他们聊天，问起他们有关他们的土地和生活是否和谐之类的问题。他们说都很好，他们居住在一片肥沃的土地上，这全归功于他们在那座宏伟的大修道院的统治。修道院的人对他们非常和善，从不催促他们让他们受苦。他们为两个初来乍到者指出一座美丽的白色城堡，它坐落于大山的荒地再往上延伸的山坡上；并且让她们知道，这座修道院的设立是为了约束人们，不能随便让任何野蛮人有闯入抢夺圣父们财富的想法。他们说，他们的土地（尤其是向东南面延伸至很远的地方）与大森林接壤，大森林里有最邪恶的人，只有伟大的力量和缜密的筹划才能抑制住他们。“现在，”他们说，“讲到我们伟大亲切的主人，长林的骑士，他在近期的战争中战胜了他的敌人，那些暴君和压迫者。实话讲，他在森林东边所做的绝对不比我们西边的主人——院长做得少，和平和光明的日子与我们同在。”母女二人从谈话中听到很多消息，她们为那个好主人祈祷，为他和他的人民祈祷。

随后她们谢过这些好心人便上路了，不到一个小时，她们发现了一条通往修道院的道路，这条路将带领她们走向新生。简而言之，两小时后，她们赶在黄昏前来到了它的客房，当值的教友周全地招待了她们。

Chapter 64

老妇人结束了她的故事

尽管只要她们自己愿意，就能随心所欲地在客房住下去，到了次日清晨，她们还是一从床上起身就开始思虑离开的事宜。但是两人心中暗忖（特别是那少女），只要有可能，她们最好是住得离那个推翻了男爵的伟大骑士近一些。她们也想着，住在那附近之后（如果附近确实有可以住的地方），即使要等很久，她们应该至少能得到一些消息，比如有关那位睿智的骑士新招徕的勇士的消息。

于是现在，那老妇人做出了明智的决定，她准备和神职人员见上一面，和他聊聊，并让他知道，她们具有恭敬地供奉圣人的意愿与行动，这从她们朴素的衣着上就能看出来。她又从之前的项链上取下了两颗蓝宝石和两颗祖母绿，它们都是那么的硕大与美丽，一见之下神职人员的眼神就直在上面打转，他说："这可真是一件绝妙的礼物，而如果你愿意随我一同进入教堂，我会把你引见给副院长，如果你还有虔诚的信仰，就像这样，你如此地深爱着神圣教会，我们这些人，他和我都会乐意向你伸出援手。而若是不然，你参观教堂的时间也不会白费，因为它本身就是这样一段值得的旅程。”

随后她们愉快地出发了，当置身于教堂时，她们发现他说的的确全是实话：无数的柱子拔地而起，高耸入云，它们是如此的宽阔高贵，又极尽可能的高大雄奇。在其中有数目如此之多的祭坛，均装饰布置得美轮美奂。哪怕是对任何一位有学识的人来说，要讲清这些墙壁上和窗户里的历史画的故事都要花很长的时间。它们仿佛都由宝石嵌就，在每一处，这些美丽的故事画都栩栩如生，同时那些曾经创造历史的人们还在地球与天堂上注视着它们。所以，当神职人员前去请修道院副院长过来的时候，在里面等待的两位女士都为之目眩神迷，心驰神往。副院长很快就被请到了这里，他是一位和蔼而圣洁的男人，举止谦逊。

他向她们说道：“我的女士们，我听说你们出于某种真诚而神圣的原因需要我们的房屋庇身。现在，等你们把自己的祭礼供到祭坛上之后，如果你愿意跟随我，和我们的神职人员一同来到会客室，我愿对你们所言的一切都洗耳恭听，同时，如果你向我们提出的请求在我们的能力范围之内，我们将竭尽全力为您办好。”她们恭敬地谢过了他，完成了她们的供奉和祈祷，副院长也给出了他的祝福，之后便带着她们走出教堂，来到会客室坐在一起。

老妇人随即打开了话匣子，讲述起她们两个是怎样在战争、劫掠等动荡中受苦受难的。她们曾由一位高尚的骑士从一个下作又卑鄙的家伙手中救出，之后在骑士的家中受到了至高的尊重与礼遇，在那段日子里，一切看上去都无比美好，但是好景不长，因为骑士必须奔赴战斗，并且最终血溅沙场。之后老妇人又述说了她们又是怎样逃离那位骑士邪恶的母亲，她是一个高傲又冷硬的女人，而现在她的儿子已经葬身战场，她也再没有什么爱与怕的了，所以她们必须逃走。“尽管如此，”老妇人说道，“即使那位高尚又和善的骑士从战场上生还，并回到我们身边，我们也还是要离开那里的，不能总是享受他的好意和招待。因此，我必须告诉你，我们觉得自己是受到命运和幸运眷顾的，无论经历多少艰难险阻都能化险为夷，而之前那位骑士的在布鲁克塞德的房屋距离此地又实在太过遥远。这也是我们要向您求助的原因，毕竟您向我们展现出了这么大的善意，就仿佛撒马利亚人向落在强盗手中的人所表现的那样[①]。”

副院长为她的言辞微微发笑，开口道：“好吧，尊贵的小姐，无论是牧师，还是利未人[②]，都不会见到苦难的灵魂路过门口还无动于衷的。”

“神父，”她说，“你和你的修道院，你们是长林骑士的

① 在《圣经》新约《路加福音》中，耶稣讲道，有一个人落在强盗手中，被剥去衣服，被打个半死，路过的祭司和利未人都对其视而不见，只有一个撒马利亚人见此动了恻隐之心，替他处理伤口，又把他带回去好生照料。后来基督教以“好撒马利亚人”比喻帮助他人的好心人。（译注）

② 利未人，以色列利未支派的祖先，利未的后代被称为利未支派。基督教历史中对神忠心、被真神拣选侍奉他的支派。所有的祭司都属于利未支派，他们的工作是协助料理会务，并向百姓讲解律法。（译注）

朋友，还是敌人？”

修道院的副院长不禁莞尔。“当然是朋友了。”他说道，“我愿意为他做任何事情。但是你知道，我们不能给予他利剑、长矛以及兵力上的支援，我们能提供给我们暂时的世俗主人的，也确实不多。我们与长林之间山迢水阔，洪流和无主密林都横亘在我们中间。而现在，实际上，我们开始认为那位优秀的骑士会不会已经回到了自己的住所，尽管在之前他给予男爵的同盟军团巨大的打击为他招致了祸事。此外，我们还听说他寻找到了一位新的勇士，人们说这个勇士在对抗男爵的战斗中发挥了极其卓越的作用，他在战争中的足智多谋足以与高德里克爵士比肩。但是现在，我的女士们，你们和长林的骑士又是什么关系呢？”

在少女组织自己的话语的同时，红霞飞满了她的面颊，她说：“尽管我们希望他万事顺遂，但我们和长林骑士的关联其实不是很多，不过我们和你听说的那个新来到骑士手下的勇士关系匪浅。”副院长又笑了起来：“那你们和这个勇士又是什么关系呢？”

这回少女没有脸红，而是说道：“我会尽可能简略地告诉你这事的始末。我曾经是个生活孤单的女孩，住在一条凶险可怖的江流的一侧，那是一条难以横渡的大河，老实说，其实是完全不可逾越的。而在大河的另一侧有一个和我的年岁差不多大的男孩，非常勇敢，于是我们开始了交流，两个人隔着河流一起说了很多甜蜜的言语。在很长一段时间里，我们两无忧无虑，似乎不用承担任何不幸的命运。但是时间始终在流逝，我出落成了一个女人，他也成长为一个男人，事实上他成了我们那里最勇敢的战士。再之后，实际上这也的确很困难，我们经常在一起说话谈天，但是我们从来没有接过吻，甚至没有牵过一次手。不过我们就那样充满希望地生活着，并且相信命运已经为我们定下了美好的未来。而且，也不是很意外，这个勇敢和充满激情的勇士想要拥抱更宽广开阔的世界，某种程度上也想看看生长哺育了我的河流的这一岸，与这边的乡村。而那时，我对以上事情无比坚定，除了那个勇敢又英俊的勇士不曾想过别人，即使到了现在，也是一样。至于边上的这位善良的女士，她是我的养母，她很有些智慧，尽管我希望是在神圣教会的许可范围之内。我的母亲一直在我的身边，让我重燃见到我的勇士的希望，我也的确受到了她的鼓舞。而我们都知道，只有在长林骑士和他的军队中才能找到我的勇士。”

副院长问道：“等到他的行踪被寻到，你传信告诉他自己身在何处之后，你觉得他会来找你吗？”

“即使这般，我们还是相信。”少女说。“好吧。”副院长说，“那告诉我，你们需要什么帮助，我会为你们打点好一切。”老妇人说：“我们将要渡过河流，然后需要一些向导和护卫来协助我们穿过无主密林，最后到达某个我们能独自定居下来的地方。你能为我们安排好这一切吗？我们也非常愿意为你为我们备下的这栋小房子支付如此出色的宝石。”

“行，”副院长说，“这一切应该能办到，到了明天的清晨，只要你们自己愿意为整件事负责，我就会把你们送到我们这里和河水另一侧的男修道院中间的渡口。看到我们的信件，那些善良的兄弟会按你们的要求，在无主密林里为你们寻找一处住所，同时也会给你们提供向导和代步的牲畜脚力。我会把最后的决定权留给你，老妇人，好好考虑你最终到底要不要以身犯险，带着这样的珠玉宝物进入到最凶恶的人群所在的无主密林。”而那老妇人回答：“实话告诉你吧，神父，我还是有一些小智慧的，它能让我蒙混过愚笨人的眼，这样他们就不会见识到我女儿精致又柔弱的容貌。”“好吧。”副院长微笑了起来。

因此，紧接着的次日，就如同副院长所言，他安排好的两个修士带着她们向下走到水流边，在离开的时候把一封信交到老妇人的手里。而当她们平安地跨越那洪流，在美丽的渡口登陆时，她们看到那里的水流清浅而又平缓。摆渡人对守在那注视着船只横渡的修士说了句话，修士便热情地上前问候她们，又转身为她们带路到男修道院那边，那是一座宏伟的石砌建筑，被长长的高墙环绕。在这里，老妇人和少女受到了的温柔亲切的款待，晚上还被引到会客室安歇。同时，那些可亲的修士兄弟们说他们能给予她们所需要的帮助，护送她们穿过无主密林，而在那里也的确有那么一座房子满足老妇人的需求，他们说，尽管房屋可能需要钉子和木板来修补，但是总体也还算很宜居。

到了早晨，两个修士兄弟列好队，并带着驮马和为女人们准备的好马，带领她们从城堡和长林出发前往目的地，因为只有几十公里的路程，所以这样老妇人会比较轻松。

随后，他们在那里休息了一会，老妇人仍继续着她的使命，时不时地翘首以盼哪个乡民会带给她一些消息，好让她知道世界目前是何等境况。她总是听到同样的故事，长林主人麾下的一切都是那么的欣欣向荣；无论是在议事，还是隐秘的会谈，或者是阵前拼杀的时候，那个所向无敌的勇士都不离他的左右，而因为这位勇士的存在，任何人都不敢多说什么。最终，对少女来说时间变得漫漫无期。对老妇人来说，每当她听见少女不知道她就在近旁，独自悲叹着自己的爱人还没回来时，时间也格外难熬。有一次她听见少女说如果他不久后就会归来，那么一定会为我脆弱易逝的美貌而心碎，那是我将交托给他的最珍贵之物，这样他就会知道，曾和他隔着岔裂之水畅谈的女人并不是一道虚无缥缈的幻影。不消多时，她就消瘦下去了，面色也日渐苍白，见此，老妇人责备少女不知自我爱惜，并告诉少女她会把这件事拨回正轨。到了某一天，老妇人得到了确切的消息，知道那勇士将转变他的方向，从对敌的阵前回到此地，而此时他心中别无他事，也只一心思考着当他与在洪流另一侧、曾与他共渡许多良辰美景的少女重逢时，又会是怎样的一番光景。

剩下的故事已经不长了。老妇人清楚地知道勇士被敌人偷袭，受到重创，被送到一个隐居处治疗。因此她有一次等在路边，果然遇见了他，把他带至她们落脚的地方。同时在那里，不论是出于她的精心设计还是全然无法言说的绝妙巧合，总之，这样的一件事情最终还是发生了，勇士心中仿佛有烈火在拱动灼烧，以至于在好几分钟里，他都无法用语言说出他见到了什么。最后，一切都结束了，他们两个发誓将相依为命，相伴终生。

这就是我的故事了，实在是有些长，所以你们也不需要再劳烦这位女士了，她的故事不如由她那被长长的拖到地面的灰色外套所勾勒出的曼妙身姿和打扮来讲述。事实上，这位女士的身心已经归属某个人，那人是你们的亲属，也是你们的朋友。而她也似乎认为已经充分地展现了她的外貌，致使再没有什么美丽之处在你们面前被掩藏。

Chapter 65

奥斯伯思和艾希德在人民中扬名

于是那老妇人坐了下来，厅堂中洋溢着巨大的喜悦，各色传闻在其中飞舞，乡民们猜测着接下来究竟会发生什么。尽管他们对将要发生的事情有一种隐约模糊的认识，无法用语言描述。随后，艾希德出现在人们面前，把她的灰色外套抛向一边。她里面穿戴着一件金绿交织的上好衣裳，也是她最好的一件，毫无疑问，所有人都说从未见过如此窈窕动人的美人。有那么一阵子，人们不自觉地屏住了呼吸，因为他们唯恐自己所见的奇迹转瞬即逝。接着巨大的喊声撕裂云霄，又在大厅里渐渐消弭。一个高个男人从他的位置上站了起来，一件灰色的大衣从他的身上滑落，显露出他身上锃亮闪光的盔甲，没有一个人不知道他就是奥斯伯恩·伍尔夫格雷森，人称红衣小伙。他用响亮而又不受约束的声音说道："看啊，我的主人们和亲爱的朋友们，我本来也许无法遵守约定和你们相会，因为在我离开威特莫尔的五年里，我内心深处的确是不抱回来的希望的。而现在，我心中再没有什么希冀，因为所有的愿望都已经发芽开花，成熟结果，在接下的时间里，我属于你们，你们也属于我。这是我赢得的女人，而且，噢，我真希望能早一点成功，因为向上帝发誓，我足足费了九牛二虎之力。而现在，我希望你们能如同对待我一般对待她。另外，在这遥远的山地峡谷中，除了和平宁谧，还能发生其他什么样的故事呢？”

时光就这样过去了，威特莫尔已是深夜，乡民们带着对他们的所见所闻的那种不敢置信睡去了。没有几个不期盼着黎明与晨曦的到来，那样他们就能再看一眼奥斯伯恩和他的爱人了。很难说这一对璧人中的哪个更受人喜爱。确定无疑的是，从今住后，而至永远，他们两人的身旁，的确萦绕着一种温柔的智慧，笼罩着原本就存在在他们所居住的土地上的、来此的和离开此地迁往别处的人。因此，他们周围的人都成长为比从前更好、更优秀的人。

Chapter 66

奔腾洪流的边缘

当清晨到来，阳光在威特莫尔的房屋上闪耀，那两个人起来，双手扶着彼此，没有说一句话，只是立刻走向奔腾的河水那边，他们沿着河边优雅地缓步而行。正值盛夏，在艾希德看来，河水另一端的花朵从来没有像这里的那样美丽可爱。他们上了山坡，来到克洛文山湾，他们在那里往对岸看了一会儿，一语不发。艾希德好奇地看向当初奥斯伯恩发现她的地方，她说："如果当初要是还有别人怎么办？"他大笑，说："没有其他人。"但她又说道："你还记得我那牧羊的笛子吗，那些羊都会冲着我集结过来？""我记得非常清楚。"奥斯伯恩说。"现在，"她说，"我告诉你一件事。那把笛子现在就在我怀里。现在正好可以拿出来，试试它的魔力消失了没，应该会很有趣。"他说："好的，试试。"她说："这周围有羊吗？"羊只就在不远处。

她拿出笛子，放在唇边演奏了起来，甜美熟悉的旋律响起，那个在很久以前就让奥斯伯恩愉悦的旋律。不过当他们瞧向羊只，观察它们有什么反应时，看，它们没有动弹一下，仿佛对那优美的旋律充耳不闻。最后他们大笑起来，尽管两个人对笛子魔力的消失都有些难过，艾希德尤为明显。他们看着河水，艾希德有一阵觉得看到水下洞穴的门口坐着个棕色的小人，但那里什么也没有，只是他们都觉得从河水中传出来一个声音说，把笛子还给我。奥斯伯恩说："你听到了吗？""是的，"她说，"我觉得我听到了些什么。我们该怎么办？"他说："他为什么想要回他的笛子？"她说："我们看看要是把笛子扔给他会怎么样。""好的。"奥斯伯恩说，他拿过笛子，尽量小心地扔向那山洞的入口，但它还是掉在很远的地方。

但是，瞧，当河水打上来刚好能触及它时，它被送到了山洞的入口，然后一下子就消失在洞里。之后从河水那边传来一个微弱的声音说："我很高兴，祝你们好运。"

他们坐下来，思索了一会儿刚才发生的事情，直到最后艾希德说："现在我要给你讲个故事，就像以前一样。"他说："那很好。"然后她开始讲起一个甜美愉快的故事，仿佛自洪流将他们分隔两地时，那些可怕的事从未发生在他们身上。故事很长，下午变得非常炎热，为了降温，他们爬到洪流边缘近处的一丛灌木的阴影下，在那里休息。当影子开始变长，他们起身，手牵着手沿着来时的路回到威特莫尔。

Chapter 67

朋友有难

距离那些带武器的人来到河谷已经过去了大约三年。当时有人通知了奥斯伯恩，他拿上他的剑去见他们。他遇见他们时，他们正慢慢地往草地的方向走着，看起来筋疲力尽。他看了看他们，没发现什么异常之处，一行只有三人，他看出他们中的首领，正是长林骑士。奥斯伯恩跑向他，环抱住他，亲吻他，问他遇到了什么麻烦事。这位骑士大笑着说："在许多人身上发生过的事，发生在我身上了，我被打败了，我的敌人对我紧追不舍。"

"他们人多吗？"奥斯伯恩问。"第一波的战士不多。"骑士说。"好，"奥斯伯恩说，"我去看看，召集些人手，到河谷外去'迎接'那些人。"他拉着骑士的手转身，大喊着让饕餮史蒂芬去集结部队。大约过了一个小时，他们就有了足够的人手，还有后备。当追兵们意气风发、盔甲锃亮地赶到草地时，奥斯伯恩和自发集结起的部队已经站在一起，等待着追兵。追兵们进到了他们的听力范围之内，奥斯伯恩说：“前方被甲持兵者何人？我们是崇尚和平的人。”追兵说：“我们和你无冤无仇，但我们要的人是个重犯和叛国贼，叫长林骑士。”

奥斯伯恩大笑，说：“他就站在我身边，你们有胆就过来追他吧！”敌方大概有六十人，全都骑着马。他们没有多言便冲了出去，但没占到什么便宜，威特莫尔人用矛和斧与他们保持着距离。虽然如此，奥斯伯恩并没有拔剑，长林骑士也没有。

敌人拖延了一会儿，然后说：“你听着，乡下人，要是你不交出这个人，我们就把你的房子烧光。”

“是吗，”奥斯伯恩说，“你们有一整天可以去烧，别推迟。还有，你们从来没听说过我是谁吗？”他们说：“没有，不知来者何人。”然后奥斯伯恩就把他的红色斗篷披在身上，亮出闪闪发光的铠甲，拔出斩案剑，突然大声喝道：“红衣小伙！红衣小伙！”所有其他人也都喊了起来。然后敌人就沿着草地逃跑了。奥斯伯恩说：“威特莫尔跑得快的人，给你们一个任务，别让这些人逃出河谷。”集结的乡民便追出去了，奋力杀敌，直到他们杀死了每一个闯入者。

奥斯伯恩回到长林骑士的身边，说：“看，大人，‘红衣小伙’仍然名声显赫。您现在想怎么做？您想在河谷中召集些人马吗？我们能找大概两百个人，全是精兵强将。”

“不，”骑士说，“我不找人，我现在已是山穷水尽，不能带走你们优秀的战士，尤其他们还有妻子和孩子。”随后他们进入庄园，同大家相处愉快。

Chapter 68

长林骑士召集兵力

长林骑士心满意足地暂住在威特莫尔，最让他高兴的是能瞻仰艾希德的美貌，还有人们在河谷的幸福生活。最后他说："我现在必须甩掉懒惰，该是说再见的时候了。""您要走了吗？"奥斯伯恩说。"是的，"骑士说，"我要去东集坪，在那里我要集结人手，我希望在三个月之内做到，我需要一大队人马步行作战。""就这么办。"奥斯伯恩说。

骑士走了两天的时间，跟他一起走的还有那两个跟他逃到河谷中的人。他们去了东集坪，奥斯伯恩也一起去了。当他们来到东集坪，骑士说："现在是时候告别了。""不，不，"奥斯伯恩说，"至少现在还不到说再见的时候，我会帮您召集人马，当我们招到一群人后，我就当他们的首领。对于这个您不能反驳我。"骑士说："但我必须反驳你，要是你不回到你的人民身边，我来这里的目的就全被破坏了。""这是为何？"

奥斯伯恩问。“你被蒙蔽了双眼，”骑士说，“我来这儿，看到你在这里比世上的任何人都开心，娶了一位美丽的妻子，领导的人民都强壮勇猛，你受到他们超越一切的爱戴。我看到的所有这些告诉我，如果我还把你带走，就是带你走上一条死路。我白天晚上都梦到你活在威特莫尔，死在岔水之城郊外的田野里。”

奥斯伯恩说：“难道这样我就要选择耻辱吗？”

“不，”他说，“这怎么就是耻辱了呢？此外，说难听点，以前我没有你只能失败，现在没有你我也做得不错，因为现在只要我的大旗在战场上再次扬起，就会有三四个人听从我的召唤。所以，我的朋友，我的伙伴，我跟你说，要么我们绝交，要么你回家去。”奥斯伯恩看到没有更好的办法了，他流下眼泪，对长林的骑士说再见，然后回到家中。六个月以后他打听到了骑士的确切消息：当时骑士召集了一群人，与敌人展开厮杀，被逼到无路可逃，生还的希望渺茫。此生他是否能再次与长林的骑士相见就不得而知了。

还要提到的就是，每隔一季奥斯伯恩都要到与钢头第一次见面的山谷去，钢头也会来见他，他们彼此交谈。奥斯伯恩每年都会有些变化，但钢头却始终如一，永远与奥斯伯恩第一次见他时一样，两人一直亲密友爱。

现在有关岔裂之水和依水而居乡民们的故事讲完了。

附录 《奔腾的洪流》所涉地区图

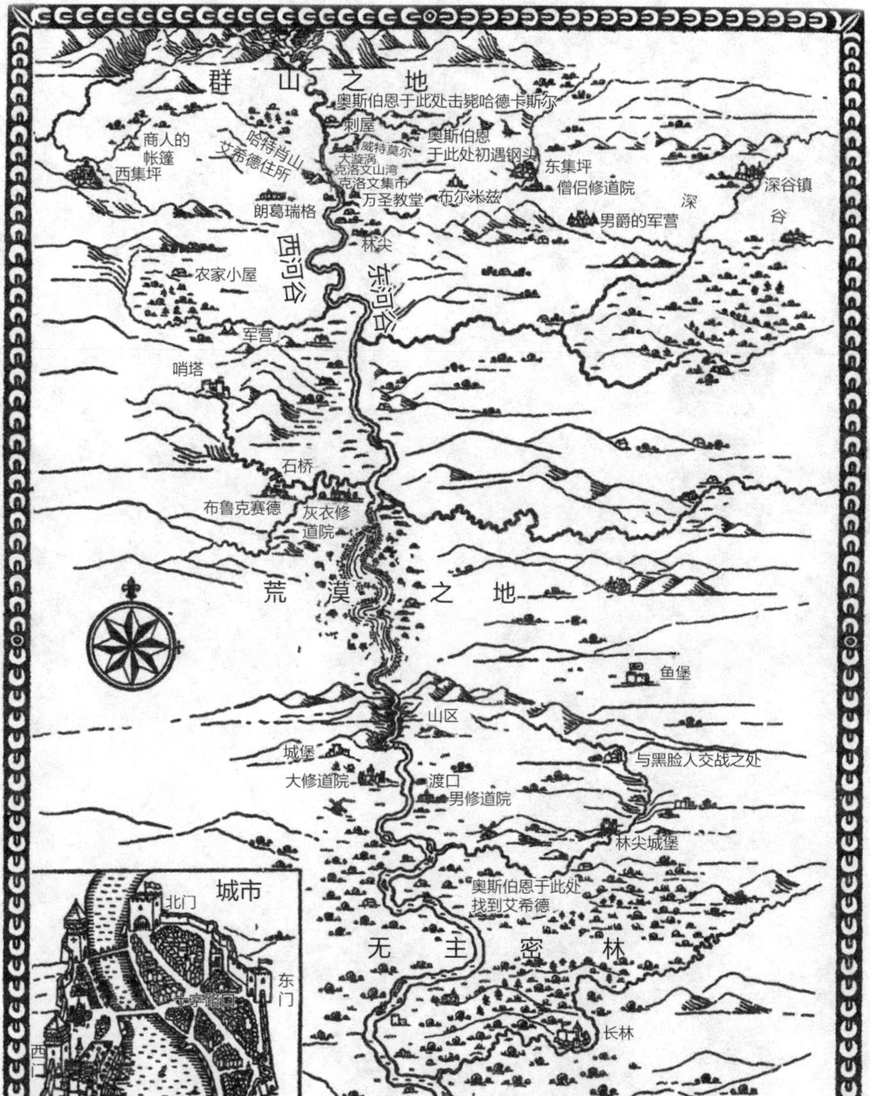